la vallée sans hommes

FRISON-ROCHE	*ŒUVRES*
PREMIER DE CORDÉE	*J'ai Lu* 936***
RETOUR À LA MONTAGNE	*J'ai Lu* 960***
LA GRANDE CREVASSE	*J'ai Lu* 951***
LES MONTAGNARDS DE LA NUIT	*J'ai Lu* 1442****
BIVOUACS SOUS LA LUNE :	
LA PISTE OUBLIÉE	*J'ai Lu* 1054***
LA MONTAGNE AUX ÉCRITURES	*J'ai Lu* 1064***
LE RENDEZ-VOUS D'ESSENDILÈNE	*J'ai Lu* 1078***
LUMIÈRE DE L'ARCTIQUE :	
LE RAPT	*J'ai Lu* 1181****
LA DERNIÈRE MIGRATION	*J'ai Lu* 1243****
LES TERRES DE L'INFINI :	
LA PEAU DE BISON	*J'ai Lu* 715**
LA VALLÉE SANS HOMMES	*J'ai Lu* 775***
CARNETS SAHARIENS	*J'ai Lu* 866***
LES MONTAGNES DE LA TERRE	
MISSION TÉNÉRÉ	
SAHARA DE L'AVENTURE	
PEUPLES CHASSEURS DE L'ARCTIQUE	*J'ai Lu* 1327****
NAHANNI	*J'ai Lu* 1579*** *(fév. 84)*
KABYLIE 39	
SUR LA PISTE D'EMPIRE	
DJEBEL AMOUR	*J'ai Lu* 1225****
LE VERSANT DU SOLEIL - 1	*J'ai Lu* 1451****
LE VERSANT DU SOLEIL - 2	*J'ai Lu* 1452****

FRISON-ROCHE

les terres de l'infini

la vallée sans hommes

Éditions J'ai Lu

PREMIERE PARTIE

LA RIVIERE AUX SORTILEGES

1

A Fort-Simpson, la rivière Liard, issue des montagnes de la Colombie britannique, deux mille kilomètres plus au sud, lance ses eaux libres à l'assaut de la banquise du fleuve Mackenzie.

Une lutte gigantesque se poursuit entre la masse immobile et soudée des glaces du fleuve, et le courant démentiel venu du Sud. La clameur des flots déchaînés couvre tous les bruits de la terre, étouffe les sons les plus aigus, assourdit la rumeur lancinante du vent courbant les arbres du « bush », absorbe la parole des hommes, les cris des oiseaux et des bêtes de la forêt. C'est comme le chant d'une nature délirante, un cantique des cantiques aux sonorités étranges, un psaume ponctué de chocs sourds, de craquements démentiels, sur quoi se greffe le froissement soyeux des eaux courantes heurtant les blocs de glace, les soulevant et les laissant retomber, brisés.

Le père Focet, O.M.I., supérieur de Fort-Simpson, avait arrêté sa jeep sur la piste sableuse établie sur la digue de terre qui protège tant bien que mal l'île de Simpson allongée entre un bras secondaire de la Liard et le Grand Fleuve. Chaque jour, depuis une semaine, il venait assister ici au combat de Titans qui oppose les deux rivières, il notait les progrès de cette libération progressive qui, d'ici à quelques semaines, rendrait à la vie active la petite population du poste : un père oblat, un frère mineur, un sergent de la M.P. et son adjoint, un radio-télégraphiste, un « free lance pilote » et son petit « Cessna » de liaison, et une quarantaine d'Indiens et de métis chasseurs de fourrure.

Le missionnaire souriait à la furie des flots, car bientôt délivrées du pack les grandes barges de ravitaillement qui, depuis Nelson, en Colombie britannique, assurent le ravitaillement du Grand Nord pourraient accoster à Simpson. Peut-être l'une d'elles était-elle déjà descendue jusqu'à Fort-Liard, à quelque quatre cents kilomètres en amont. Peut-être même jusqu'à Nahanni-Butte où vivait dans un isolement complet le père Brichet, son ami ; cependant il était encore imprudent pour une barge de grande taille de tenter l'aventure ; les eaux de la Liard, grossie de la Nelson et de la Nahanni, charriaient d'énormes blocs de glace arrachés aux rives, et ceux-ci venaient s'ajouter au pack imposant qui obstruait le confluent de la rivière avec le grand, le gigantesque fleuve Mackenzie figé depuis des mois dans sa carapace de glace épaisse de plus de deux mètres sous laquelle les eaux libres de la Liard s'engouffraient, rejaillissaient en geysers par d'innombrables fissures, soulevaient la banquise qui semblait alors s'animer comme la lave d'un volcan, se gonfler, puis se briser dans un craquement qui claquait comme un coup de canon.

Et ainsi peu à peu le front des glaces reculait, cependant que des amoncellements de blocs de glace brisée s'élevaient à d'invraisemblables hauteurs, basculant parfois sur la jetée qu'ils surplombaient de plusieurs mètres, alors que les rives du fleuve, toutes d'argile compact, tombaient à pic jusqu'au Mackenzie.

Parfois le courant de la Liard s'amplifiait, grossissait, hurlait, projetait comme des béliers sur la glace d'énormes arbres arrachés aux rives ; ils avaient dû, en amont, former un barrage temporaire subitement détruit. La crue soudaine charriait des spruces de trente mètres de hauteur emmêlés aux troncs larges et poreux des « liards » (ces peupliers du Grand Nord qui ont donné leur nom à la rivière) et aux tiges frêles des bouleaux ; tous ces chocs achevaient le travail de destruction de la banquise et l'érosion des berges, d'où s'écroulaient par pans entiers les masses de terre sapées à leur base. Quelquefois, le tronc dépouillé d'un spruce basculait sur ses racines et l'arbre, lesté par la motte de terre qu'elles enserraient comme un filet, se dressait de toute sa taille, totem solitaire aux bras décharnés issu des eaux grises, mais cela ne durait qu'un instant. Désagrégé à sa base, l'arbre oscillait, chancelait et s'abattait, brisé, comme le grand mât d'un voilier par tempête d'équinoxe.

Le père Focet s'arracha difficilement au spectacle fascinant de la grande débâcle ; il remit en marche sa jeep, rentra lentement dans Fort-Simpson, qui alignait ses maisons de bois et les huttes indiennes le long de la rive gauche du Mackenzie. La mission était à peine éloignée d'un kilomètre du confluent des rivières et le bruit terrifiant des eaux en furie venait y mourir en une sourde rumeur, comme on perçoit le bruit du ressac bien avant d'avoir découvert la mer. Là d'où il venait, c'était déjà l'amorce du printemps ! Ici, en plein cœur du poste, l'hiver sévissait toujours. Certes, la neige avait fondu et les bourgeons pointaient, mais devant Fort-Simpson le Mackenzie, le large et monstrueux Mackenzie, l'un des plus grands fleuves de la terre, miroitait de toutes ses glaces et ses eaux figées reflétaient comme un miroir les lumières du ciel de l'Arctique.

Il faudrait attendre encore deux mois avant qu'il ne redevînt navigable et que la flottille de Fort-Smith pût traverser le Grand Lac des Esclaves où la débâcle s'amorçait seulement ; puis elle descendrait le fleuve jusqu'à son embouchure, là-haut, bien au-dessus du cercle polaire, dans la mer de Beaufort. D'ici là, tout se passerait comme en hiver. Bien pis ! En hiver, les traînes à chiens apportaient régulièrement nouvelles et courrier, vivres ou médicaments d'urgence, mais maintenant commençait une période boueuse et de transition où la terre détrempée ne permettrait aucun atterrissage d'avion, aucun passage de camion par l'unique piste venant de la grande route de l'Alaska qui pénètre dans les territoires du Nord-Ouest, au nord de l'Alberta, et gagne tant bien que mal Providence et Yellowknife.

Comme il garait sa jeep devant la mission, Elliot le M.P. lui tendit une dépêche :

— *For you, father!*

Le père Brichet lui annonçait que la première barge de l'année venait d'arriver à Nahanni-Butte, mais attendait pour continuer son chemin jusqu'à Simpson.

— Bonne nouvelle, Elliot, bientôt elle arrivera chez nous.

— Pas trop tôt ! grommela le policier.

Sans oser se l'avouer, ils étaient tous les deux très las de l'interminable hiver qui s'achevait ; il avait été particulièrement cruel : le thermomètre n'était-il pas descendu à — 60 ° Celsius, chose assez rare à Simpson réputé plus clément que Yellowknife ou d'autres postes perdus dans l'immense forêt arctique ?

— Les voitures ne passent plus à Providence depuis hier, dit également le M.P. La glace se fissure dangereusement, on a suspendu tout trafic ! Pas trop tôt qu'ils goûtent un peu de solitude !

Il y avait une légère rancune dans sa voix.

Yellowknife était en effet ravitaillé tout l'hiver par une route qui aboutissait dans la ville minière et qui traversait sur la glace le Mackenzie à Providence, à l'exutoire du Grand Lac des Esclaves ; mais désormais la glace était trop faible pour supporter les énormes « trucks », et ensuite il faudrait attendre que les eaux soient suffisamment hautes pour permettre le passage du bac.

Un mois, un mois et demi d'attente !

Mais tout le monde attend dans le Grand Nord ; on attend avec angoisse la venue de la nuit polaire, avec impatience le premier sourire du soleil, puis le premier bourgeon, le premier avion, la première voiture, le premier bateau du fleuve et le cycle recommence, comme si on n'avait rien d'autre à faire qu'attendre et espérer.

2

A Nahanni-Butte, le printemps reprenait ses droits : les hauts peupliers, les saules polaires accrochés aux flancs des montagnes, les bouleaux argentés, poussaient des bourgeons tendres et recherchés par les castors et les ours.

Les huttes indiennes s'élevaient dans un quadrilatère défriché au milieu des marécages, et la rivière Nahanni, au plus fort de sa crue, charriait d'innombrables arbres arrachés aux rives. Bien que la débâcle fût quasiment achevée depuis une semaine, quelques blocs de glace attardés flottaient encore sur le courant. Deux jours auparavant, une lourde barge à fond plat, tractée ou retenue par un pousseur et venant de la Colombie britannique, avait descendu la rivière Liard et apporté à la mission du père Brichet l'indispensable ravitaillement en vivres et en carburant ; les fûts déchargés s'entassaient sur les hautes berges, et les caisses stockées dans le hangar de la communauté indienne seraient réparties par les soins du missionnaire entre la dizaine de familles nomades attendant en ce lieu précis du Nord-Ouest canadien la saison propice pour la trappe au castor.

Les quelques huttes de la Nahanni s'estompaient dans un brouillard artificiel émanant des grands feux où brûlaient les herbes fraîchement coupées. Autour de ces foyers, de jeunes Indiens jouaient et couraient ; les adultes somnolaient, étendus à ras du sol, afin d'échapper, sous la voûte de fumée, aux innombrables moustiques que le printemps venait de faire éclore spontanément du « muskeg » spongieux des marécages voisins enfin dégelés. Cette nappe de fumée artificielle qui chasse les moustiques assourdissait tous les bruits. Même le chant tragique de la rivière qui coulait tout près perdait de sa puissance et se transformait en sourde et lancinante plainte.

Le père Brichet et Konisenta achevaient la charpente de la future chapelle de la mission.

A cheval sur la poutre faîtière, les deux hommes surplombaient la nappe de fumée. Vu de ce point, le village avait l'air de flotter sur les brumes. De leur belvédère, les deux hommes découvraient un large paysage barré à l'ouest par le premier chaînon des montagnes Rocheuses de l'Arctique, coupé en son milieu par la large trouée d'où la Nahanni s'échappait des montagnes. La chaîne de la Liard, au sud, dressait ses falaises à perte d'horizon. Au nord, l'énorme dôme rocheux et boisé de la « Butte » dominait tout le paysage et se prolongeait par une falaise continue prenant ses assises dans la forêt primaire.

La Nahanni, qui dans les montagnes coulait furieuse et déchaînée, semblait hésiter au sortir des gorges, chercher sa voie dans la vaste plaine boisée où elle décrivait d'innombrables méandres avant de mêler ses eaux à la puissante rivière Liard venue du Sud.

Jamais forces naturelles ne s'étaient opposées avec autant de violence : d'un côté, l'abrupte falaise des montagnes interdisait tout accès dans les vallées intérieures, de l'autre, s'étendant à l'infini vers l'est, la forêt arctique, la plus grande forêt du monde, vaste plaine sans relief apparent, se prolongeait sur plusieurs milliers de kilomètres, traversée du sud au nord par des fleuves et des rivières à l'échelle de ce gigantesque continent. La plaine forestière où vivaient les Indiens opposait la richesse de sa faune et de ses bois à la montagne vide d'êtres humains, la montagne redoutable où ne s'étaient aventurés jusque-là que quelques chercheurs d'or. Nahanni-Butte était réellement, à l'époque de ce récit, aux frontières de l'inconnu. Pourquoi entrer dans ces montagnes redoutables ? disaient les Indiens. N'avaient-ils pas dans la plaine tout ce dont ils avaient besoin pour vivre : les gras poissons des rivières, un abondant gibier, ours noirs et bruns, grizzlis, orignaux, et les plus belles fourrures, castors, martres, écureuils gris ?...

C'est ce à quoi pensait le père Brichet, tout en enfonçant à grands coups de marteau un long clou dans la charpente. Pourtant, songeait-il, Max avait décidé de se retirer dans ces montagnes, et Max allait arriver ; un message de Fort-Liard annonçait son départ sur la rivière. S'il avait su profiter de la crue pour couper les grands méandres de la Liard, il devrait être bientôt là.

Tout à coup, le missionnaire sursauta, arrêta son travail :

— N'entends-tu rien, Konisenta ?

L'Indien releva la tête, laissa tomber la machette avec laquelle il écorçait un tronc de spruce suintant de sève.

— *Nothing, father,* dit-il après un moment d'attention.

Ils allaient reprendre leur travail lorsqu'un chien de l'une des nombreuses meutes du campement lança un bref hurlement auquel répondirent tous ses congénères ; en quelques secondes, le concert s'amplifia, se transforma en une longue et sinistre plainte, coupée de jappements, de rares aboiements, reprenant de plus belle après des silences imprévisibles, tandis que les gosses du village couraient d'un attelage à l'autre, faisant taire les chiens à coups de gourdin, jusqu'à ce que la paix et le silence eussent repris possession du village.

— Tu as raison, *father*, dit cette fois Konisenta, il y a quelqu'un sur la rivière.

— Allons voir, dit le père Brichet. Sans doute est-ce Max, je l'attendais ces jours-ci.

Ils se dégagèrent des fumées, et brusquement découvrirent les berges de la Nahanni, et le violent courant de la rivière, sur lequel dérivaient les longs spruces déracinés par la crue. En même temps, ils perçurent le teuf-teuf caractéristique d'un moteur hors-bord qui se détachait en sons grêles de la rumeur persistante des flots.

— Un kicker de trente chevaux, dit le missionnaire, c'est Max ! Tous les autres kickers de la Liard ne développent que dix chevaux.

— Le voilà ! fit Konisenta.

Une solide barque à fond plat remontait lentement la rivière, longeant les bords, là où le courant perd de sa violence. Un homme était debout à l'arrière, guidant l'embarcation, un autre se tenait accroupi à l'avant, tenant en main une sonde, peinte en rouge et blanc. Dans l'embarcation, une dizaine de chiens entravés se mirent à hurler ensemble, et joignirent leurs voix rauques aux appels des chiens du campement

— Max a amené sa traîne ! Il y aura de belles bagarres en perspective ! dit Konisenta.

Et, comme l'embarcation approchait et manœuvrait pour accoster au fond d'une petite crique, il murmura, visiblement contrarié :

— Et encore ! s'il n'y avait que les chiens, mais il y a aussi ce bâtard de Tuktu. Que vient faire ici un Dog-Rib ?

— Tuktu est le beau-père de Max, tu le sais, Konisenta. Allons, ne fais pas cette tête-là !

Il allait ajouter : « Un Dog-Rib vaut bien un Slave », mais il se contint. Il connaissait la haine ancestrale qui divisait les deux tribus. Les Slaves ne quittaient pratiquement pas la rivière Liard, énorme affluent du Mackenzie ; les Dogs-Ribs rayonnaient à mille kilomètres de là, autour du Grand Lac des Esclaves. Beaucoup plus évolués que les Slaves, ils étaient particulièrement recherchés comme guides ou travailleurs par les expéditions et les prospecteurs miniers ou pétroliers. Cette rencontre entre les deux vieilles tribus ne disait rien qui vaille au père Brichet.

« S'ils font de la bière ce soir, ça risque de tourner au drame, un couteau est si vite lancé ! Que faire ? soupira-t-il. J'avais pourtant prévenu Max de n'amener aucun Indien de l'Est dans ce pays ! »

A bord, Max avait amorcé une savante manœuvre. Virant cap sur cap, il se laissait déborder par le courant et échouait son embarcation sur l'étroit banc de vase qui servait de débarcadère. Déjà, les enfants du campement se saisissaient de l'amarre que Tuktu leur lançait, et halaient la barge pesante sur la rive.

— Plus haut, plus haut, l'amarre ! intervint le père Brichet. La rivière peut monter de deux mètres cette nuit, allonge le câble, Tuktu !

Ayant vérifié la solidité de l'amarrage sur le tronc d'un peuplier affleurant le bord de la falaise argileuse, il dévala jusqu'à l'eau. Déjà Tuktu était à terre, flegmatique, suçant sa pipe de maïs. Quant à Max, occupé à relever le kicker et à le basculer dans le fond de l'embarcation, il lançait au missionnaire un joyeux :

— Salut, *father!*

— Bon voyage, Max ? Tu ramènes toute ta ménagerie ?

— Ça m'épargnera un voyage à l'automne, et ici Tuktu s'en occupera.

Le missionnaire dissimula sa contrariété. Max sentit une réticence :

— Quoi, tu crois que ça ne marchera pas entre Tuktu et Konisenta... ?

— Hum ! ça m'étonnerait, Max.

— On en reparlera, fit le pilote.

Il fallut près de deux heures de travail pour tout transborder de l'embarcation jusqu'à la hutte de rondins que s'était construite Max à la fin de l'hiver précédent. Deux heures pour porter à dos d'homme, à travers l'épaisse fumée des feux anti-moustiques, les charges de vivres et d'outils qu'avait ramenées Max. Puis, derrière sa hutte qu'il avait bâtie un peu en dehors du campement des Indiens et à deux cents mètres de la rivière, Max et Tuktu plantèrent une dizaine de solides piquets de bois. A chacun d'eux fut attaché un chien. Ils n'avaient cessé de hurler durant tout ce temps, et à leurs cris répondaient les cris de rage des autres traînes du village, furieuses de cette arrivée intempestive.

Tuktu était à la fois ravi et inquiet. Fier de se sentir redouté par tous ces Slaves qu'il méprisait, inquiet car un coup de machette dans le dos est vite arrivé. Pourtant, pour rien au monde il n'eût abandonné Max. Celui-ci lui avait dit :

— Viens avec moi jusqu'à la Liard, tu garderas mes chiens et tu m'aideras à préparer l'expédition, car Konisenta et les autres ne sont guère décidés à m'aider. Ensuite tu retourneras chez les tiens.

Et le vieil Indien avait répondu :

— Max, tu es à la fois mon père et mon fils ! Je ne te laisserai pas monter seul la rivière de la Vallée sans Hommes ! Puisque ces chiens de Slaves ne veulent pas dépasser les canyons des montagnes, j'irai avec toi. Il te faudra un homme pour construire ta hutte d'hivernage, emmagasiner des vivres et des munitions, peut-être construire une nouvelle embarcation mieux adaptée à la Nahanni ! Ça, Tuktu le fera, et puis il y a longtemps que tu n'as pas conduit de traîne, il faut que Blacky te reconnaisse et Silver le second, et Timmy, le fidèle Timmy. Les autres sont jeunes, à part Blacky, qui vient de ton ancienne traîne, mais qu'importe ! tu as le plus bel attelage de tous les territoires et Silver ou Blacky vont tuer, c'est certain, tous les chiens de la Liard !

— Arrête, Tuktu ! disait Max. Nous ne sommes pas venus ici pour faire un carnage et je te conseille de les attacher solidement. Je ne veux pas d'histoire avant mon départ, et pour rien au monde nous ne mettrons la pagaille chez les paroissiens de *father* Brichet.

— Huugh ! avait dit Tuktu, mécontent.

3

En ce printemps tardif, alors que la neige pigmentait encore la basse forêt et se maintenait très dense sur les montagnes, Max et le père Brichet, réunis dans la « lodge » du missionnaire, mettaient au point le grand départ.

La pièce unique, aux parois faites de rondins de spruce simplement équarris, ne comportait qu'un lit de camp et un grand coffre. Le père Brichet y vivait dans une austérité monacale, et son seul luxe était le grand poêle à kérosène, qu'il faisait marcher jour et nuit et qui entretenait une chaleur suffocante dans sa cabane. Brichet était malgré son jeune âge — peut-être trente-cinq, peut-être quarante ans — un vétéran du Grand Nord. Le Mackenzie et la Liard étaient son domaine d'apostolat ; il parlait couramment le dialecte slave et le langage cree, qui sert de trait d'union linguistique entre les différentes tribus. Brichet, natif de la Normandie, avait — outre son ministère qui prenait tout son temps et qu'il accomplissait minutieusement — deux passions : la mécanique et la chasse. Il affichait un grand mépris pour l'administration et ses rapports avec la M.P. (la Police Montée Fédérale) étaient assez froids ; il était aimé, redouté et admiré de ses supérieurs et des Blancs des territoires, traité avec indulgence par son évêque qui reconnaissait en lui le véritable apôtre des temps anciens, adoré des Indiens, dont il prenait sans cesse la défense contre les tracasseries de l'administration. Il était réellement le roi de la rivière Liard, et aucun chef de famille ou de tribu n'aurait accompli un voyage ou une démarche sans lui demander conseil. Un jour, son évêque avait manifesté l'intention de lui faire construire une mission confortable, à l'image de tous les bâtiments administratifs du Grand Nord dans lesquels chaque Canadien, qu'il soit ingénieur, policier ou administrateur, désire retrouver la *way of life* de Montréal ou de Vancouver. « Les Indiens sont pauvres, et je vivrai avec eux dans la pauvreté ! » avait-il répondu. L'évêque n'avait pas insisté.

Parfois, le père allait trop bien. En tant que Blanc, il n'avait aucune autorisation de chasse officielle ; pour l'obtenir, il aurait fallu payer un lourd tribut, ce dont il n'avait pas les moyens. Qu'importe ! Il possédait des armes pour sa défense et ne se faisait pas faute de chasser régulièrement l'élan (1), l'ours ou le castor, grâce à quoi il alimentait en viande les rares populations de son ministère.

Max et lui étaient liés par une profonde et durable amitié. C'est grâce au père Brichet que le pilote avait pu s'établir sur ce coin de forêt à peine défriché du confluent de la Liard et de la Nahanni et y bâtir sa hutte. Étant l'ami du père, les Indiens aussitôt l'avaient respecté et aidé.

— Ça tient toujours, ton grand départ ? interrogea le missionnaire.

— Plus que jamais. J'ai amené dans mon bateau le nécessaire. Il ne me reste plus qu'à établir mon camp

(1) L'élan canadien se dit aussi *orignal* dans le Québec et *moose* dans les provinces anglophones. Nous emploierons l'un ou l'autre terme.

Même remarque pour le glouton : *carcajou* au Québec, *wolverine* en pays de langue anglaise ; pour la loutre : *otter* ; pour le castor : *beaver*.

d'hivernage à l'entrée des gorges. Une fois là-haut, j'attendrai le froid pour continuer à travers les canyons en traîneau !

— Tu emmènes Tuktu ?

— Ça n'a pas l'air de te plaire beaucoup ! Je ne nie pas la valeur de Konisenta, mais je m'entends mieux avec les Dogs-Ribs, et il m'est tout dévoué !

— Pourtant, Konisenta te serait fort utile pour remonter la rivière. Il est un des rares à la connaître, et dans ces méandres et tous ces bras secondaires Tuktu ne s'y reconnaîtra pas.

— Eh bien, soit ! J'emmènerai aussi Konisenta jusqu'au campement, ensuite il repartira. Bonne solution, ne trouves-tu pas ?

— S'il accepte !

— On le lui demandera. D'ailleurs, j'aurai bien besoin de deux embarcations pour le premier voyage !

— Konisenta a la sienne, moins puissante que la tienne. Mais s'il la charge moins...

— Ainsi il sera seul à bord et nous ne nous retrouverons qu'au « fire » de midi ou au « camp » du soir !

Tout paraissait en ordre, et les deux Blancs goûtèrent le charme sauvage de l'heure ; un coup de vent avait dissipé les fumées extérieures et, l'espace d'un instant, la croupe neigeuse de la Butte se profila sur un ciel d'un bleu d'acier.

Un rayon de soleil vint caresser et blondir les poutres de la hutte, fit miroiter les aciers bien polis des armes alignées au râtelier.

— Tu as un véritable arsenal, *father!* fit Max, et il se leva pour examiner en connaisseur les fusils et les carabines du missionnaire.

— Ça fait loucher le M.P. chaque fois qu'il passe, mais pas vu pas pris, hein ! J'ai mon réseau de renseignements et suis prévenu de ses tournées, avant même peut-être qu'il les ait décidées, par le flair et l'instinct proverbial des Indiens ! Tu penses, je suis le meilleur fournisseur de leur garde-manger.

Il éclata d'un rire juvénile.

— Pourtant, dit Max, eux aussi sont chasseurs, ont des armes !

— Ils préfèrent la trappe, c'est moins fatigant que suivre un élan plusieurs jours durant à travers les marécages et le bush ! Moi, ça me fait de l'exercice.

Ils se turent, allumèrent leurs pipes, fumèrent en silence, écoutant la rumeur sourde et continue de la rivière qui leur parvenait à travers la cloison et rappelait ainsi sa puissance toujours formidable, certains jours terrifiante.

— Double tes amarres ce soir, conseilla le père. La neige a dû fondre dans les montagnes, et la rivière va monter.

Pour Max, tout ici était différent du Grand Lac des Esclaves. Il était habitué à voir miroiter, devant sa hutte de Snowdrift, l'énorme plan d'eau hérissé de centaines d'îles boisées. Ici, au contraire, il vivait enfoncé dans la forêt et les marécages ; partout où il allait, il se heurtait à un bras de rivière, à un méandre de la Liard ou de la Nahanni et il était quasiment impossible de faire un pas dans cette grande forêt, peuplée d'arbres gigantesques, beaucoup plus grands que ceux de l'Est, et composés de peupliers, de bouleaux et de spruces aux tailles considérables. Mais, au-dessus de ce rideau compact, se dressaient à l'ouest les murailles continues du premier chaînon des montagnes Rocheuses, et cela conférait au paysage un caractère alpin qui rappelait parfois à Max certains paysages des Bauges ou de la Chartreuse. La végétation couvrait les flancs des montagnes jusque vers mille mètres sur les versants abrités, et cette forêt était parcourue par de nombreux ours bruns ou grizzlis, par des élans dans ses parties basses et marécageuses, par les moutons sauvages et les chèvres blanches aux longs crins sur les prairies rases des sommets calcaires.

— Et... comment va ton neveu, Max ? interrogea prudemment le missionnaire.

— Bien, *father,* je dirai même très bien. Il est complètement désintoxiqué. La vie nouvelle qu'il a découverte le passionne et, quand on aime la vie, on ne se drogue pas ! Il vole régulièrement et Tom lui confie même des missions dans l'extrême Nord.

— C'était pour toi une compagnie, Max. Pourquoi veux-tu te retirer dans ton futur ermitage des montagnes ?... Le jeune a encore besoin de tes conseils, de ta présence...

— Rien ne l'empêchera de venir me rejoindre d'un coup d'aile quand il en ressentira le besoin... Quant à moi, ne comprends-tu pas toi-même qu'un jour vient où l'on ressent la nécessité de faire retraite, de s'éprouver dans la solitude ? Rosa morte, les quelques liens qui me relient à ma famille de Grenoble tellement lâches et fragiles, Bruno devenu un homme, ma tâche sur terre est accomplie...

— On n'a jamais terminé ce que l'on veut accomplir dans la perfection.

— Tu veux dire par là que je risque de devenir un être inutile ?

— Allons, Max ! Pas tout à fait. Certains ermites sont devenus des sains par l'exemple...

— En attendant que tu m'aies sanctifié, tiens, décapsule cette bouteille, je l'ai apportée de Fort-Simpson. La dernière... Après, l'eau de la Nahanni suffira...

Les deux hommes éclatèrent de rire. Une seconde d'extrême jeunesse avait transformé leurs visages burinés par la dure vie qu'ils menaient sous l'un des plus rudes climats du monde.

Ils passèrent aux choses pratiques. La remontée de la rivière jusqu'aux Portes de l'Infini — c'est ainsi que les avait baptisées le père Brichet, l'unique fois où il les avait atteintes sur la barque de Konisenta — était une affaire délicate et dangereuse. Il fallait tout prévoir...

— Les réserves d'essence ?... interrogea Max.

— La grande barge qui descend la Liard venant de Fort-Nelson, où passe la highway de l'Alaska, est arrivée. Elle portait ta commande. Les barils sont entassés près de l'embarcadère.

— Bien.

Leur dialogue fut interrompu par les hurlements subits des chiens qui, à l'unisson, criaient leur fureur ou leur haine.

— On dirait que ta meute commence à faire des siennes ! dit le missionnaire. Allons voir de quoi il retourne !

Décrochant son fouet de traîne, il sortit, suivi de Max. Konisenta accourait, furieux :

— *Father!* Ce Dog-Rib a mal attaché son chien de tête et ce dernier fait des malheurs. Il a déjà égorgé un chien de Phil Edda et, si nous n'étions pas arrivés, il continuait...

Ils coururent vers le lieu du drame. Tuktu avait repris Blacky qui, le poil hérissé, grondait sournoisement, découvrant des crocs de loup sur ses babines noires. A grands coups de gourdin, il lui inculquait le respect du maître, et il l'aurait peut-être assommé si Max n'avait ordonné d'un ton ferme :

— Laisse, Tuktu ! Ce n'est pas lui qu'il faudrait battre, mais toi. On n'a pas idée d'attacher si mal un chien aussi dangereux !

Penaud, Tuktu cessa la correction, puis rattacha solidement Blacky par une chaîne de fer à son piquet de sol.

— Je te paierai ton chien, dit Max à Phil Edda. (Puis à Tuktu :) Et maintenant vérifie toutes les autres attaches ; si ça recommence, je te renverrai à Snowdrift.

Tuktu savait qu'il n'en ferait rien ; il savait aussi que Max, le père Brichet et Konisenta avaient deviné qu'il avait volontairement mal attaché Blacky, mais cela personne ne le dirait. Pour Tuktu, le but était atteint :

Blacky serait le roi des chiens de la Nahanni, comme il était le roi des chiens de Snowdrift. Un husky mâtiné de loup, terrible et courageux ! Cela valait bien une admonestation de Max.

Phil Edda emporta le cadavre de son chien, dont la fourrure ferait désormais une fort belle descente de lit.

Déjà le campement indien avait retrouvé sa somnolence, et seules quelques femmes rechargeaient de lourdes bottes de foin des marais les feux anti-moustiques qui risquaient de s'éteindre.

— Viens, Tuktu, dit Max, je vais te montrer ce qu'il faudra mettre dans ma barque. Dans quelques jours les eaux seront suffisamment hautes pour que nous puissions partir.

Il se tourna vers Konisenta :

— Ton bateau est paré ? Demain, je vérifierai le moteur. Tu sais que tu viens avec nous jusqu'aux portes des montagnes ?

— Huugh ! Max, mais pourquoi as-tu amené avec toi ce Tuktu de malheur ?

— N'arrive-t-il pas que des tribus adverses s'unissent pour faire la guerre à une troisième ? Nous allons avoir à lutter contre les flots et la montagne, vous me serez tous deux très utiles, et tu pourras revenir ici dès que nous aurons atteint l'endroit où je compte élever ma hutte d'hivernage. Enfin, Tuktu est le père de Rosa et cela tu ne dois pas l'oublier !

— Tu parles juste, Max, on fera la trêve ! Mais tu me promets de ne pas m'emmener au-delà des premières gorges ! Tous ceux qui les ont franchies ont disparu, ne sais-tu pas ?...

— Je sais... je sais, fit Max impatienté, ou plutôt j'ai hâte de savoir.

Les deux Indiens s'éloignèrent à regret. Déjà pesait sur eux l'angoisse de toutes les légendes qui couraient les campements... La Nahanni roulait ses eaux, terrible et mystérieuse, et ils croyaient y voir flotter les corps de ceux qui, ayant voulu l'affronter, n'étaient pas revenus...

4

Le grand départ eut lieu, comme Max l'avait prévu, huit jours plus tard.

Le niveau de la rivière semblait s'être stabilisé suffisamment pour que les embarcations ne courent pas de risque de s'échouer, mais le courant très fort charriait, comme autant d'épaves, des arbres entiers déracinés en amont.

— Konisenta passera devant, conseilla le père Brichet. Il est venu avec moi jusqu'aux Portes de l'Infini, il t'évitera de t'engager dans des bras sans issue. Il faudra bien tout son flair pour déchiffrer votre route dans le labyrinthe inextricable des chenaux et des canaux qui divisent la rivière et s'enchevêtrent parfois sur plusieurs kilomètres de largeur.

Les deux hommes, debout sur la berge, dominaient la rivière de plusieurs mètres ; sur les rives, tous les Indiens du campement s'étaient amassés pour les voir partir. Konisenta, fier de son rôle de guide, plastronnait au milieu d'eux, cependant que, dédaigneux, Tuktu vérifiait les chargements, la solidité des filins et des amarres.

Les chiens avaient été entassés sur la barque de Konisenta. Après quelques mouvements de révolte, ils s'étaient couchés docilement sur le fond plat du canot et se désintéressaient de leur sort. L'autre embarcation, celle de Max, plus longue et plus large, était poussée par un fort moteur hors-bord, un kicker de trente chevaux ; elle était remplie à ras d'eau par les outils, les clous, les plaques de tôle, les provisions, les barils de carburant, bref tout ce qui serait indispensable à Max pour édifier sa maison et vivre dans sa solitude.

Le moment vint où il fallut se séparer. Le père Brichet ne cachait pas son émotion.

— Tu aurais dû emporter un poste émetteur-récepteur !

— Et ma tranquillité, qu'en fais-tu ? rétorqua Max.

Le père Brichet n'ajouta rien, mais il se promit d'aller voir au moins une fois dans l'été comment cela se passait aux Portes de l'Infini.

Max sauta dans sa barque, passa à l'arrière, fit un appel d'essence, tira sur la cordelette ; le moteur répondit aussitôt et son crépitement domina dès lors tous les autres bruits.

Sur son embarcation, Konisenta fit de même. Fort étonné de voir son moteur démarrer au quart de tour.

— Tu sauras nettoyer tes bougies, maintenant ? lança le père Brichet qui, toute la matinée, lui avait donné sans grand espoir quelques principes de mécanique.

L'assistance éclata de rire. Penaud mais content, Koni en fit autant.

« Allons, tout se présente bien ! » songea le missionnaire.

Les enfants attendaient avec impatience le moment où ils détacheraient les amarres. Déjà Tuktu, à l'avant, éloignait l'embarcation de la rive en s'aidant de la longue perche étalonnée rouge et blanc qui lui servait de sonde.

Konisenta prit la tête, longeant les rives de la Nahanni, là où le courant est le moins violent. Derrière, Max suivait à vitesse réduite. Il ne distinguait déjà plus les huttes de Nahanni, mais simplement la haute silhouette du père Brichet, qui là-bas sur la rive faisait un dernier geste d'adieu. Puis un coude de la rivière effaça ce qui pouvait encore leur rappeler le semblant de civilisation qu'ils venaient de quitter.

Ils étaient désormais seuls dans la nature sauvage.

Devant la proue des barques, les montagnes enneigées s'écartaient pour faire place à un immense bassin intérieur où la rivière se lovait paresseusement de méandre en méandre, puis tout à coup, sans raison apparente, fonçait rageuse à travers quelques rapides. Lentement, vers le nord, la coupole de la Butte, poudrée de neige fraîche, tournait sur elle-même sans changer de forme.

Ils laissèrent sur leur droite le « Blue Creek », un petit affluent issu de la Nahanni Range, puis vint le moment où entre tous les bras de la rivière il fallut choisir celui qui permettrait de passer. Dans l'immense cuvette où la Nahanni cherchait à se frayer un lit vers l'aval, ce n'était plus qu'un lacis de canaux, de torrents secondaires, enchevêtrés les uns dans les autres, s'apaisant parfois en vastes plans d'eau, si peu profonds qu'on voyait miroiter sur le fond les galets roulés par les crues.

Konisenta allait sa route avec précision.

Il était fier de diriger l'expédition, et méprisait ouvertement Tuktu, placide et indifférent, qui, à l'avant de la barque de Max, sondait régulièrement les eaux et surveillait l'arrivée des épaves emportées par le courant. Ils avaient déjà remonté deux ou trois méandres et plusieurs heures s'étaient écoulées depuis leur départ ; cependant, en évaluant la distance à vol d'oiseau, ils n'avaient guère progressé vers le nord-ouest. En se retournant, Max constata que les chaînes nord et sud de la Nahanni et de la Liard s'étaient assez rapprochées pour barrer l'horizon de l'est ; il voguait dans le grand cirque intérieur ; sur le courant rapide flottaient les dangereuses pointes des arbres déracinés, qui à chaque instant risquaient de briser leurs embarcations.

Sur les rives, au-dessus des berges argileuses, la forêt faite de feuillus tels que liards, peupliers et saules serrait ses troncs en une immense palissade. Parfois, Konisenta s'enfonçait dans un layon qui semblait s'écarter du cours profond du fleuve ; il fallait alors naviguer lentement, sonder, réduire les gaz. Ils passaient sous une voûte de feuillage et, dans ce tunnel sylvestre, le bruit du moteur était tel qu'il empêchait Max de communiquer avec Tuktu posté en éclaireur à l'avant de la barge. L'Indien, alors, se retournait vers lui et, bien que ses traits restassent impassibles, Max savait son fidèle compagnon inquiet ; l'homme des plaines qu'il était s'habituerait difficilement à vivre dans ces vallées profondes creusées au centre des montagnes et formant autant de petits univers isolés, plus secrètement cachés et inconnus que la moindre île déserte sur le grand océan.

Vers la fin de la journée, alors qu'ils venaient de traverser un canal étroit et profond, creusé par la crue entre deux boucles de la grande rivière, et qu'ils réapparaissaient au jour large et lumineux du grand espace semi-lacustre, Konisenta fit de la main signe qu'ils allaient accoster. L'Indien dirigea la proue de sa barque vers la rive gauche de la Nahanni, franchit sans hésitation une barre où le grand courant, se heurtant à des rochers à pic, formait un bouillonnement dangereux, puis sans transition ils se retrouvèrent dans une anse secrète abritée sous deux hautes roches où les eaux apaisées frémissaient sur un banc de sable.

Konisenta sauta à terre, amarra sa barge. Tuktu en fit autant. Puis Konisenta, désignant à Max une haute falaise torturée où un anticlinal de roches calcaires enroulait ses volutes, dit laconiquement :

— *Twisted mountain !* (La montagne tordue !)

Le fait même qu'il eût donné un nom à cette roche rassurait, prouvait qu'ils n'étaient pas encore en zone inconnue.

— Tu viens souvent ici, Konisenta ? demanda Max.

— Quelquefois. Il y a beaucoup d'élans et de castors !

— Et des ours... ?

— Beaucoup ! Ce soir, nous ferons un grand feu.

Ils laissèrent les chiens entravés dans la barque de

Konisenta ; un seul, Blacky, fut descendu à terre ; attaché à un piquet près de leur bivouac, il monterait la garde.

Ils eurent vite terminé les préparatifs du bivouac : dresser un bûcher, l'allumer, tendre sur la flamme une baguette de saule faisant fonction de broche, remplir d'eau la bouilloire, trancher dans le filet d'élan un rôti de plusieurs kilos, le manger à pleines dents.

Cela fait, ils étendirent leurs couvertures près des braises qui rougeoyaient. Max fit passer sa blague pleine de tabac blond. Ils fumèrent lentement et, pendant quelques instants, une paix totale régna sur le campement. La rumeur de la Nahanni brisée par l'écran des roches leur arrivait affaiblie, mais il suffisait de quelques pas pour dépasser le cap qui protégeait leur anse paisible et recevoir de plein fouet la clameur de la rivière, dont les hurlements semblaient emplir toute la vallée.

Un petit ru s'engageait sous le feuillage des peupliers. Konisenta fit signe à Max de venir avec lui ; ils suivirent le ruisseau sur une courte distance, leurs bottes enfonçant dans les eaux peu profondes. Plus loin, des peupliers de taille importante étaient abattus, cisaillés à leur base :

— *Beavers !* (Les castors !) dit laconiquement l'Indien.

Ceux-ci avaient accompli un véritable travail de bûcheron ; en amont du chantier, un barrage retenait les eaux du petit ru et formait un plan d'eau d'où dépassaient les huttes de branchages et de terre ! Koni alla sans hésitation vers un arbre abattu en plein courant : un castor pris au piège gisait mort depuis de nombreux jours ; seul le froid nocturne très vif avait empêché qu'il ne se putréfiât complètement. Konisenta détacha sa trappe, revint avec son trophée qu'il alla dépouiller à distance dans les eaux courantes. La chair, en d'autres temps délicieuse, était immangeable.

— Pourquoi n'es-tu pas venu relever tes pièges plus

tôt ? reprocha Max. Regarde ! La fourrure même est perdue. Tu sembles bien connaître la rivière, remarqua-t-il. Ne m'avais-tu pas dit que tu ne venais dans ces parages que par nécessité ?

Indifférent, l'Indien jeta au loin la peau inutile, sourit bizarrement. Ils rejoignirent le campement.

— Si j'avais eu besoin de cette viande et de cette peau, dit Konisenta, je serais venu la chercher depuis longtemps ! Mais je savais aussi que je partirais avec toi. (Max songea qu'il n'avait pris cette décision que la veille.)

» Tu vois la *Twisted mountain,* reprit le Slave, et au centre de la falaise, cette grotte d'où un peu de fumée s'échappe ? C'est le domaine des Esprits. Parfois, il en sort un véritable nuage, et nous savons alors qu'il ne faut pas pousser plus amont sur la rivière. Ce soir, elle paraît paisible ! Peut-être demain pourrons-nous continuer. Cette grotte, c'est la source des vents !

— Je n'ai pas l'intention de renoncer, Koni, tu le sais bien...

— Tu as tort. Là où tu veux aller, il n'y a que la mort et la souffrance, crois-moi. Le père de mon père déjà m'a appris les faits.

Tuktu, plus nerveux qu'il ne l'eût souhaité, lança :

— Tu radotes, Konisenta. Ici, nous n'avons d'autre danger que le fleuve ; et si un grizzli s'approche, Blacky se chargera de le tenir à distance.

L'autre haussa les épaules et continua :

— Sais-tu seulement, ô Dog-Rib, comment se nomment les montagnes où nous allons ? Passé les Portes de l'Infini, que nous atteindrons si les Esprits nous sont favorables, s'ouvrent des gorges si étroites et si hautes que tous ceux qui les ont franchies ne sont pas revenus : on dit qu'il y a, au delà, la Vallée des Hommes morts : plus de cinquante, disaient les anciens ; ils parlaient aussi de la Chaîne des Hommes sans tête, de la Montagne des Funérailles, du Pic ensanglanté !

— Et comment sais-tu tout cela, puisque personne n'est revenu pour le raconter ?

— Le courant a charrié les épaves. Un jour, paraît-il, on a retrouvé coincé dans la coque brisée d'un canoë un sac hermétique qui contenait un livre écrit en anglais. Le M.P. de Fort-Liard l'a déchiffré. L'homme qui avait écrit ces lignes racontait qu'il était arrivé jusqu'au bout du monde ; la montagne se fermait alors de toutes parts et les eaux de la Nahanni, la rivière sans hommes, tombaient d'une hauteur prodigieuse dans un bruit plus fort que mille tonnerres. Il avait réussi à arriver jusque-là en halant son canot et en franchissant d'imposants rapides, mais il redescendait maintenant la rivière, car, chaque nuit, les ours et les loups formaient cercle autour de son feu ; il n'avait presque plus de vivres et il était trop faible pour poursuivre les élans ou les moutons sauvages. Il a dû faire naufrage quelque part. C'est par lui que nous savons tout, mais ce qu'il a écrit, les ancêtres de mes ancêtres le savaient déjà. Tout petit, au coin du feu, je frémissais de peur quand on contait les légendes de la rivière. Voilà pourquoi je suis le conseil des anciens. Si, demain, la grotte aux Esprits, la source de tous les vents, fume de façon désordonnée, je redescendrai à Nahanni-Butte.

Il y eut comme un craquement de branches tout près d'eux. Blacky, tirant avec rage sur sa chaîne, lança un hurlement de fureur. Mais ni Konisenta ni Tuktu ne manifestèrent d'appréhension.

— Un ours qui tourne en rond, dirent-ils.

Réveillés par Blacky, les autres chiens enchaînés sur la barge se mirent à gémir, mais les hommes étaient trop habitués à leur concert pour y prêter plus longtemps attention.

Négligeant de pousser Konisenta à de nouvelles confidences, Max s'enfonça dans son sac de couchage et, le regard posé sur les braises rougeoyantes, rêva aux étoiles. Le froid était devenu très vif et une brume légère flottait sur les eaux. Max se sentit parfaitement heureux : cette solitude, il l'avait recherchée, elle lui permettait de se replier sur lui-même, de se mieux connaître, de revivre un récent passé. Il évoqua des nuits pareilles à celle-ci, les soirées et les bivouacs de chasse dans la grande forêt d'épinettes, au bord des calmes affluents du Grand Lac des Esclaves, les nuits passionnées vécues avec Rosa au plus profond des déserts sylvestres de l'Est, leur grande chasse aux bisons et le long retour sur les immenses plaines dénudées, ou à travers le bush perdu jusqu'aux confins du ciel dans une horizontalité désespérante. Ici, tout était différent, prenait une autre dimension : verticalité des montagnes dont les sommets se perdaient dans les nuages, rivières déchaînées et, plus terrible que tout, l'inconnu de ces vallées sans hommes. Car, il y avait de l'affabulation dans les propos de Konisenta, si ce dernier cherchait à justifier ses angoisses afin de ne pas perdre la face, Max savait qu'il y avait un grand fond de vérité dans ces récits et que le secret de la rivière Nahanni était terrible : crimes, accidents, si l'on en croyait la chronique parlée, s'y seraient succédé depuis le début du siècle, et ces faits ne concernaient que des hommes de race blanche, aventuriers de l'or, cherchant à gagner le fabuleux Klondyke, à découvrir les pépites ou, mieux, le « drill » qui d'un seul coup ferait d'eux les plus fortunés de la terre. Aucun n'était revenu. Les uns s'étaient sans doute entre-tués, la faim et la rivière avaient détruit les autres.

Mais lui se dirigeait sans crainte vers ces montagnes inconnues, car il ne cherchait ni l'or ni la gloire. Il voulait s'éprouver dans la plus dure des solitudes, trouver la paix intérieure, secouer ses souvenirs, ou peut-être les oublier. Il y en avait tant qui se chevauchaient : la guerre, Rosa, la France. Le père Brichet et le père Keredec l'avaient mis en garde : « Ne pécherais-tu pas par orgueil ? Crois-tu que l'homme est fait pour vivre seul ? Reste avec nous, tu as tant de choses utiles à accomplir en ce pays neuf ! »

Il avait promis de renoncer si l'expérience n'était pas favorable. Il devinait que ses amis ne l'avaient laissé tenter son aventure que parce qu'ils étaient persuadés de son échec.

Il y eut un grand « plouf ! » dans l'eau toute proche.

Konisenta dormait paisiblement, tandis que les chiens reprenaient leur concert de hurlements. Tuktu, qui veillait, avait bondi carabine en main :

— Regarde, Max !

A quelque trente mètres de là, un ours énorme cabriolait dans le courant. Parfois il s'y engloutissait, ne laissant sortir de l'eau que sa tête allongée et le ruban argenté qui courant sur son échine et qui semblait phosphorescent dans la pénombre lumineuse de la nuit de l'Arctique.

— Un grizzli ! Ne tire pas, Tuktu, il s'en va... Nous n'aurions que faire de sa chair et de sa fourrure !

A regret, l'Indien remit le cran de sûreté de son rifle...

La nuit se continua sans autre incident notable, sinon qu'à diverses reprises les chiens hurlèrent, signalant à leur habitude le moindre passage d'un être vivant : élan, loup, castor, dans un rayon très proche du campement.

5

Le premier geste de Max, à son réveil, après avoir rejeté le capuchon de son sac de couchage, fut de regarder en direction de la *Twisted mountain.* Au cœur du plissement, la « grotte des Esprits », la « Source de tous les vents » fumait légèrement. Une poussière blanche s'en échappait, fine et transparente comme une brume de beau temps.

Max observa Konisenta : l'Indien, lui aussi, lisait dans les présages ; Tuktu, renfrogné, préparait des œufs au bacon et faisait bouillir l'eau.

— Alors, Koni, les esprits sont favorables ?

L'autre, un peu décontenancé, ne répondit que par un grognement.

— Tu vois ! dit Tuktu, il est déçu, il aurait tant voulu faire demi-tour ici...

Koni jugea inutile de répondre à ces allégations. Se dirigeant vers sa barque, il lança aux chiens enchaînés les tranches de viande séchée qu'il avait préparées. Le repas commencé dans les hurlements et les frétillements de joie des huskies se continua bientôt dans le silence, silence entrecoupé par le craquement sec d'un os.

Blacky, enchaîné au sol, eut droit aux égards de Tuktu, car visiblement Konisenta s'en détournait.

Il fallut très peu de temps aux trois hommes pour appareiller.

— Tu prends la tête, Konisenta ? interrogea Max.

— Je t'ai dit que j'irais jusqu'aux Portes de l'Infini... J'irai !

— Bien ! Je te fais confiance.

Ils remontèrent la rivière, cherchant les meilleurs passages. Tantôt, il fallait longer la rive convexe pour éviter le courant trop fort, tantôt, au contraire, pour éviter l'échouage, serrer vers la berge concave où les eaux affouillaient l'argile et déracinaient les arbres.

Puis la sonde révéla que les eaux montaient régulièrement, prémices d'une crue en amont, et bientôt, au tournant d'une grande boucle de la rivière, apparurent, précédés d'un léger mascaret, les premiers troncs d'arbres emportés par les eaux. Dès lors, la navigation devint difficile, dangereuse même ; de courtes vagues très sèches secouaient durement les deux barges. Konisenta, dont la barque était équipée d'un moteur moins puissant, connut des difficultés ; il n'avançait plus que par à-coups, utilisant au mieux sa science de la rivière. Max constata la grande expérience de l'Indien, car lui-même, avec son puissant kicker, avait toutes les peines à maintenir son cap.

Tuktu, quant à lui, restait silencieux, renfrogné ; il était habitué à naviguer sur l'immense mer intérieure que constitue le Grand Lac des Esclaves et ne s'effrayait pas de ses tempêtes redoutables, mais ici tout était différent, tout se modifiait d'une heure à l'autre ! Parfois ils devaient faire demi-tour : Konisenta, sûr de son expérience, s'était engagé dans un bras de la rivière et voici que le courant s'en était détourné et qu'il fallait revenir en arrière, reprendre le lit principal, avec tous ses écueils, les piques acérées des spruces déracinés, les souches enfoncées verticalement comme autant d'épieux, les remous imprévisibles. Ils n'avaient guère le temps de contempler le paysage, qui peu à peu changeait. Ils étaient déjà loin de la *Twisted mountain* et découvraient des vallées adjacentes, creusées par des torrents affluents de la Nahanni et dont certaines paraissaient très importantes. Où menaient-elles ? La carte était muette sur ce point. Koni, interrogé, ne connaissait que le lit de la Nahanni ; il ne s'en serait pas écarté pour tout l'or du monde, car, disait-il, dans ces montagnes vivent encore des tribus sauvages, impitoyables, et même, paraît-il, des bandits de grand chemin, des coupeurs de têtes !

Sornettes, pensait Max, sans toutefois échapper à un sentiment d'angoisse.

Vint le moment où les montagnes se rapprochèrent et où la Nahanni coula dans une vallée de plus en plus étroite, bordée par des montagnes de plus en plus hautes. Puis ses berges devinrent des falaises rocheuses et, sur les versants exposés au Nord, des culots de glace, vestiges de l'embâcle de l'hiver, apparurent encore soudés au roc. Maintenant toutes les eaux étaient rassemblées en un seul courant, de plus en plus rapide, de plus en plus fort. Il filait sous la proue des barques qui le remontaient. Alors s'additionnaient les deux vitesses, celle du courant descendant, celle de la barque, et il leur semblait voguer à une allure vertigineuse.

Ils étaient tellement occupés à naviguer au mieux qu'ils ne prêtèrent pas attention à un énorme élan qui se jeta à l'eau devant eux, nagea dans le courant, ressortit sur la rive opposée et disparut dans les fourrés. Il portait déjà des bois courts et épais qui, à l'automne, formeraient la plus gigantesque couronne qu'un mâle puisse porter.

— On ne manquera pas de viande ! constata Max...

Tuktu eût été d'accord pour le poursuivre, mais Konisenta continuait sa route sans s'inquiéter d'eux. Il fallut le rejoindre.

— Plus tard ! dit Max. On se rattrapera.

Un énorme nuage noir apparut vers l'ouest. Il cachait le soleil et d'un seul coup le fond du canyon où ils naviguaient perdit toute clarté, comme si la lumière s'en était retirée, rendant sa sauvagerie au paysage. En même temps, la clameur du fleuve se haussa, répercutée par les parois rocheuses, et tout devint tragique : le bruit des eaux furieuses, les chocs sourds des bois flottants contre les flancs de deux barques, le halètement puissant des moteurs hors bord montant jusqu'aux aigus lorsque le conducteur, d'un coup de poignet, relevait l'hélice hors de l'eau pour éviter qu'elle ne se brisât sur un haut-fond.

Perdus au fond de cette gorge sinistre, ils espéraient à chaque courbe de la rivière rencontrer la plage propice pour accoster et camper. Ils atteignirent enfin, à la jonction de deux petits affluents, un endroit favorable. Max eût préféré camper sur l'autre rive, là où une île forestière divisait en deux la rivière, et qui semblait protégée des vents par les flancs rocheux et boisés d'une montagne de trois mille pieds.

No! dit Konisenta avec énergie. Très dangereux. Viens plutôt là !

Il montrait une petite plage de sable noir formée par les alluvions d'un torrent qui cascadait entre les hautes futaies.

Après qu'ils eurent tiré les embarcations au sec, assez loin du lit de la Nahanni, Konisenta et Tuktu s'affairèrent à transporter le chargement indispensable au bivouac sur une roche dominant de près de vingt mètres les eaux de la rivière.

Les deux Indiens ne se parlaient pas, mais ils mettaient une telle hâte à débarquer provisions, sacs de couchage et carburant que Max comprit qu'un événement grave se préparait.

Bientôt il en eut la confirmation. Un coup de vent violent se changea en tornade qui parcourut les défilés, poussant devant elle un nuage de sable ; brusquement les lourds cumulus noir d'encre qui bouchaient le ciel crevèrent, et une pluie torrentielle s'abattit sur les montagnes. Ils eurent juste le temps de dresser une bâche de toile contre un pan de rocher et de s'abriter sous cet auvent de fortune ; le tonnerre et les éléments étaient déchaînés ; les vents, la pluie, les éclairs se succédaient sans interruption, à mesure que s'amplifiait le grondement des eaux en fureur.

— Vois, Max, dit Tuktu, visiblement inquiet, la rivière monte !

La rivière montait avec une rapidité surprenante. Elle avait déjà grossi de plus de deux mètres en moins d'une heure, et elle montait toujours.

Les deux Indiens descendirent doubler les amarres. Heureusement, les embarcations avaient été halées assez loin dans le torrent secondaire et elles ne risquaient pas d'être emportées.

Max se félicita de la sagesse de Konisenta et profita d'un instant où Tuktu s'était éloigné pour le lui dire. Le Slave en fut tout heureux.

— Regarde là où tu voulais camper ! dit-il en guise de réponse.

L'îlot forestier était recouvert presque uniformément par la crue, et les troncs des spruces et des bouleaux baignaient dans l'inondation.

Les nuages avaient envahi les gorges ; on ne distinguait plus rien des montagnes, et il semblait que la rivière coulât dans un tunnel d'ombres tant le plafond était bas.

Il n'était pas question de faire du feu ; tout était mouillé. Ils se contentèrent de grignoter de la viande de caribou séchée sous le médiocre abri de la vieille bâche qui ne les protégeait qu'à moitié.

L'orage dura plusieurs heures ; la nuit vint plus vite qu'à l'habitude. Ils essayèrent de dormir, de se reposer. Ils allaient y parvenir lorsqu'un bruit plus sourd, plus lointain, plus puissant que le tumulte qui les environnait se fit entendre. On eût dit celui d'un train express passant sur un pont de fer, puis il y eut des claquements violents comme des impacts d'obus, des gerbes de feu jaillirent et s'éteignirent dans le même temps ; suivit un grand craquement d'arbres déracinés et brisés, puis quelques longs bruits se transformant en un bruissement, comme une masse solide qui s'écoule. Quelques rochers s'entrechoquèrent encore, puis plus rien.

— La montagne ! fit Max terrifié. La montagne qui s'éboule !

Mais, comme Konisenta gardait son calme et que Tuktu semblait se désintéresser de l'événement, Max se rassura. Ce qui s'était passé, il ne l'apprendrait qu'au jour venu. Qu'importait désormais puisqu'ils étaient à l'abri. Il enregistra comme une plainte familière la rumeur du fleuve qui, la veille encore, l'avait tant impressionné : c'était une sorte de chant amical et, en comparaison du tumulte de jugement dernier qui s'était déchaîné durant le cataclysme, presque doux à entendre.

Car cette rivière constituait dorénavant le seul lien qui les reliait avec les plaines, avec les hommes. Ils étaient tributaires du fleuve. Par lui, tout pouvait venir et aussi tout pouvait repartir.

6

Aux premières heures du jour, ils purent constater le désastre.

Un pan entier de montagne s'était éboulé sur la rive droite de la rivière. Le glissement de terrain avait emporté roches, terres et arbres sur une largeur de plus de cent mètres et sur toute la hauteur de la montagne ; l'île forestière n'était plus qu'un amas monstrueux de terre et de bois, et désormais soudée à la rive car l'éboulement avait comblé le bras mort et formé un barrage temporaire de plusieurs dizaines de mètres de hauteur.

En contemplant le désastre, Max eut une pensée reconnaissante pour Konisenta. Sans lui, où seraient-ils à cette heure ? Tuktu lui-même reconnut la sagesse de son rival. Il s'avouait impuissant à prévoir un tel cataclysme.

La pluie avait cessé ; de lourds nuages couraient au-dessus des gorges, mais ils portaient ailleurs leurs réservoirs volants. Tuktu réussit à faire brûler quelques mousses humides en les aspergeant d'essence, et un grand feu s'éleva, qui fit fumer leurs habits trempés mis à sécher devant la flamme. Il n'était pas question pour l'instant de repartir, la rivière était encore trop forte et jamais le petit kicker de Konisenta ne pourrait remonter le courant.

Comme ils se reposaient en buvant du thé chaud, Konisenta expliqua :

— Tu vois la traînée, Max. La terre s'est détachée comme une croûte sur près d'un mètre d'épaisseur ; jusque-là le sol était gelé par l'hiver, puis le dégel est arrivé et l'eau s'est infiltrée entre la couche gelée et la terre ferme. La nuit venue, le froid fait geler à nouveau les eaux souterraines et alors la terre éclate et descend, emportant tout ! Il faut faire très attention, Max ! Cela coule toujours sur les endroits les plus propices à un campement ; et, plus haut, tu verras...

Il n'acheva pas sa phrase.

Tukty partit à la chasse et revint, deux heures plus tard, portant sur ses épaules le lourd cadavre d'un mouton sauvage, qu'il avait débusqué dans les falaises. Ils prirent le temps de le vider, de le dépouiller, puis, ayant donné les abats aux chiens, ils fumèrent le reste. Cela faisait deux ou trois jours de viande pour eux et pour leur traîne.

Le soir, les eaux n'avaient pas sensiblement diminué, mais il leur sembla que le courant était moins violent ; si l'accalmie persistait, ils repartiraient le lendemain matin.

La nuit se passa de façon plus agréable. Le ciel était dégagé. Ils apercevaient les étoiles comme du fond d'un puits. A tour de rôle, ils activaient la flamme et la ravivaient avec des branches mortes. Sous la roche qui leur servait d'abri, ils entendaient la grande plainte de la rivière, amplifiée ou amenuisée au gré des courants d'air. A deux reprises, cette nuit-là, ils furent réveillés par des grondements lointains ; quelque part en amont, les coulées de terre continuaient, comme si en ce printemps de l'Arctique tout fût en mouvement, les eaux, les nuages et la terre elle-même.

Enfin le jour vint, et ils purent repartir.

Koni leur annonça que ce serait la dernière journée, car il espérait atteindre avant la nuit les Portes de l'Infini.

— Et après ? suggéra Max.

— Après, je redescendrai, j'aurai tenu parole.

— Bien, Koni, tu es régulier.

En fait, ils ne purent y parvenir. Le moteur de Konisenta donnait des signes de faiblesse, parfois il toussait et c'est tout juste si l'Indien avait la possibilité d'amarrer son bateau quelque part sur la rivière, le plus souvent en plein courant, en faisant avec une amarre un tour mort sur la branche d'un spruce échoué sur un banc de galets, ou bien en jetant un câble de chanvre sur un gros bloc de rocher ; le courant tirait sur l'embarcation, raidissait les filins au risque de les briser, ce qui eût été carastrophique ! Alors Max venait s'accoster flanc contre flanc pour lui porter aide et, laissant son moteur tourner au ralenti, il contrebalançait ainsi la force des courants. Il fallait, chaque fois, nettoyer les bougies, sécher, remettre tout en place ; durant ce temps, Tuktu, la sonde plantée dans le lit de la rivière, maintenait le contact entre les deux barges. La réparation terminée, on repartait. Mais il n'était plus question de chercher son chemin : il n'y avait qu'à remonter une rivière imposante au plus fort de sa crue dont les eaux déchaînées charriaient vers l'aval des arbres arrachés, des mottes de gazon éboulées des parois, et roulait sournoisement des blocs dans ses eaux profondes.

En apparence, la rivière paraissait facile à naviguer. Il n'en était rien. Le courant ne limitait plus, comme aux basses eaux, les chenaux navigables, mais recouvrait toute la largeur du lit entre les falaises rocheuses. A diverses reprises et malgré l'emploi de la sonde, ils s'échouèrent, et il leur fallut de longues et pénibles manœuvres pour remettre à flot les embarcations. Parfois, le long de la rivière, des ours se glissaient, curieux, qui trottaient sur la rive et leur tenaient compagnie, puis disparaissaient comme ils étaient venus dans l'épaisseur des taillis.

Il y eut une sorte d'éclaircie, comme un élargissement des rives. Konisenta suggéra qu'on bivouaquât en ce lieu ; ils avaient perdu trop de temps, ils n'atteindraient jamais ce soir les Portes de l'Infini.

Bien qu'il fût pressé d'arriver, Max se rangea à l'avis du Slave. N'avait-il pas fait preuve jusqu'ici de sagesse et d'expérience ? Ils organisèrent leur campement comme la veille en utilisant le confluent d'une creek avec la grande rivière, là où se forme généralement une barre de sable protégeant un petit plan d'eau calme.

Ils amarrèrent et sautèrent à terre. Aussitôt Tuktu s'arrêta, fit signe à Max et à Koni :

— Regarde ! dit-il, montrant des traces fraîches sur le sable mêlé d'argile de la petite plage. Regarde : un jeune élan poursuivi par deux loups ! Ils étaient là il y a à peine quelques instants. C'est nous qui les avons fait fuir.

Max examina les empreintes : celles des loups étaient presque aussi larges que les sabots du jeune élan.

— Deux énormes loups gris, conclut-il, le mâle et la femelle. Ce soir, il faudra attacher solidement les chiens.

Ils firent brûler un gigantesque amas de branches et la chaleur dégagée par ce brasier était telle qu'ils devaient s'en tenir à distance. Puis Max lança une ligne dans la rivière, après avoir appâté l'hameçon avec un morceau de viande de caribou séchée. Il n'eut pas longtemps à attendre avant de tirer une superbe prise : une truite de plusieurs kilos — un becquard au museau recourbé vers le haut — épaisse et large, qu'ils firent immédiatement griller.

Ce soir-là, la nuit leur parut moins noire, la nature moins hostile. Ils ne pensaient plus aux sortilèges de la Nahanni : Tuktu avait retrouvé ses instincts de chasseur, Koni était fier d'étaler sa science de la rivière, et Max pensait qu'il était désormais un homme libre. Pour l'instant, son univers se réduisait à ces hautes parois qui masquaient tout horizon, et à ces gorges où coulaient les eaux furieuses ; mais, Koni le lui avait dit, la vallée s'élargirait bientôt, une dernière fois, avant de franchir les Portes de l'Infini.

Au matin, ils déchantèrent : la rivière avait baissé de plus d'un mètre et leurs barques se trouvaient échouées assez loin du courant principal. Ils unirent leurs efforts pour les remettre à flot. Dès lors, la navigation changea du tout au tout. Si le courant était un peu moins violent que les jours précédents, en revanche, les basses eaux découvraient des bancs de galets ou de sable, parfois au milieu même du lit de la rivière ; en s'engouffrant dans des chenaux plus étroits, les eaux recouvraient en force ce qu'elles avaient perdu en largeur ; le moindre banc de rocher provoquait de dangereux remous.

Bientôt, les premiers rapides apparurent. De loin, Koni les désigna à Max ; l'eau s'y brisait en vaguelettes frémissantes, des tourbillons profonds se creusaient le long des falaises, sur les rives convexes les dépôts d'alluvions empêchaient toute navigation. Il n'y avait qu'une solution : prendre le milieu du courant le plus fort et passer au moteur. « Pourvu que celui de Konisenta ne cale pas ! » songea Max.

— Tu mets tous les gaz, Max, conseilla Koni. (Et il lança sa barge à l'assaut du rapide.)

Max à son tour s'engagea dans les remous, et d'un seul coup ce fut une danse furieuse. Ils étaient secoués, soulevés, rejetés, dans un grand bruit où se confondaient les rugissements du moteur et le fracas des eaux contre les roches. Le passage était long d'une centaine de mètres. Au-dessus, un plan d'eau tranquille les accueillit ; ils y firent halte pour reprendre leurs esprits.

— Bravo, Koni ! Un fameux passage !

— Quand tu verras ceux qui guettent celui qui veut franchir les Portes de l'Infini, tu pourras parler.

— Tu les as franchies ?

— A pied, en fin de printemps, en longeant les rives sur les culots de glace, mais je ne referai jamais pareil voyage.

— Et qu'y a-t-il derrière ?...

Koni hésita :

— On débouche dans une immense vallée, où plusieurs rivières se rejoignent. Il y a partout des forêts, et du gros gibier, et aussi une cabane...

— Hein ? Que dis-tu ?... Tu n'en as jamais parlé !

— J'ai eu si peur que je n'ai confié mon secret à personne. Dans la cabane, Max, il y avait deux squelettes humains... sans tête. Tu comprends ma frayeur, les légendes contées à la veillée. Je suis revenu en courant. Phil Edda m'attendait à l'entrée du canyon, car il n'avait pas voulu m'accompagner. J'étais encore blanc de peur quand je l'ai retrouvé. Il m'a posé des questions, mais je n'ai rien dit, sinon : « Inutile d'aller plus loin, Edda, la glace a fondu et les eaux ne sont pas navigables... Peut-être en passant par-dessus les montagnes... » « On dirait que tu as eu peur ! » me dit-il. « J'ai encore peur, Edda, j'ai glissé sur une roche et j'ai failli me noyer. Non, je n'irai plus là-bas, retournons... » Et nous sommes revenus, et je n'ai rien dit, ni au père Brichet, ni aux M.P., ni aux anciens, rien !... N'y va pas, Max, n'y va pas, je t'en conjure. Ne dépasse pas les Portes de l'Infini. Il y a, derrière, un pays d'où on ne revient jamais...

— Allons jusqu'aux Portes, Koni.

Vers le soir de cette même journée, ils arrivèrent dans une large vallée où la Nahanni coulait majestueuse et rapide, mais sans offrir de difficultés particulières ; alternaient toujours, au cours des boucles qu'elle décrivait, les rives concaves affouillées par les eaux, les rives convexes, les courbes intérieures, mollement comblées d'alluvions et sur lesquelles parfois avaient poussé de petites plantations de spruces et de bouleaux.

Les montagnes s'évasèrent et prirent de la hauteur. On distinguait plusieurs chaînes successives, et l'une d'elles barrait complètement l'horizon du Nord-Ouest.

Koni dirigea sa barque avec adresse et, à mesure qu'ils avançaient, les murailles rocheuses se redressaient, hautes falaises calcaires, parfois mêlées de roches volcaniques où s'inscrivaient de façon géométrique les plissements géologiques. Max estima leur hauteur à plus de deux mille mètres. Sur les crêtes, la neige de l'hiver tenait encore.

Il semblait à Max qu'ils dussent s'écraser contre la muraille lorsque tout à coup, au détour d'une courbe plus sèche, la falaise s'écarta devant eux. Apparut une faille gigantesque, tranchée comme un coup de sabre et qui coupait en deux la montagne. De cette faille sortait la Nahanni. On eût presque dit qu'elle en jaillissait, car rien ne laissait supposer que la faille se continuât dans la haute chaîne qui masquait l'horizon.

Koni dirigea l'expédition vers une petite clairière, suffisamment élevée au-dessus du lit de la rivière pour qu'ils s'y trouvent en sûreté.

A l'abri des grands spruces, des traces de feu de camp subsistaient ; un échafaudage était dressé, comme en font les Indiens pour mettre à l'abri des fauves leurs réserves de viande.

— *My old camp,* Max ! fit Koni. (Puis, le visage devenu grave, il se tourna vers l'Ouest. Le soleil couchant perçait à travers la faille, irradiant en une gloire aveuglante.) Les Portes de l'Infini ! dit-il encore.

— Les Portes de l'Enfer ! murmura Tuktu.

Ils restèrent longtemps immobiles et silencieux puis, comme le soleil avait disparu, ils ressentirent d'un coup le froid qui tombait des montagnes.

— Fais le feu, Koni. Tuktu, viens avec moi, nous allons planter les piquets pour les chiens, dit Max.

Ils firent comme il avait dit.

Les chiens enchaînés, nourris, le dîner avalé (un quartier de mouton sauvage grillant devant la flamme), ils restèrent seuls avec leurs pensées ; ils n'éprouvaient même plus le besoin de communiquer, mais ils ressentaient comme leur propre chaleur la chaleur de l'autre et, sans se concerter, ils se rapprochèrent les uns des autres.

Plus tard, la lune se leva sur l'horizon ; alors, tous les chiens assis sur leur arrière-train levèrent vers l'astre leur museau pointu dressé directement dans le prolongement du cou et lancèrent leur prière sous la forme de hurlements, de gémissements, de plaintes, chant rauque et puissant qui dura plus d'un quart d'heure, puis cessa brusquement.

On n'entendit plus que le bruit des mâchoires broyant les os, et le bruissement continu et soyeux des eaux assagies de la Nahanni.

7

— Nous allons te construire ta hutte, Max, dit Konisenta.

— Inutile, Koni, je ne m'arrête pas ici !

L'Indien se retourna, saisi d'une terreur panique.

— Que veux-tu dire ?

— Je veux aller jusqu'à la cabane des morts, je veux franchir ces gorges que tu as traversées. Ne m'as-tu pas dit que, de l'autre côté de la montagne, la vallée était immense, avec de belles forêts, de l'espace ?

— Mais les morts ! Ces hommes sans tête ! Au pied de la Chaîne des Funérailles, de la montagne du Sang du Soleil ! Ne va pas au-devant des sortilèges, Max, je t'en conjure. Installe-toi ici ; il y a de l'eau, de la chasse, du bois, et tu sais que nous pourrons toujours venir t'y rejoindre !

— Pourquoi ne veux-tu pas franchir les Portes, Koni ? Tu l'as déjà fait, tu en es revenu, tu as vaincu les sortilèges.

Tuktu crut bon d'intervenir. Il le fit avec réticence, tant il lui était dur d'approuver Koni :

— Il a raison, Max, restons ici. Le site me plaît, le bois est beau et je bâtirai une belle cabane. Pourquoi aller plus loin ?

— Parce que d'autres ont poussé plus loin, ne comprends-tu pas, Tuktu ? L'inconnu, c'est là où personne n'a jamais été ; il y a un mystère de la Nahanni, je veux le connaître. Tes hommes sans tête, ça ne me dit rien, Koni. Qu'auraient-ils fait de leurs crânes ?

L'autre ne savait plus que répondre.

— Allons, reprit Max, ces gorges que tu as franchies, je vais à mon tour m'y engager ; mais tu es libre, Koni, tu as tenu parole, tu nous a conduits jusqu'ici avec sagesse, je ne t'en demande pas plus. Toi aussi, Tuktu, demain tu pourras redescendre avec Koni. Moi, je continue.

Il les regardait en souriant, et ils en étaient désarmés. S'il s'était mis en colère, eux aussi auraient pu parler plus fort, mais ce sourire exprimait la volonté tranquille, inflexible, d'aller jusqu'au bout.

Ils temporisèrent.

— Attendons jusqu'à demain, dit Tuktu. Ce soir, organisons-nous comme si nous devions passer notre vie ici.

Il alla chercher une tronçonneuse dans l'embarcation de Max, et peu après, le crissement aigu de la scie déchira les plaintes naturelles du vent et des eaux. Tuktu abattait des troncs de spruces.

— Il a raison, dit Koni.

Vers 10 heures du soir, comme la clarté du jour finissait de s'éteindre, ils avaient abattu suffisamment de bois pour édifier une cabane confortable.

— On remettra à demain la construction, dit Max.

Ils avaient fait un grand feu sur lequel grillaient des quartiers de viande. La bouilloire chantait et sifflait comme une vipère en colère. Couvrant tout, le chant de la rivière oscillait au gré des vents et les berçait de sa complainte. Parfois, un des chiens attachés à l'écart gémissait lourdement, un autre lançait un bref hurlement signalant le passage d'un loup, d'un glouton ou d'un lynx, attirés par l'odeur de viande.

— Paix ! Blacky ! Stop ! Timmy ! ordonnait l'un des Indiens.

Le chien fautif se taisait, rassuré ou dompté.

Alors chacun retournait à sa rêverie. Par la grande trouée rocheuse d'où s'écoulait la Nahanni, la lueur nocturne arrivait jusqu'au tapis d'ombre où ils s'étaient blottis sous l'épaisse frondaison des spruces, tandis que, devant eux, les falaises noires se dressaient compactes et menaçantes comme un mur d'encre dans la nuit claire et se haussaient jusqu'aux étoiles, tranchées dans le vif par le coup de sabre des Portes de l'Infini.

Plus tard, alors que les dernières étoiles s'éteignaient et que la voûte du ciel pâlissait comme se refroidit un fer porté au rouge, Koni se leva. Raviver les braises, puiser de l'eau à la rivière sont besognes quotidiennes pour un Indien de la forêt. Il était sur son territoire et ces tâches lui incombaient. Il resta un long moment tourné vers les défilés qui conduisaient aux terres inconnues de l'Ouest et frémit d'angoisse. Laisserait-il Max se porter tout seul au-devant des dangers ? Pourraient-ils franchir en canot ces canyons redoutables que lui n'avait parcourus qu'une fois en traîne à chiens sur les glaces de l'hiver ? Que dirait le père Brichet si Koni rentrait, ayant abandonné son ami au seuil du risque ?

Quand il revint vers leur campement, le jour était levé. Tuktu mâchonnait une languette de viande séchée ; Max, assis en tailleur, souriant, mal réveillé, grattait sa chevelure grisonnante en étouffant un bâillement :

— Alors, cette rivière, Koni ? Elle monte ou elle baisse ?

— Elle a baissé d'un mètre, mais ça ne veut rien dire. Qui sait ce qui se passe en amont, là où la neige persiste tout l'été sur les montagnes ?

— On ira voir, Koni, on ira voir !

— Dieu te protège, Max, ronchonna l'Indien. (Puis, comme s'il voulait échapper aux questions précises, il apostropha Tuktu :) Viens, on va bâtir cette cabane.

Max regarda les deux Indiens manier la hache à manche court avec virtuosité. Entrecroisant les poutres écorcées en un rectangle parfait, ils eurent rapidement élevé les quatre parois, puis taillé l'ouverture de la porte ; ensuite ils croisillonnèrent sur la poutre faîtière des branches longues, minces et souples sur lesquelles ils entassèrent des mottes de terre arrachées au marécage voisin. Il restait encore à calfater les interstices entre les poutres avec de la mousse : ce dernier travail, accompli minutieusement, leur prit plus de temps que tout le reste de la construction.

A la nuit, tout était terminé, il ne restait plus qu'à aménager devant l'entrée un espace dallé pour entretenir un feu, à préparer les litières de feuillages sur lesquelles ils jetteraient leurs sacs de couchage et leurs couvertures.

Max rayonnait :

— Bravo, les gars ! Un vrai palais ! Il me sera bien utile lorsque je repasserai par ici. Laissez tout maintenant, j'aurai le temps de le fignoler plus tard. Reposons-nous, car demain nous partirons à l'aube.

Tuktu et Koni se regardèrent consternés.

Ils avaient un instant espéré que la cabane qu'ils avaient aménagée retiendrait Max, mais celui-ci précisait :

— La seule chose qui m'ennuie, Koni, c'est que, si tu ne viens pas avec nous, je ne pourrai pas emmener les chiens de traîne ; ma barge est trop chargée. Je te demanderai donc de rester ici et de les nourrir jusqu'à mon retour. Dès que j'aurai fixé l'endroit de mon prochain campement et déchargé ma barque, je reviendrai les prendre. Alors, Tuktu regagnera Nahanni-Butte avec toi.

Koni jugea bon de ne pas se plaindre. Qui sait ? demain Max aurait peut-être changé d'avis. Il mâchonnait cette idée, sachant bien qu'il n'en était rien. Max irait jusqu'au bout.

Tuktu fumait sa pipe de maïs, placide et indifférent. La nuit était son royaume plus encore que le jour : la nuit des trappeurs, la nuit des chasseurs, la nuit des aventuriers aux sens décuplés par la présence constante et inconnue du danger. Tout à coup il retira sa pipe et, pointant le doigt vers l'ouest, dit simplement :

— *Look,* Max !

Des bandes de longs nuages effilés et cotonneux formaient sur le ciel un gigantesque tapis et celui-ci venait de s'embraser ! Il roulait des flots pourpres et s'effilochait au gré des vents. Par la trouée de la Nahanni, un rideau sanglant se déployait et ses reflets, modifiant le relief des falaises, hissaient leurs parois jusqu'à des hauteurs cosmiques. Quelque part vers l'ouest, le soleil couchant avait percé entre deux bancs de nuages et, sans éclairer la terre, embrasait les nuées, les faisait flamboyer, s'éteindre et se rallumer.

— *Sunblood mountain* (la montagne du sang du soleil) ! dit tout bas Koni, frappé de terreur.

Ainsi la légende se précisait.

Puis il y eut comme un lointain coup de tonnerre en amont du fleuve et le ciel s'éteignit d'un coup, rendu à la nuit. Quand leurs yeux se furent de nouveau accoutumés à l'obscurité, tout était redevenu calme et le chariot de la Grande Ourse tournait lentement sur l'axe de l'Etoile polaire.

— Presque aussi beau qu'une aurore boréale, dit Max.

Tuktu approuva, mais Koni vivait sous des latitudes trop basses pour avoir pu observer le phénomène et il interprétait les signes célestes comme des messages de mauvais augure.

Il saisit du bois à pleines brassées, le jeta avec rage sur le foyer, puis se rapprocha des flammes à s'en brûler le ventre et le visage.

Il resta ainsi prostré toute la nuit.

8

A l'aube, ils firent leurs préparatifs.

Max allégea sa barque en laissant dans la cabane quelques fûts de carburant et une partie du matériel qu'il avait en double. Si jamais il était obligé de renoncer, il trouverait ici un relais utile.

Le site lui plaisait. Cette énorme forêt qui cascadait de vire en vire sur les hautes falaises et venait baigner ses racines dans les eaux furieuses de la Nahanni lui rappelait sa lointaine Chartreuse — en deux fois plus haut, en mille fois plus large. Au fond, Koni n'avait-il pas raison ? A quoi bon poursuivre plus avant ? Ne trouverait-il pas ici tout ce qu'il cherchait : la solitude, des possibilités certaines de vie : le bois, les fourrures, la chasse et la pêche ?...

Il rejeta cette tentation de la facilité. Ce qu'il voulait — il l'entrevoyait jour après jour —, c'était percer les mystères de la rivière, détruire les légendes, donner une explication plausible aux disparitions signalées ! Il continuerait, il irait jusqu'au bout du possible, là où, selon Koni, les eaux de la rivière se brisaient en écumant dans un large bassin rocheux.

Cependant qu'il charriait ses bagages et son matériel, aidé du fidèle Tuktu, il vit que Koni détachait les chiens un à un et les embarquait. Le Slave n'avait pas dit une parole depuis la veille, mais maintenant Max savait : Koni viendrait avec lui.

Il fit comme si rien ne s'était passé entre eux.

Les préparatifs d'embarquement leur prirent trois bonnes heures. Koni, ayant sondé la rivière, déclara qu'elle avait baissé sensiblement.

— On tiendra le fil du courant afin de ne pas s'échouer sur les bancs de sable ou de galets, décida Max.

A vrai dire, il préférait la rivière basse : les eaux, canalisées dans le lit principal, découvraient beaucoup de leurs écueils. Si, d'aventure, elles devenaient trop basses, ils auraient toujours la ressource de haler les embarcations dans les passages particulièrement difficiles.

Koni scruta le ciel, les nuages, établit la direction des vents.

— On n'arrivera pas ce soir au-delà du premier canyon, dit-il. Je crains un orage, mais je me souviens d'une terrasse où nous pourrons nous abriter. Ne tardons plus.

Koni déhala le premier son embarcation.

Resté sur la rive, Tuktu défit la longue amarre et la lui lança. Déjà le kicker de Koni, vérifié soigneusement par Max, crépitait ; la barque s'éloigna rapidement du bord et les chiens, emportés par le courant, se mirent à hurler à la mort, puis se turent, impuissants : leurs cris couvraient à peine le tumulte de la rivière qui chantait fortissimo comme une coulée d'acier en fusion.

Tuktu et Max suivirent. Une fois les deux embarcations stabilisées dans le courant, leurs pilotes forcèrent sur les manettes des gaz et lentement la puissance des moteurs se développa, triomphant de la fuite des eaux sous l'étrave.

Tout de suite, la navigation devint difficile. Les rives se resserrèrent et se haussèrent comme par enchantement. Derrière eux s'amenuisait la longue courbe, véritable piste où la rivière coulait entre les rives boisées ; la hutte qu'ils venaient de quitter n'était plus qu'une misérable niche abandonnée. Puis tout ce paysage d'apparence bucolique s'effaça et ils pénétrèrent dans une gorge menaçante ; la Nahanni y rugissait de colère, cherchant un passage, ricochant sur les deux versants, creusant, sapant les hautes falaises qui la dominaient, projetant son écume à plusieurs mètres de hauteur, enroulant de dangereuses vagues. Seul un œil averti pouvait discerner le miroitement argenté qui signale les dangers : bancs de sable ou de galets, remous provoqués par des roches affleurantes. Plusieurs fois, Koni dut échouer sa barque et attendre qu'on vînt l'aider, car son moteur se révélait trop faible pour remonter le courant. Max, grâce à la puissance de son kicker, passait, non sans d'énormes difficultés ; mais le sang-froid de Tuktu, qui sondait régulièrement à l'avant, lui permettait d'éviter les principaux écueils. Dès qu'un accostage était possible, il s'y amarrait solidement, puis, accompagné de Tuktu, il redescendait à pied le long de la rivière jusqu'à ce qu'ils rejoignissent Koni. Alors les trois hommes unissaient leurs efforts et halaient la lourde embarcation ; le rapide ainsi franchi, chacun reprenait sa navigation.

Pendant ces courtes haltes, Max notait avec précision les repères qui pourraient servir au voyage de retour, évaluait la vitesse du courant, estimait sa profondeur, hochait la tête, car Koni le lui avait dit : cela n'était rien en regard des énormes difficultés qui les attendaient.

La gorge devenait de plus en plus impressionnante et la hauteur des falaises considérable comparée à l'étroitesse des canyons : par endroits, leurs crêtes dominaient de plus de quatre cents mètres les eaux furieuses et leur verticalité était telle que les spruces qui en couronnaient le sommet semblaient, vus d'en bas, de simples arbrisseaux.

Vers la fin du jour, ayant franchi plusieurs rapides, Koni déclara qu'il serait imprudent de pousser plus avant ; ils avaient accompli, selon lui, la moitié du trajet qui les séparait de la cabane des « hommes sans tête ».

Un dernier rapide secoua durement les barques, puis ils flottèrent sans effort sur un plan d'eau calme formant un petit lac aux eaux transparentes et qui semblait cerné de toutes parts par les falaises. Ainsi, ils parvinrent jusqu'à un tournant du canyon et ce qu'ils virent leur arracha un cri d'admiration : devant eux s'ouvrait un passage étroit de quelques mètres, simple entaille, prodigieuse coupure qui constituait le lit de la rivière ; elle y coulait très lentement jusqu'au déversoir, ce rapide qu'ils venaient de franchir, dû à un très ancien éboulement rocheux formant barrage.

Un silence merveilleux avait succédé au tumulte des eaux.

Tuktu se dirigea sans hésitation vers une énorme grotte ouvrant directement sur le plan d'eau. Une plage de sable permit d'y échouer les embarcations solidement amarrées autour d'un tronc de saule. L'endroit était solennel, comme le porche d'un temple ; en vérité il ne s'agissait pas d'une grotte mais d'un gigantesque surplomb : sur leurs têtes les roches des deux rives semblaient se rejoindre et former voûte. On ne voyait plus le ciel.

— Ici on ne risque rien, dit Koni. Quand j'ai franchi cet endroit, le lac était gelé à grande épaisseur ; je m'y suis arrêté quelques instants pour laisser souffler les chiens.

— Et après, Koni ? Raconte !

Max était impatient de tout connaître. Il semblait que le Slave avait enfin triomphé de sa peur ; le fait d'avoir déjà franchi ces gorges faisait de lui le héros de leur aventure. Il en tirait avantage sur Tuktu, qui, renfrogné dans son coin, préparait le feu du bivouac et mâchonnait des phrases pour lui tout seul. Il était clair que l'homme des grandes plaines de l'Est n'aimait pas ces montagnes. Pour la première fois de sa vie, il allait dormir au sein des roches ; il craignait plus ces monstres pétrifiés que les eaux furieuses qu'ils avaient affrontées. Tout, dans ce voyage, allait à l'encontre de ses lointains instincts ; ceux de sa race, les Dogs-Ribs, issus de la grande famille des Crees, ne concevaient leur sécurité qu'en terrain découvert ou bien cachés au plus profond de la forêt arctique. Ce relief gigantesque épouvantait Tuktu. Max s'en aperçut :

— O.K., Tuktu ?

— *Bad mountains, very bad,* Max, dit-il en secouant la tête.

Puis, comme s'il pouvait trouver appui et compréhension auprès des chiens amenés sur sa barque, il se dirigea vers eux.

Ceux-ci, le reconnaissant, gémirent de plaisir, aboyèrent, puis hurlèrent en chœur leur chant du soir. A chacun il distribua la pâtée de riz et de viande séchée qu'il avait préparée à leur intention ; il allait de l'un à l'autre, les appelant par leur nom : *« Be quiet, Blacky ! »* « Stop, Timmy ! », arbitrant les bagarres à grands coups de trique que les chiens semblaient recevoir avec plaisir car celui qui les battait était leur maître et ils se savaient fautifs.

Ce soir-là, Max chercha longtemps le sommeil. Il se tournait et se retournait dans son sac de couchage, tandis qu'à ses côtés les deux Indiens ronflaient paisiblement. Il n'éprouvait pas vraiment de l'inquiétude, non. Les difficultés rencontrées pour venir jusque-là ne dépassaient pas ce qu'il avait imaginé ; même, si elles augmentaient les jours suivants, il en triompherait. D'abord, il était maintenant certain de l'appui de Konisenta, et puis il y avait Tuktu, le courageux Tuktu : même si, ce soir, il connaissait à son tour une légère défaillance, demain, lorsqu'ils déboucheraient au grand jour dans la Vallée des Hommes sans tête, l'Indien retrouverait la voûte céleste et l'espace infini qui lui manquaient dans les couloirs mystérieux de la Nahanni et il redeviendrait lui-même... Alors ? Pourquoi cette insomnie ?

La nuit, du fait même qu'ils gisaient au plus profond et au plus étroit de la gorge, était plus dense que la veille. Seul, le miroitement des eaux calmes frappées par un rayon d'étoile matérialisait la présence de la Nahanni désormais silencieuse.

Tout à coup, Max comprit. C'était le silence, ce

silence total faisant suite au tumulte des eaux se brisant sur les rives, au sifflement du vent dans les arbres des forêts, à ce grand bruit terrifiant de la rivière qui, lorsqu'il se mêlait aux bruits telluriques venus de l'Infini, les laissait haletants. Tout ce qui jusque-là avait été la vie, celle des hommes et des bêtes sauvages, celle de la rivière démentielle se gonflant et baissant au rythme des orages, la vie même de notre planète, celle des montagnes s'érodant lentement par des glissements de terre, des avalanches, tout cela avait disparu. Cette nuit, c'était comme s'ils étaient sous terre, campés au bord d'une rivière morte, car aucun bruit ne leur parvenait plus, et Max pouvait compter les battements de son cœur, suivre le rythme de sa respiration, mêlée à celle de ses hommes, percevoir parfois les cris plaintifs d'un chien qui rêvait.

Etaient-ils parvenus aux portes de la mort ?

— Hello, Max ! *We must go!*

Il se réveilla en sursaut et dut faire un effort de mémoire pour se souvenir du lieu où ils étaient. Le jour descendait en larges rayons par l'ouverture invisible du canyon ; d'énormes truites sautaient hors de l'eau, disparaissaient, réapparaissaient, et Koni lui montra avec fierté sa pêche du matin : quatre ou cinq « becquards » pesant chacun plus de dix livres !

Tuktu déposa près de la couche de Max un énorme bol de café. Les deux Indiens souriaient : cette fois, ils avaient été les premiers et ils n'étaient pas mécontents de cette petite défaillance de leur chef.

— *All is ready,* Max, dit encore Tuktu.

— *Well, boys, we go!*

Debout, réveillé, il était déjà repris par sa volonté d'aller de l'avant. C'est tout juste s'il ne bousculait pas les autres qui pourtant avaient accompli tout le travail de préparation. Il ne lui restait plus qu'à faire le plein des réservoirs, à vérifier les hélices.

— Oh, Koni, tu as touché quelque part ! Regarde, il y a une pale de tordue !

Koni baissa la tête. Il n'avait pas osé le dire : la veille, avant de se faire haler le long de la berge, il avait touché en effet un rocher affleurant, sans mal, pensait-il. Mais il examina avec soin la pièce endommagée...

— Pas grave ! L'axe n'est pas tordu, et il manque juste un bout de pale ! Ça vaut mieux, car je n'ai que deux hélices de rechange.

Puis il procéda au nettoyage indispensable des bougies, constamment encrassées par le carburant mixte des moteurs à deux temps, fit un essai ; les deux moteurs partirent au quart de tour. Leur crépitement emplit la gorge, décuplé par les échos.

Allons ! tout allait bien.

Sur ce plan d'eau, ils n'eurent aucune peine à reprendre la remontée de la Nahanni. Peu à peu, la gorge s'élargissait, sans toutefois perdre de sa grandeur et de sa hauteur, puis à un tournant, subitement, comme une porte qui s'ouvre, les murailles s'évasèrent en une succession de terrasses boisées s'élevant des deux côtés jusqu'au sommet des montagnes. Là-haut, les crêtes étaient encore fortement enneigées et des corniches subsistaient ; un peu partout, des coulées de terre striaient les flancs du canyon. Malgré les beaux arbres qui garnissaient les rives, il eût été imprudent d'y camper et Max se félicita d'avoir emmené Koni : peu avertis des dangers, Tuktu et lui eussent peut-être choisi d'y séjourner. Le lac temporaire formé par le barrage d'éboulis et d'alluvions maintenait le plan d'eau jusqu'à la sortie de ce goulet, que Max baptisa « le portail » à cause de ses allures de cathédrale. La Nahanni s'y jetait avec force, mais ses eaux s'y apaisaient mystérieusement. Ils allaient devoir à nouveau remonter les rapides où la rivière mugissait entre des rives argileuses à moitié sapées, et le danger de s'y briser était encore accru du fait des troncs d'arbres dérivants qui descendaient de l'amont.

— Comment était-ce en hiver, Koni ? demanda Max.

— La rivière était gelée et j'ai pu passer facilement sur les bords. Peut-être ferions-nous bien de faire ainsi.

— Et les barques et le matériel ? Tu n'y penses pas ! Bon, je vais devant. Tuktu, mets-toi à la sonde ; toi, Koni, suis dans mon sillage. Si tu es trop faible, échoue-toi, on reviendra te chercher. Ah ! si au moins je connaissais la longueur de ce rapide !

Il était beaucoup plus long qu'il ne le pensait. A vrai dire il n'y avait pas de remous imposants, comme ils en avaient rencontré plus bas, mais ils devaient remonter un torrent fougueux où les eaux, en s'étalant, n'avaient plus grande épaisseur. A la proue, Tuktu annonçait la profondeur : deux pieds ! trois pieds ! leur tirant d'eau étant de un pied et demi, ça devait passer mais il fallait compter avec l'arbre de l'hélice.

Chaque fois qu'il se trouvait devant une difficulté à résoudre, Max se sentait des forces et une volonté nouvelles. Il lança l'embarcation au milieu du courant, là où des vagues de plus d'un mètre rejaillissaient sur sa proue et venaient inonder le fond de la barque. Ils furent terriblement secoués. Tuktu ruisselait sous les embruns ; ils ne pouvaient correspondre que par signes étant donné le bruit, décuplé par la vitesse prodigieuse du courant — Max l'estimait à plus de trente kilomètres/heure — : la Nahanni feulait, rugissait comme un fauve, et les blocs qu'elle roulait sous ses eaux s'entrechoquaient, ajoutant encore à la confusion sonore.

Devant eux se dressait parfois une barre liquide ; Max tournait à fond la manette des gaz et le vrombissement de son moteur s'ajoutait à la clameur des éléments. Tuktu, désormais aguerri aux risques de la rivière, prévoyait les écueils et faisait parfois, d'un coup de perche, dévier au dernier moment la trop lourde embarcation. Il se disait, non sans effroi, qu'aucun canoë du Grand Lac ne parviendrait à tenir dans ces rapides.

Le franchissement du passage les accaparait tellement

qu'ils n'eurent le loisir ni de contempler le paysage ni de se retourner pour voir ce que devenait Koni : une défaillance d'attention d'un dixième de seconde eût été fatale.

Au-delà, Tuktu signala du geste un bosquet de saules qui divisait la Nahanni en deux bras. Max comprit : le courant partagé deviendrait moins fort, ils pourraient sans doute accoster, attendre Koni. Ils eurent encore quelques passages difficiles, puis les eaux se calmèrent, sans cependant diminuer de puissance ; sur la rive gauche s'ouvrait un bras mort, séparé du courant principal par une petite barre sableuse.

— Attention, Tuktu, je lance à fond ! dit Max.

Mettant pleins gaz, il fonça sur la barre de sable et, au dernier moment, releva le kicker qui mugit désespérément dans l'air ; la barque lancée avec force s'échoua sur le banc de sable suivant.

— Amarre, Tuktu ; ici on sera bien pour attendre Koni !

Ils restèrent ainsi un long moment à goûter le calme de l'endroit. La rivière coulait à quelques mètres d'eux et, par le fait du courant, il leur semblait que les vagues se haussaient bien au-dessus du lit du fleuve. Max fut saisi d'une sorte de vertige, ce vertige des eaux courantes qui à la longue berce dangereusement, dissout toute velléité de résistance, annihile toute volonté, laisse s'infiltrer la peur par tous les pores. Mais le fait d'imaginer Koni en difficulté lui rendit instantanément ses forces :

— Allons à pied à sa rencontre ! dit-il.

Les eaux n'atteignaient point jusqu'à l'abrupt des rives et, le long de la rivière, s'allongeaient des bancs de gravier ou de sable, parfois de galets roulés, sur lesquels étaient venus s'échouer des souches et même des arbres entiers avec leurs racines et leurs branches.

A partir de ce point, la gorge n'était plus qu'une étroite et profonde vallée taillée en V par l'érosion et cela laissait prévoir plus amont un élargissement total.

— Tu sais, on ne doit plus être loin maintenant.

— Huuugh ! fit Tuktu, mécontent. *Bad river, bad country.* Pourquoi as-tu quitté notre Grand Lac ?

— Tu le sais bien, Tuktu, dit doucement Max.

Un instant, le souvenir de Rosa éveilla en lui une profonde émotion, puis l'inquiétude qu'il éprouvait sur le sort de Koni dissipa sa propre angoisse ravivée maladroitement par Tuktu. Comme tout cela était loin. Bien sûr, si Rosa avait vécu, ils n'auraient jamais quitté Snowdrift, le Grand Lac et ses îles !

— Je n'aperçois rien, dit Tuktu, inquiet.

— Descendons. Il n'a pas pu remonter un pareil courant. Moi-même, j'ai eu beaucoup de mal et j'ai le double de puissance !

Il craignait surtout que le moteur eût été noyé par une vague furieuse ; il imaginait la barque désemparée, prise de biais, chavirant...

— Le voilà ! cria Tuktu.

A plus d'un kilomètre en aval, on distinguait à peine (il fallait pour cela des yeux d'Indien) la barque de Koni, échouée sur un îlot de gravier à quelque distance de la rive ; l'en séparait un petit bras étroit, mais où le courant semblait encore violent. Koni faisait de grands gestes. Ils l'eurent rapidement rejoint, malgré la difficulté du parcours sur ces galets instables.

Koni était en train de harnacher ses chiens ! Il avait déjà passé le collier à cinq d'entre eux, et maintenant il les reliait tous à la longue corde de nylon qui lui servait d'amarre. Quand il vit venir ses compagnons, il eut un bon rire.

— *Isn't good,* Max ?

— Tu es un chef, Koni !

Les chiens aboyaient, se battaient, hurlaient joyeusement ; ils étaient attelés, cela signifiait pour eux qu'ils allaient à nouveau chasser, et ils se pourléchaient leurs noires babines à l'idée des monstrueux repas de ventrailles que le maître allait bientôt leur servir.

Lorsqu'ils durent tirer sur les galets, ils eurent un moment d'hésitation, bien vite réprimé à coups de fouet.

— Laisse faire Tuktu, dit Max, les chiens le connaissent mieux.

Koni ne fit aucune objection. On le sait, les chiens de traîne n'obéissent qu'à leur maître !

Le plus difficile fut de parvenir à la pointe de l'îlot, de leur faire franchir à la nage le petit bras de rivière. C'est seulement quand Tuktu entra dans l'eau glacée jusqu'à mi-corps que les chiens le suivirent. Resté à bord, Koni dirigeait l'embarcation, cependant que Tuktu et Max, attelés à une corde supplémentaire, ajoutaient leurs forces à la puissante traîne des chiens.

Ils n'eurent aucune peine à rejoindre la première embarcation.

— Bonne idée, dit Max, je m'en souviendrai ! On pourra leur donner double ration ce soir. A propos, où en sommes-nous ? Il me semble que nous devrions bientôt arriver !

— Si j'ai bonne mémoire, dit Koni, les grands rapides doivent être terminés, et je pourrai franchir les autres sans votre aide ; puis nous arriverons à un confluent de vallée, et sur des milles et des milles il n'y aura plus qu'une sorte de grande cuvette, un pays intérieur bordé de toutes parts par les montagnes. La Nahanni y décrit de nombreux méandres, la forêt est très dense, et c'est là que se trouve la cabane des hommes sans tête.

— Nous irons jusque-là ce soir ! dit Max.

Aucun des deux Indiens ne demanda : « Et après ? » Ils étaient maintenant comme envoûtés et, plus que Max peut-être, ils désiraient déchiffrer les mystères et les légendes de la Nahanni, toutes ces histoires de morts et de crimes qui avaient descendu le prodigieux courant et fait trembler de peur les enfants et les femmes dans les plus lointains campements de la Liard ou du Mackenzie.

Trois heures plus tard, ils échappaient au cauchemar des gorges. Un dernier rapide, très court et violent, hissa leurs embarcations sur un vaste plan d'eau ; les montagnes étaient derrière eux, la lumière venue de tous les horizons les baignait de soleil et d'ozone, le grondement terrible des flots en colère avait fait place à un chant grave et continu.

— La Vallée des Hommes sans tête, dit Koni.

Malgré lui, Max éprouva un petit pincement au cœur. Il se ressaisit aussitôt :

— Bien, Koni, tu es un grand chef ! Dieu, que le pays est beau !

C'était en effet la plus merveilleuse des solitudes dont il pût rêver ! Des rivières, des îles, des arbres, la forêt, la grande forêt enfin retrouvée et partout, sur le sable des rives, les traces des ours, des élans, des castors. Aurait-il atteint le but de son voyage ?

Il fallait maintenant vérifier les dires de Koni, retrouver la cabane.

9

Devant eux, la montagne s'ouvrait comme un fruit mûr.

Après des jours de claustration dans un monde minéral, au long de ces gorges sur lesquelles reposait tout le poids du ciel, ils découvraient avec joie le vaste manteau forestier de cet immense cirque dont les gradins rocheux se hissaient jusqu'aux neiges éternelles.

La rivière y coulait en de nombreux méandres. Bien que son courant fût encore très rapide, elle paraissait paisible, presque accueillante. Le lieu était une sorte d'Eden où les grands peupliers, les saules, les spruces et les bouleaux mêlaient leurs essences. Cette forêt mixte couvrait tout, remontait les pentes jusqu'aux premiers abrupts et aux premières neiges. Dans ce vaste amphithéâtre naturel, le bruit de la rivière se dissolvait pour n'être plus qu'un chant très doux, une cantate soyeuse accompagnant le frémissement du vent.

Koni, qui avait dirigé son embarcation avec précision jusqu'à cet endroit, manifesta quelque hésitation. Plusieurs bras s'offraient à lui, tous navigables ; d'autres étaient à sec. Penaud, il se rangea bord à bord avec Max :

— Je ne reconnais plus le passage ! La rivière a changé de place.

— Ça ne m'étonne pas. Tout était en neige à l'époque, tu pouvais passer partout. Combien de temps avais-tu mis de la sortie des gorges jusqu'à la cabane ? Souviens-toi !

L'Indien hésita. Evaluer la durée d'une étape était pour lui chose difficile. Il la mesurait d'ordinaire en journées de traîne à chiens et, lorsqu'il était à pied, la nuit et le jour lui permettaient alors une certaine estimation. Mais, à bord d'un canot à moteur, cela allait trop vite. Il réfléchit longuement.

— Edda et moi, nous sommes sortis des canyons alors que le soleil déclinait. Il faisait nuit quand nous sommes arrivés à la cabane !

Max estima le parcours à deux heures de marche.

— Sur quelle rive était bâtie la hutte ?

— Sur celle-là, dit Koni, en désignant la rive gauche de la Nahanni.

— C'est une indication précise, constata Max.

Il prit la tête du convoi et remonta doucement le courant, se tenant au plus près de la rive gauche. La Nahanni musait de courbe en courbe dans un lit profond de quelques mètres qu'elle avait creusé dans le banc d'alluvions sur lequel poussait la forêt. Le travail d'érosion était considérable : par pans entiers, les rives affouillées s'engloutissaient dans les flots, entraînant avec elles les arbres et les buissons transformés en autant de dangereuses épaves flottantes.

De-ci de-là, des bras de rivière à sec ou en eau courante, des petits rus, traversaient ce marécage. Le travail des castors y était considérable et Max se complut à examiner leur savante et lente besogne d'abattage.

Ils avaient attaqué un arbre et celui-ci était rongé en sifflet à un mètre du sol, cela d'une façon géométrique, spiralée, de telle sorte qu'à la fin du travail le fût de l'arbre taillé en cône reposât, pointe sur pointe, sur le cône de la souche. Bel ouvrage d'équilibre ! On imagine mal la force déployée par ce rongeur qui, dressé de toute sa taille, appuie ses antérieurs sur le tronc et fait basculer un arbre de vingt mètres dans la direction par lui choisie, puis sectionne le tronc abattu en plusieurs tronçons si cela est nécessaire.

— Beau coin pour la trappe ! dirent les Indiens.

Pour une fois ils étaient d'accord.

Koni déclara qu'il ne redescendrait pas avant de s'être fait une belle collection de peaux, et cela lui rendit son courage.

Ils avaient progressé lentement vers l'amont et s'apprêtaient à camper sur le premier emplacement favorable lorsque Koni poussa un cri de triomphe :

— Là ! dit-il désignant un point de la forêt.

Les autres regardèrent en vain dans la direction qu'il indiquait. Rien ! La forêt était dense et continue, sans le moindre indice d'une ancienne occupation humaine. Pourtant Koni paraissait sûr de lui. Il décrivait un grand cercle avec ses bras :

— De la cabane, dit-il, je voyais le pays comme on le voit maintenant ! Ce grand Liard isolé dans le massif de spruces était dans l'axe de la montagne de neige que tu vois là-bas.

Sans plus attendre, il aborda, sauta dans l'eau,

amarra sa barque, escalada vivement la rive d'argile et disparut dans la forêt. Trente minutes plus tard, il revenait, pâle, essoufflé :

— C'est bien là, Max !

— Conduis-nous !

Le chemin qu'ils suivirent était une sorte de couloir marécageux formé par le passage régulier des fauves. Les ours et les élans semblaient le fréquenter régulièrement pour aller boire à la rivière ou pour la traverser. Parfois les trois hommes devaient sauter un petit layon adjacent dans lequel on devinait les huttes rustiques des castors. Ils parcoururent quelques centaines de mètres, puis débouchèrent sur un nouveau bras de la rivière ; il était presque à sec et un filet d'eau cascadait de bassin en bassin vers l'aval. Ce bras, plus élevé que le niveau moyen de la Nahanni, servait de déversoir et ne devait se remplir que lors des fortes crues. Ses abords étaient plus dégagés que ceux du lit principal et, sur la rive opposée, on eût dit qu'une coupe à blanc étoc avait été faite de nombreuses années auparavant.

— Là ! dit Koni.

C'était bien une ancienne clairière aménagée qu'ils découvraient. Au centre, on distinguait les ruines d'une cabane de rondins, dont le toit s'était effondré au cours des hivers. Koni avait raison ! Des hommes étaient passés par là ! Quels hommes et quand ?

— Allons voir ! dit Max.

Il s'aventura dans le lit à sec, se retourna mécontent : ses compagnons ne le suivaient pas.

Tuktu secouait gravement la tête, Koni lui criait :

— Ne dérange pas l'âme des morts, Max.

— S'il y a des hommes morts dans cette cabane, hurla Max pour se faire entendre, nous devons leur donner une sépulture. Auriez-vous peur d'un squelette ?

— Un squelette sans tête, marmonna Koni, à l'intention de Tuktu.

Mais leur fierté se réveillait. Ils ne pouvaient laisser

Max agir seul. Il était déjà sur l'autre rive lorsqu'ils se décidèrent à le rejoindre.

Une nouvelle végétation poussait dans la clairière abandonnée, faite de fines tiges de bouleaux, de trembles, de saules ; les feuillus avaient remplacé les grands spruces abattus lors du défrichage de la forêt. Apparurent alors, de plus en plus nombreuses, des traces d'ours. Elles se dirigeaient vers la cabane en ruine. Max hésita, se retourna, fut rassuré : Tuktu avait emporté sa carabine, sa fidèle 303, et la lui passait.

— Restez ici, vous autres ! S'il y a un ours, nous allons le savoir immédiatement.

Il saisit un galet et le lança avec force contre les parois de la hutte. Il attendit. Rien ne se manifesta.

— Allons-y !

La porte avait été arrachée et était à moitié pourrie.

A l'intérieur, la lumière du jour pénétrait par la large échancrure du toit effondré. Un jeune bouleau atteignait déjà le faîte de l'ancienne cabane et lançait ses pousses vers la lumière. Dans un angle, un animal sauvage avait construit sa bauge : il avait amassé un épais tapis de branchages. Une forte odeur de fauve emplissait la cabane. Max ressortit.

— Un ours doit y loger, dit-il. Comme il est absent, profitons-en pour visiter les lieux. Toi, Koni, reste sur le pas de la porte et surveille. Il ne reviendra qu'à la nuit, mais sait-on jamais !

Tout un côté de la baraque semblait intact.

Quand Max eut habitué ses yeux à la pénombre qui régnait dans cet endroit, il put faire un inventaire sommaire des lieux : quelques instruments de cuisine, poêle à frire, bouilloire, étaient encore accrochés à des clous rouillés ou bien gisaient pêle-mêle au milieu de caisses éventrées et de boîtes de conserve vides. Dans un angle de la pièce, une séparation en rondins, arrivant à hauteur d'homme, ménageait une sorte d'alcôve. Max y jeta un regard et recula, saisi d'horreur : deux squelettes gisaient couchés côte à côte sur ce qu'il restait d'un monceau de vieilles couvertures. L'un d'eux avait dû être singulièrement malmené, car il était brisé en plusieurs endroits ; des lambeaux de peau parcheminée adhéraient encore sur un tibia, sur un bras. A ces deux squelettes il manquait le crâne ! En revanche, les scalps des malheureux gisants étaient intacts, encore reliés aux vertèbres cervicales par un lambeau de cuir chevelu durci comme de la corne.

Intrigué plus qu'effrayé, Max contourna le bat-flanc, se pencha sur les restes macabres. Un instant, il songea à un crime d'Indiens. Mais d'où ceux-ci seraient-ils venus ? En amont, le territoire leur était totalement inconnu et, pour ce qui était des Slaves de la Liard, il savait par le père Brichet qu'ils ne s'aventuraient jamais dans les montagnes, ne poussant guère plus loin sur la Nahanni qu'à la hauteur de la grotte « Source de tous les Vents ». Enfin, s'il y avait eu scalp, les assassins auraient emporté leurs trophées alors que ceux-ci adhéraient encore aux squelettes. Il fallait cependant se rendre à l'évidence : les crânes avaient été emportés ! Par qui et pourquoi ?

— Venez, vous autres ! dit Max. Nous allons fouiller cette cabane. (Et, comme ils étaient réticents :) N'ayez crainte, les morts ne reviennent pas. Koni, apporte la pelle et la pioche !

D'un coup de pioche, Koni fit sauter la séparation intérieure et la lumière inonda la cabane.

— Quand tu as découvert les corps, as-tu touché à quelque chose, déplacé un objet, une couverture ? demanda Max à Koni.

— J'ai eu bien trop peur. A peine les ai-je vus que je suis reparti en courant vers mes chiens.

Max n'eut aucune peine à imaginer la scène et réprima un sourire.

— Bon ! dit-il, nous allons leur donner une sépulture chrétienne.

Les autres eurent un mouvement de recul. Max les rassura.

— Je vais me charger du transport. Toi, Koni, creuse une tombe au-dehors, peu profonde, on la chargera de pierres ; il n'y a plus rien à dévorer et les ours la laisseront en paix.

Il essaya de tirer les squelettes en les enroulant dans la couverture en lambeaux. Ils finirent alors de se disloquer et il n'eut plus qu'à ramasser les ossements, qu'il examina l'un après l'autre, ainsi que chaque morceau de tissu, perplexe quant aux causes de cette mort. S'il n'y avait eu l'absence des crânes, elle eût semblé tout à fait naturelle. Mort par épuisement, par maladie ou par faim, cette dernière étant la plus plausible, quoique paradoxale en ce pays où le gibier abonde ! Encore fallait-il avoir l'expérience de la chasse ou de la trappe, et la force physique nécessaire. Au grand jour, la couleur des scalps attira l'attention de Max : l'un était blond, l'autre brun. Cela lui disait quelque chose et il fit un effort pour se souvenir. En vain. Ayant sorti tous les ossements, il les charria dans la fosse creusée par les Indiens. Ceux-ci les recouvrirent de terre, puis d'un gros amas de pierres retirées du lit de la rivière. Enfin Max fabriqua une petite croix avec des branches de saule et la planta sur le tumulus. Konisenta récita une courte prière en dialecte slave et se signa ; les autres en firent autant.

— Maintenant, nous allons brûler la cabane ! dit Max.

Les autres approuvèrent. La cabane réduite en cendres écarterait définitivement les sortilèges du fleuve. La région serait exorcisée !

Max fit encore un court inventaire de la hutte, fouilla dans les recoins, dérangea la bauge de l'ours sous laquelle il retrouva un amas de chiffons, un débris de veste en velours côtelé, des jambières.

— Le costume des chercheurs d'or, fit-il.

Il y avait une poche presque intacte. Malgré le fumet désagréable de fauve qui l'avait imprégnée, il la fouilla, en retira un papier jauni. Poussa une exclamation.

— *Look! Boys,* nous avons la clé de l'énigme.

Bien que fortement détrempé et jauni, le papier conservait certains caractères tracés à l'encre de Chine. Max lut avec peine, imprimé en capitales romaines, « Kingdom », puis en plus gras « CLAIM », et enfin, en italique bien appliquée, un nom qu'il eut du mal à déchiffrer : *« McLeod ».*

— McLeod ! dit-il. Les frères McLeod, des chercheurs d'or se dirigeant vers le Klondyke, disparus dans la Nahanni en 1905. Toutes les recherches entreprises pour les retrouver avaient échoué, mais, à vrai dire, personne ne s'était aventuré aussi en amont dans le cours de la rivière.

— Je me souviens, dit Koni, mon père et mon grand-père nous en parlaient... Ils étaient venus de la Colombie et avaient descendu la Nelson et la Liard, puis avaient fait escale chez nous, à Nitla, un peu en amont du confluent de la Liard et de la Nahanni. C'étaient deux jeunes gens, deux frères. L'un était blond, l'autre brun...

Tout devenait clair. Qu'importaient désormais les raisons de leur mort. Crime ? Max n'y croyait pas. La position des cadavres, gisant côte à côte, faisait penser à une mort naturelle. Il aurait fallu retrouver les crânes...

Ils furent tirés de leurs réflexions par un grognement furieux. Un ours énorme se pointait à l'entrée de la cabane, les apercevait, hésitait, faisait demi-tour, puis s'arrêtait à quelque dix mètres, menaçant.

— Ne bougez pas ! dit Max. Je vais tirer.

L'ours maintenant se rapprochait doucement, sournoisement, marchant de biais, semblant les ignorer, mais Max connaissait la traîtrise des ours, et Tuktu à ses côtés l'avertissait :

— Attention, Max ! C'est un grizzli...

Max ajusta son arme, prit son temps, visant au défaut

de l'épaule, tira. La bête s'affaissa, blessée à mort, l'épaule brisée. Max redoubla d'une autre balle dans la nuque.

— Bravo ! fit Koni, impressionné par le poids et les dimensions du fauve. Un beau coup de fusil !

— Dommage ! dit Max. Une belle bête.

Il n'aimait pas tuer pour rien. Qu'allaient-ils faire de toute cette viande, trop loin de Nahanni-Butte, pas installés ?...

— Dépecez, dépouillez la bête, on mettra la peau à sécher. Si elle se détériore, tant pis, on la jettera. Vous découperez un cuissot qu'à la prochaine grande halte on fera sécher en longues lanières. Le reste, on l'abandonnera aux loups et aux lynx ! Maintenant, détruisons la hutte.

Il aspergea les débris d'essence, y mit le feu. La masure flamba en un clin d'œil et bientôt il ne resta plus qu'un amas de cendres et de bois à moitié calciné. Le mystère des « hommes sans tête » s'était volatilisé.

Ils ne pouvaient décemment établir leur campement en ce lieu, car la proximité des viscères de l'ours abattu allait attirer les carnassiers de la forêt.

— Par ici ! dit Max.

De la cabane partaient plusieurs traces d'animaux sauvages et leur passage répété avait créé une sorte de sentier. Ils s'y engagèrent en direction de la montagne. Ils n'allèrent pas loin. A quelque deux cents mètres de là, le sentier aboutissait à un abri rocheux, sous lequel ils distinguèrent une litière de feuilles mortes et de branchages ; une odeur caractéristique s'en échappait.

— Encore une tanière d'ours, dit Max.

— La femelle, corrigea Koni. La femelle et ses deux oursons. Regarde les traces !

Fraîchement marquées et se chevauchant, de nombreuses empreintes racontaient leur histoire dans la glaise du sentier.

— Attention, fit Tuktu, l'ourse est beaucoup plus

dangereuse que son mâle, surtout lorsqu'elle a ses oursons !

— Veille, dit Max, en tendant sa carabine rechargée à Tuktu, il y a huit cartouches ! Mais ne tire qu'en cas de danger réel ; je voudrais vérifier quelque chose.

Il se mit à genoux au bord de la tanière. Son regard avait été attiré par des ossements dont la matité ressortait au milieu des détritus. Il en retira bientôt un maxillaire humain, puis des débris appartenant avec certitude à un autre squelette. Enfin, dans le coin le plus obscur de l'abri sous roche, il distingua deux boules jaunâtres, deux crânes dont les maxillaires inférieurs avaient été arrachés.

— Regarde ! dit-il à Koni, en ramenant les deux crânes. Voilà ce qui manquait à nos recherches !

Les crânes étaient polis et marqués de nombreuses griffures. Léchés et reléchés, ils étaient dans un état de conservation remarquable.

Max réfléchissait à tout cela lorsque Tuktu l'alerta : un bruit de branches cassées et de feuilles piétinées annonçait l'arrivée d'une bête de forte taille. Le vent, heureusement, était favorable. Bientôt, à quelque cinquante mètres d'eux, apparut l'ourse suivie de ses deux petits trottinant et jouant autour d'elle ; ils devaient avoir entre seize et dix-huit mois. Ils n'avaient pas aperçu les hommes.

— Tu vas tirer, Max ? implora Koni.

— Pourquoi faire ? Laissons-les. Ils sont chez eux. Mais j'emporte leurs jouets.

Ce disant, il prit un crâne dans chaque main, puis ils opérèrent une savante retraite.

A ce moment, la femelle les aperçut, s'arrêta, releva son nez pointu, grogna, tandis que les oursons se réfugiaient derrière son puissant arrière-train.

— Pas commode, la mère ! fit Max. Retournons à la barque. J'aurais voulu enterrer les crânes avec le reste des corps, mais ce serait un jeu trop dangereux. Quand l'ourse découvrira les restes de son mâle, elle entrera en fureur... et il vaudra mieux être loin d'ici.

Les Indiens ne se firent pas prier.

Ils regagnèrent rapidement l'emplacement de la hutte qui achevait de se consumer, traversèrent le bras mort de la Nahanni, empruntèrent avec une certaine crainte le layon des castors. Qui sait ? L'ourse pouvait très bien les attendre, dissimulée dans les buissons du sous-bois. Comme ils avaient laissé les chiens dans la barque, rien n'aurait pu les avertir.

Max se promit de ne plus s'éloigner sans emmener au moins Blacky ou Timmy, ses deux meilleurs chasseurs.

Ils retrouvèrent avec soulagement la barque, les chiens, qui les saluèrent par de longs hurlements de joie, et leurs gémissements, leurs cris, leurs plaintes étaient comme une musique rassurante et joyeuse.

— Qu'allons-nous faire des crânes ? demanda Max.

Tuktu lui montra la rivière.

— Tu as raison, donnons-leur la sépulture des marins.

Il lança successivement les deux crânes dans la Nahanni où ils flottèrent un moment, comme ces boules de verre qui signalent en mer les filets des pêcheurs, puis, s'étant remplis d'eau, ils s'enfoncèrent et disparurent.

Lorsque Max, bien qu'il fût déjà très tard et que se diluât la pénombre préludant aux nuits de l'Arctique, décida de poursuivre vers l'amont, aucun des Indiens n'émit de protestations.

Ils naviguèrent ainsi dans le vaste amphithéâtre, puis, lorsqu'ils virent qu'ils se rapprochaient des chaînes de montagnes barrant la vallée en amont, ils cherchèrent et trouvèrent un bon lieu de bivouac sur un morne rocheux dont la courte falaise, haute de quelques mètres, dominait directement le lit de la rivière. Un ruisseau se jetait dans la puissante Nahanni et ses alluvions avaient formé au confluent une sorte de barre sableuse. A l'intérieur de celle-ci, s'étalaient les eaux tranquilles du ruisseau élargies en une sorte de lac paisible.

— Un port naturel ! Du bois, de la mousse, et la sécurité ! Que demandons-nous de plus ?

Max exultait.

Chacun connaissait son travail. Tuktu débarqua les chiens, les attacha solidement ; Koni prépara le feu du campement et, encore sous le coup des émotions de la journée, il fit flamber un énorme bûcher dont les flammes s'élevaient à plusieurs mètres de hauteur et qui dégageait une telle chaleur qu'on ne pouvait s'en approcher. Max sourit.

— Tu feras un petit feu pour la cuisine, Koni ! Je ne tiens pas à me boucaner.

Ils mangèrent rapidement, puis Max fit l'inventaire de ses idées, à vrai dire confuses. Bien que l'amphithéâtre des hommes sans tête fût un endroit magnifique, il n'avait pas aimé s'y attarder. Subissait-il malgré lui l'envoûtement du lieu ? Maintenant il devinait la tragédie :

— Vois-tu, Koni, les frères McLeod sont tout simplement morts de faim ou de maladie. Nous n'avons décelé aucune trace de coups de feu, ou de coups de couteau, tant sur les squelettes que sur les crânes, car ce sont bien leurs crânes que nous avons retrouvés. Les coupables ? Les ours ! Les crânes se sont détachés tout seuls de leurs scalps, l'ourse les a apportés comme jouets à ses petits ! Ils ont dû en faire des parties de boules !...

Mais les autres étaient en proie à une idée fixe.

— Où vas-tu rester, Max ? demanda Tuktu avec inquiétude.

— Je l'ignore encore. Il faut que j'aille jusqu'au bout ! Koni, y a-t-il loin d'ici aux grandes chutes de la rivière ?

— Tu ne pourras pas passer, Max. Pour moi, tout était en glace ; malgré cela on devinait sous la banquise des remous formidables. Il y a encore un long canyon à parcourir, puis, plus haut, un rapide qui doit être terrible par grande crue...

— Bon ! Eh bien, Tuktu restera ici avec les chiens ! Toi et moi, nous continuerons avec ma seule embarcation. On l'allégera au maximum, juste l'essence nécessaire, quelques vivres, un seul chien. Pendant notre absence, Tuktu installera ici un campement aussi confortable que celui de l'autre jour. Et, quand nous reviendrons, vous deux pourrez reprendre la rivière et regagner Nahanni-Butte.

— Et si tu ne reviens pas ? s'inquiéta Tuktu.

— Si nous ne sommes pas de retour dans huit jours, pars et annonce au père Brichet qu'il peut dire des messes pour le repos de nos âmes... Mais tais-toi, idiot, nous reviendrons.

Il éclata de rire.

Koni ne pouvait plus refuser de continuer. Il aurait perdu la face devant le Dog-Rib.

10

Leur nuit, par ailleurs paisible, fut troublée à deux reprises par le grondement des avalanches de terre et de rochers que le dégel projetait des pentes supérieures des montagnes dominant leur campement. Quelles étaient ces montagnes ?

Max consulta ses notes prises au départ et qui concernaient tout ce que l'on savait de vrai ou de faux sur ces mystères et légendes de la Nahanni. Il en déduisit que la chaîne qui bordait l'amphithéâtre à l'ouest était celle qu'on nommait la « Chaîne des Funérailles ». Qui pouvait l'avoir baptisée ainsi puisque, au dire de tous, exception faite pour Koni et Phil Edda parvenus en hiver aux grandes chutes de la rivière, aucun des trente-cinq explorateurs ou chercheurs d'or partis sur la Nahanni n'était revenu raconter ses exploits ? Les conteurs avaient vraiment un goût prononcé du macabre !

Pour l'ultime tentative qu'il allait accomplir, Max ne négligea aucun détail ; sa barque dûment allégée ne portait que le minimum nécessaire en vivres et en carburant pour tenir quatre jours, sans oublier, bien sûr, hache, machette, pelle et pioche, carabine et ligne de pêche, poêle à frire et bouilloire, et le sac de couchage, choses indispensables aux prospecteurs.

Il avait lové sur la petite plate-forme aménagée à l'avant de la barque une solide corde, longue de quarante mètres ; d'autres filins étaient prêts pour doubler, s'il le fallait, les amarrages. Une hélice de rechange, un axe de transmission, un lot de bougies complétaient l'équipement.

Le soleil était déjà haut lorsqu'ils partirent, laissant au campement Tuktu qui s'affairait à couper le bois nécessaire à la construction de la cabane. A l'avant de la barque, Koni, taciturne, la sonde à portée de la main, scrutait les hauts-fonds et d'un geste donnait la direction à suivre.

Il leur fallut peu de temps pour que disparût à la vue le campement.

Au tournant de la rivière, un nouveau canyon s'ouvrait devant eux ; ses parois, encore plus élevées que les précédentes, descendaient en trois ressauts successifs jusqu'à la Nahanni. Sur la rive gauche, d'étranges cavités étaient creusées un peu partout dans une muraille de roches verticales ; on eût dit autant de masques grimaçants : figures de cauchemar, monstres de légende ! Pour Max, qui avait voyagé au Sahara, il était aisé d'y reconnaître l'action de l'érosion éolienne sur des grès aussi tendres que ceux du Tassili. Il n'en était pas de même pour Koni.

— Regarde ! disait celui-ci en lui montrant les mille

gueules ouvertes et menaçantes, c'est le domaine des esprits...

— Le domaine des vents, répondait Max.

Mais l'autre secouait la tête, masquant du mieux possible son angoisse afin de ne pas perdre la face.

Sur les terrasses exposées au nord, la neige subsistait encore et quelques culots d'avalanches frangeaient le bas des couloirs.

La Nahanni sinuait dans ce canyon, rapide et torrentielle, mais avec un cours beaucoup plus régulier. Sur les alluvions des rives, les spruces avaient poussé et parfois, en levant la tête, les deux hommes distinguaient, accrochés sur des vires invraisemblables et des corniches, les troncs tourmentés des pins ou des thuyas. Bien allégée, la barque remontait le courant à grande allure, Max disposant toujours d'une réserve de puissance qui lui permettait de franchir sans risques les quelques passages difficiles.

Ils débouchèrent bientôt du canyon et pénétrèrent dans une large dépression beaucoup plus vaste que l'amphithéâtre des hommes sans tête. Le relief avait changé. Aux grandes parois calcaires succédaient des roches volcaniques ; très souvent des affleurements houillers apparaissaient. Bien qu'il ne fût pas géologue, Max remarqua que ces montagnes devaient être très riches en minerais : cuivre, charbon et peut-être de l'or.

Trois vallées s'ouvraient devant lui. Venant du sud, débouchait une rivière presque aussi importante que la Nahanni, et la vallée où elle coulait se perdait aux confins de l'horizon ; vers le nord, un affluent torrentiel avait charrié d'énormes bancs de galets ; au centre, coulant vers le sud-est, la Nahanni sortait de gorges peu encaissées couronnées d'une épaisse forêt primaire. Au confluent des trois rivières, de grandes îles couvertes de bouleaux et de saules occupaient les basses terres. Là, d'innombrables bras, les uns à sec, les autres en activité, reliaient entre eux par un lacis inextricable de canaux les eaux des trois rivières.

Très loin vers l'ouest, une nouvelle chaîne de montagnes apparaissait ; Max estima la distance qui l'en séparait à plus de cinquante kilomètres à vol d'oiseau.

Devant l'importance de cette dépression intérieure qui se prolongeait nord-sud sans interruption, Max comprit qu'il avait franchi la première chaîne des montagnes Rocheuses, la chaîne orientale. Celle qu'il découvrait maintenant était la chaîne occidentale, derrière laquelle coulait le fleuve Yukon.

Qui donc avait pu indiquer cette route aux chercheurs d'or du début du siècle ? Peut-être des hommes avaient-ils déjà parcouru le grand sillon interne des Rocheuses du nord au sud ou du sud au nord, et cela expliquerait bien des choses.

Plusieurs voies d'eau se présentaient devant sa proue et Max allait engager sa barque dans le courant le plus important lorsque Koni l'arrêta du geste :

— *No good!* dit-il. Flat River !

La Flat River ! La rivière plate. Max avait entendu prononcer ce nom par des gens de Nelson ; selon eux, elle prenait sa source dans le Yukon et son cours se perdait en direction du nord !

La Flat River paraissait ici presque plus importante que la Nahanni, mais Koni lui fit remarquer que cette dernière était divisée en quatre ou cinq bras. Quand il était venu en hiver, il avait emprunté au hasard l'un d'eux, et retrouvé plus haut le cours principal.

Max écouta ses conseils.

La pente devint tout à coup plus rapide. Relativement sages jusque-là, les eaux de la Nahanni recommencèrent à rugir et à gronder. Il fallut prendre énormément de précautions pour ne pas heurter les bancs de rochers sous-jacents qui se signalaient de loin par une barre d'écume. Max se concentra sur la navigation et Koni à la sonde redoubla d'attention.

L'immense vallée remontait doucement vers l'ouest. Elle était presque entièrement peuplée de saules et de bouleaux, dont les bourgeons venaient d'éclore, et cela formait un merveilleux tapis d'un vert très doux qui égayait le sombre paysage formé de roches volcaniques, de filons métallifères. En se retournant, ils découvraient le versant ouest de la Chaîne des Funérailles qu'ils venaient de traverser, formée de montagnes sinistres et noirâtres :

— Elle porte bien son nom, dit Max.

Il jeta un dernier regard vers l'est. La faille par laquelle ils étaient venus s'était effacée et la chaîne semblait n'offrir aucune solution de continuité.

Encore une fois, une porte se refermait derrière eux.

Ils reprirent leur navigation. Le crépitement du moteur était presque entièrement couvert par le chant très fort de la rivière ; mais, lorsqu'ils s'arrêtaient dans un endroit favorable pour nettoyer une bougie ou se reposer, seul le grand chant du monde les enveloppait, les roulait dans son murmure éternel, leur rappelait qu'ils étaient les seuls hommes dans ces immensités.

Seuls hommes peut-être, mais non pas seuls êtres vivants. La vallée regorgeait de gibier : depuis leur sortie du canyon, ils avaient recensé plus de vingt élans, les uns fuyant au bruit, traversant la rivière sur leurs longues jambes d'échassiers, indifférents aux plus forts courants, les autres apparaissant de-ci de-là, immobiles le long du fleuve, dressant leurs énormes têtes de mulet sur lesquelles les bois du printemps commençaient à fleurir et à s'épanouir en spatules. Les ours aussi étaient nombreux, ours bruns, ours grizzlis ; les premiers presque plus gros, mais moins dangereux que les seconds. A la vue de la barque, ils se jetaient à l'eau, bondissaient, disparaissaient parfois sous l'eau, ressortaient sur la rive opposée et s'enfonçaient dans les fourrés.

— Il y a aussi beaucoup de loups, de lynx et de castors, dit Koni.

Mais ils n'étaient pas là pour chasser. La rivière, que la proue de leur barque fendait avec de plus en plus de difficulté, nécessitait toute leur attention. Les flots devinrent rapides et les tourbillons dangereux. A diverses reprises, ils avaient touché les fonds rocheux ; chaque fois, Max avait eu le réflexe de relever, puis de rabaisser aussitôt le kicker pour épargner l'hélice. Maintenant, les rives, plates jusque-là, se refermaient, se haussaient ; la rivière concentrait ses eaux dans une gorge d'une centaine de mètres de largeur taillée dans des roches sombres tombant à pic d'une cinquantaine de mètres.

C'est peu avant l'entrée dans ce nouveau cours de la rivière que Max aperçut la chose : sur un cône d'éboulis, à quelque cinq cents mètres d'eux, au pied d'une falaise, se dressait une cabane ! Une hutte semblable à celle qu'ils avaient découverte la veille.

— Regarde, Koni !

L'Indien maîtrisa un geste d'effroi.

— Tu la connaissais ?

— Non ! Quand je suis venu, il y avait beaucoup de neige, elle devait être recouverte.

Max échoua sa barque.

— Allons voir ! dit-il. Détache Blacky, moi je prends la carabine.

Ils durent, pour atteindre la cabane, patauger dans plusieurs layons à castors ; à leur côté, Blacky gémissait doucement. Tout à coup, le chien fit mine de s'élancer.

— Il a senti quelque chose, dit Koni.

Ils sondèrent les fourrés, appréhendant la visite d'un ours, mais rien ne se manifesta.

— Peut-être un élan sur la rivière, dit Max, pour se rassurer lui-même.

Comme ils approchaient de la cabane, Blacky donna des signes de plus en plus grands d'impatience. Quand ils n'en furent plus qu'à quelques mètres, il refusa d'aller plus loin : assis, le nez pointé vers le ciel, il se mit à hurler à la mort, lugubrement, sans qu'on pût le faire taire !

— Reste ici, Koni, je vais voir.

— Attention !... Il y a peut-être un ours.

— S'il y avait un ours dans la cabane, il serait déjà sorti. Non, Blacky m'inquiète... il y a autre chose.

La cabane était en bien meilleur état que la précédente. Le toit était presque intact, une porte à deux vantaux horizontaux servait également de fenêtre ; elle était à moitié ouverte. Max s'approcha très lentement, le doigt sur la détente, se pencha par l'ouverture, habitua ses yeux à l'obscurité, poussa un juron.

— Viens, Koni, viens voir ! Tu ne risques rien.

L'Indien le rejoignit, tirant Blacky par sa chaîne. Le chien gémissait de plus en plus.

— Attache-le, qu'il nous fiche la paix.

D'un geste brusque, Max enfonça le vantail de la porte.

— Regarde !

L'Indien se pencha, fit un saut en arrière. Un cadavre gisait recroquevillé dans un coin. Ce n'était plus qu'un squelette habillé, mais il était entier, et la peau desséchée collait sur le crâne aux orbites vides. Il gisait dans une position de défense, et un poignard adhérait encore à sa main crispée. Les bêtes sauvages avaient dévoré la ventraille, les chairs, lacéré les habits.

— Cet homme a été assassiné, Koni, regarde ! Il a un trou dans le crâne, une balle entrée sous l'orbite gauche l'a traversé de part en part.

— Tiens ! dit Koni, viens voir ce que j'ai trouvé.

La plupart de ces huttes de prospecteurs sont faites de rondins croisés à la manière des isbas ; généralement on calfate les intervalles entre les troncs avec de la mousse bourrée et tassée au couteau. Dans une de ces fentes, Koni avait découvert un carnet à couverture de cuir parcheminé et jauni, relativement bien conservé. Il le tendit à Max qui l'ouvrit et lut :

Ceci est le livre de journées d'Isaac Jorgensson, parvenu dans la vallée intérieure après trois mois de marche difficile ; commencé le 12 juillet 1907, en descendant le cours de la Flat River.

Suivaient jour après jour des notations :

15 juillet, 2 onces d'or.

16 juillet, rien.

18 juillet, quinze heures sur la Flat River, trois onces. La Flat est meilleure que la Nahanni, Marshall et Parker m'en ont chassé, pourtant j'étais là avant eux. Me méfier, ils sont très dangereux...

Le livre de comptes s'arrêtait au 10 mars. D'après ses comptes, Jorgensson avait recueilli alors cinq kilos de poudre d'or et de pépites...

— Le reste s'explique, commenta Max. Obligé de se replier sous la menace, Jorgensson s'est établi ici, suffisamment loin des deux chercheurs d'or qui, jugeant la Flat River plus productrice que la Nahanni, l'en avaient chassé par la force. Du même coup, nous savons que depuis le début du siècle des hommes ont atteint cette grande vallée par le cours de la Flat River, certainement plus aisé à suivre que les canyons de la Nahanni que nous venons de remonter. Les misérables ont donc attendu que Jorgensson ait récolté suffisamment d'or pour venir l'assassiner. Ils n'ont pas trouvé, ou bien, sûrs de l'impunité, ils ont négligé ce carnet qui les confond. Où sont-ils actuellement ? Car un demi-siècle a passé depuis.

— Ils sont morts, dit Koni. Leur disparition avait été signalée dans tous les territoires du Nord, de même que celle de Jorgensson et, plus tard, de bien d'autres...

— Justice est faite... Occupons-nous de ce malheureux. Vois-tu, Koni, je ne pensais pas qu'un jour je me ferais croque-mort !

La plaisanterie sonnait faux.

Ils donnèrent au malheureux prospecteur une sépulture décente, puis brûlèrent la cabane et repartirent.

Tout de suite, la lutte avec la rivière prit des proportions gigantesques ; la gorge se resserrait, sa pente augmentait ainsi que la rapidité du courant, et partant, la violence des eaux. Une première fraction de rivière fut ainsi remontée sur plusieurs kilomètres, puis ils atteignirent une sorte de palier où les eaux, retenues par des barrages naturels, formaient un merveilleux lac entre les falaises rocheuses. Mais ce n'était qu'un répit. A cet endroit, la rivière décrivait un coude à angle droit ; descendue de la montagne, elle venait heurter de front une muraille de roches compactes, haute d'une vingtaine de mètres, puis les eaux refluaient à angle droit vers l'aval dans un bouillonnement d'écume et un tumulte impressionnant.

D'où ils étaient parvenus ils ne pouvaient voir la suite.

— Nous allons faire une reconnaissance, dit Max.

Les points d'amarrage sur le petit lac étaient nombreux et sûrs.

Blacky solidement tenu à la chaîne par Koni, ils s'engagèrent sous le couvert d'une forêt de spruces, enfonçant jusqu'aux mollets dans les mousses épaisses qui dégageaient à chaque pas des nuées de moustiques, profitant des sentes laissées par les bêtes de la forêt pour gagner la crête de la muraille surplombant le fleuve. Ils dominaient de cet observatoire le cours supérieur de la Nahanni. La rivière débouchait d'une large courbe en un rapide d'une force irrésistible ; la masse de ses eaux venait se briser sur la muraille frontale, devant laquelle se formaient des remous et des tourbillons terribles, puis les eaux s'écoulaient vers l'aval et s'apaisaient dans le lac.

Le passage dangereux était court, une dizaine de mètres. Encore fallait-il le franchir !

— Nous camperons ici ce soir, dit Max. Retourne au bateau, prépare le campement, moi j'observe le courant et la façon de franchir le passage.

— *Very dangerous,* Max, supplia Koni, continuons à pied !

— Les chutes sont encore loin ?

— Trois heures, quatre heures, plus peut-être, je ne sais : je suis allé là-haut en hiver.

— Et comment as-tu franchi ce passage ? Il était gelé ?

— Oui, il était gelé, mais je n'ai pas osé m'y aventurer. Alors avec les chiens nous sommes passés par la forêt ; on retrouve la rivière après un détour. Ensuite, j'ai remonté le lit de la Nahanni, en suivant les bords. Elle était gelée entièrement, mais on entendait gronder les eaux sous la glace...

— C'est bien, Koni, va. Emmène Blacky, je te rejoindrai un peu plus tard.

Max se replongea dans son étude.

Le fait même que le coude rocheux des deux rives formait un angle droit parfait réduisait le problème. En amont, une sorte de contre-courant recueillait dans une mare le trop-plein des eaux qui s'étaient brisées sur la muraille rocheuse ; en aval et sur la rive gauche, une zone plus calme permettait d'approcher au plus près du courant principal. En lançant son moteur à fond, Max estima qu'il pourrait traverser directement le courant d'une rive à l'autre. La zone dangereuse avait à peine vingt mètres de largeur, mais là se concentrait toute la force des eaux furieuses : on eût dit une coulée de lave descendant à quarante kilomètres/heure avant d'éclater sur la falaise. Les vagues, à l'estime, atteignaient un mètre de creux. « Il suffit de deux longueurs de barque et nous sommes de l'autre côté », se dit-il. Une seule chose était à craindre : la panne sèche, une fois qu'ils seraient engagés. « Bah ! la traversée ne me prendra que quelques secondes ! »

Persuadé de la possibilité de franchir le passage, il revint à son campement. La nuit était venue, la forêt exhalait une odeur de sève fraîche. Comme il descendait un vallon moussu, il vit bondir devant lui deux formes grises qui s'arrêtèrent ensuite à bonne distance : il n'apercevait que deux paires d'yeux phosphorescents, puis tout s'éteignit et il se retrouva seul. « Des loups ! pensa-t-il. On a bien fait d'emmener Blacky. »

Quand il déboucha de la forêt sur la petite grève où ils avaient amarré la barque, le tumulte de la rivière emplit à nouveau la vallée, chant obscur des forces incontrôlables descendant de ces montagnes. Mais il y avait, rassurant, le grand feu où brûlaient des troncs entiers de jeunes spruces, l'odeur familière du repas du soir, Blacky allongé sur le sable, la truffe entre ses pattes, Koni occupé à déballer les sacs de couchage. Celui-ci l'interrogea :

— Alors, Max... On passe ?

— Ça passera !

Max garda pour lui ses réflexions. Ça passerait, mais ce serait vraiment le morceau le plus dangereux de toute leur randonnée !

— *Ell's Gate,* dit Koni.

— Les portes de l'Enfer, traduisit Max. Ce nom leur va bien.

Dès lors, ayant mesuré et accepté tous les risques, Max retrouva sa sérénité. Sa pensée erra longuement sur la vallée mystérieuse et inconnue où des hommes solitaires s'étaient entre-tués pour quelques grammes d'or. Trente-cinq morts : engloutis par le fleuve, morts de faim, assassinés, disparus à jamais ! Quelle misère ! Puis il se souvint de Tuktu seul dans ces solitudes qu'il détestait, seul à une journée en aval et qui devait mesurer son isolement au poids des heures qui s'écoulaient.

Sa décision était prise : demain, ils atteindraient les chutes, puis ils redescendraient la Nahanni. Cette merveilleuse vallée avait une histoire trop tragique pour qu'il songeât à s'y installer.

La nuit était compacte, les spruces couronnaient de leur noire dentelle les roches avoisinantes.

A l'ouest, un énorme dôme rocheux, hérissé de sapins et d'aiguilles basaltiques, limitait l'horizon. Il passa successivement par toutes les teintes, allant du mauve au violet ; puis, subitement et sans aucune raison, la montagne entière s'embrasa, devint une masse d'or en ignition, rougit, devint pourpre, et, comme la lumière du soleil couchant se reflétait davantage sur les roches que sur les épis forestiers, on eût dit que coulaient de partout des ruisseaux de sang. Spectacle fascinant et éphémère.

— *Sunblood mountain!* murmura Max. La montagne du sang du soleil.

Qui donc la connaissait pour en avoir parlé dans les plus lointains campements ?

11

Le lendemain, de lourds nuages d'orage s'amassèrent sur *Sunblood mountain;* d'énormes cumulus d'un noir d'encre obstruaient le soleil et plongeaient la vallée dans l'ombre. Tout devint sinistre, les rochers plus noirs, la forêt plus épaisse, plus dense.

Koni consulta le ciel, les vents, se rendit à la rivière : la Nahanni avait grossi de cinquante centimètres durant la nuit. Il était soucieux, le dit à Max.

— Un peu plus ou un peu moins d'eau ne changera rien, lui répondit le pilote. Au contraire, la crue facilitera notre montée dans les rapides supérieurs. On risquera moins de tosser !

Ils rechargèrent rapidement la barque, laissant sur le

rivage deux jerrycans d'essence pour le retour, ce qui les allégeait d'autant.

Max nettoya minutieusement son moteur, démonta et remonta ses bougies, fit un essai. Tout allait bien.

— Suffit qu'il tienne une minute, Koni ! Après, on est bons.

— Ça ne me dit rien !

— Aussi ne viendras-tu pas avec moi. Tu vas passer par la forêt, contourner le rognon rocheux et tu m'attendras au delà du goulet. Tiens-toi prêt à empoigner l'amarre que je te lancerai, car il y a en eau calme un tourbillon sédentaire et je ne tiens pas à être rejeté vers l'aval !

Visiblement soulagé, Koni s'enfonça dans la forêt.

Plus tard, Max qui maintenait son embarcation à la cape au milieu du petit lac l'aperçut qui avait rejoint son poste. Pour lui, l'instant était décisif. Un coup de poignet sur la manette des gaz, un vrombissement. Parfait ! Il recula d'une cinquantaine de mètres pour mieux prendre son élan, puis pointa le nez de sa barge sur l'angle interne de la rivière, là où le grand courant était le plus étroit. Le moteur rugit comme un fauve en colère et la barque s'élança, propulsée à toute puissance ; l'avant, allégé, dressé au-dessus des flots, coupa de son étrave le courant central lourd comme du plomb. Max eut la sensation d'enfoncer un mur. Des gerbes d'eau se brisèrent sur le pontage avant. Prise par une forte dérive, l'embarcation rebondit de lame en lame, se rapprochant dangereusement des falaises, déportée vers l'aval malgré tous les efforts du barreur. Les quelques secondes que Max mit à surmonter le flot déchaîné comptèrent pour lui comme des siècles. Puis, brusquement, alors qu'il voyait déjà sa barque écrasée, mise en pièces comme l'avaient été certainement celles de ses devanciers, le canot fit un dernier bond en avant et se projeta littéralement de la crête d'une vague dans une zone tourbillonnaire de la rive droite.

Le passage qu'il redoutait était franchi. Il avait laissé derrière lui les eaux écumantes, mais maintenant l'embarcation, prise dans un remous provoqué par le contre-courant, toupillait, tournait sur elle-même sans lui laisser la possibilité de gouverner. Craignant de s'échouer par le travers et de chavirer, il coupa les gaz et lança une solide amarre à Koni qui, fidèle au rendez-vous, avait suivi avec angoisse toute la manœuvre depuis la rive.

— Attrape, Koni !

S'arc-boutant sur ses mocassins, l'Indien arrêta progressivement l'infernal mouvement de rotation, puis tira la barque sur un banc de galets où il échoua son avant. Max sauta à terre.

— Et voilà ! dit-il. Simple comme tout !

— J'ai cru que tu allais te briser contre la muraille, dit l'Indien, il s'en est fallu de quelques mètres pour que la barque, qui prenait toute la violence des eaux sur son flanc droit, ne se retourne dans le sens du courant... Alors...

— Alors tu n'aurais plus eu qu'à redescendre à pied, dit Max.

— Tu es fou ! dit Koni en hochant la tête.

Une exploration à pied leur permit de constater que le cours supérieur de la Nahanni devenait de plus en plus rapide, de plus en plus difficile. Les rives rocheuses se resserraient, formant une sorte de couloir, véritable canal où toute la puissance des eaux se concentrait ; les points où l'on pourrait se reposer étaient rares et précaires. En tout cas, il était impossible de repartir de l'endroit où ils se trouvaient, à quelques mètres des Portes de l'Enfer.

— Nous allons haler la barque jusqu'au tournant. Attache Blacky, il nous aidera.

Une corde à l'avant, une autre à l'arrière, les deux hommes et le chien tirèrent péniblement leur embarcation le long de la rive droite ; travail pénible sur des galets qui roulaient sous les pieds, les obligeant parfois à entrer jusqu'à mi-cuisse dans l'eau glacée. Le tournant franchi, ils retrouvèrent des eaux plus calmes, et ils purent remettre le moteur en marche, remonter à bord.

— Maintenant, dit Koni, plus moyen de s'arrêter jusqu'à la fin du défilé !

— Et après ?

— Après, ce sont les chutes, le bout du monde !

— Allons au bout du monde.

Max éprouvait une excitation profonde. Il approchait du terme de son voyage, l'exploration qu'il avait accomplie représentait du bon travail, et il ne doutait pas de la suite des événements. Pourtant, il n'était pas sans s'inquiéter, sa pensée revenant sans cesse aux Portes de l'Enfer. Il les avait franchies à la montée, mais que réservait la descente ? Impossible de faire un portage, et le père Brichet l'avait averti : « A la descente, si tu veux gouverner, il te faut aller *plus vite que le courant.* Ça demande des réflexes rapides ! La moindre erreur peut être fatale. » Aurait-il les réflexes nécessaires ?

Koni interrompit sa rêverie :

— Attention, Max !

Devant eux, un banc de rocher traversait tout le lit de la rivière, formant comme un escalier géant sur lequel glissaient les eaux ; il s'annonçait de loin par le bouillonnement impressionnant des vagues dont le creux était assez important pour que Max prît toutes les précautions.

— Tiens-toi bien, Koni, je fonce !

Les gaz ouverts au maximum, il fendit les vagues, sauta de crête en crête, puis, sans trop savoir comment, se retrouva sur le palier supérieur. Ils avaient bien ressenti un léger choc au passage de l'obstacle, mais, comme le moteur tournait rond et que l'embarcation obéissait, Max ne s'en inquiéta pas.

Koni était radieux.

— Terminé, Max ! Maintenant, tous les rapides sont franchis.

Ils débouchaient en effet dans un cirque supérieur, où les falaises se redressaient progressivement jusqu'à quelque trois cents mètres de hauteur. La Nahanni s'y étalait largement sur un lit de galets ; ses rives étaient couvertes de troncs d'arbres arrachés, nettoyés, délavés, blanchis comme autant de squelettes.

Ils naviguaient sur cet élargissement de la rivière depuis un certain temps lorsqu'un bruit nouveau leur parvint. Ce n'était encore qu'un grondement mystérieux, assez fort cependant pour se superposer au bruit de la Nahanni ; puis, sans transition, quand ils eurent dépassé la courbe suivante, leur arriva, brutal, orgueilleux, le mugissement des cascades. Dès lors il ne cessa de grossir, couvrant de ses ondes sonores le cirque fermé où ils étaient, se répercutant sur les montagnes, brisé net par une saute de vent, puis reprenant plus fort, s'amplifiant, comparable à mille tonnerres, plus puissant que le fracas d'un convoi ferroviaire sur un pont métallique.

Ils doublèrent un nouveau cap, la vallée sinusoïdale s'élargit, et les chutes apparurent. Elles barraient toute la vallée.

La Nahanni s'y jetait du haut d'une barre rocheuse de plus de cent mètres de hauteur en deux cascades séparées par une grande aiguille rocheuse. Ses eaux étaient projetées avec violence dans une sorte de glissière lisse comme les parois d'un canal, et cela leur conférait une vitesse hallucinante. Sautant la falaise, elles se brisaient cent mètres plus bas sur d'énormes blocs de schistes noirs ; un nuage de vapeur d'eau s'élevait du pied des chutes (trois fois plus hautes que celles du Niagara) sur près de cinquante mètres de hauteur. Le soleil y jouait dans une lumière irisée qui décomposait le prisme, formant un arc-en-ciel d'une durée soutenue qui joignait les deux rives. Lumière, couleurs, ciel chargé de nuées sombres, tumulte constituaient un ensemble impressionnant, un phénomène à l'échelle cosmique, une grande et merveilleuse manifestation des puissances physiques qui depuis des milliards d'années contribuent à former le globe terrestre.

Ils s'approchèrent au plus près des chutes, puis échouèrent leur barque sur les galets de la rive droite. Il leur fallut plus de soixante mètres de corde pour l'amarrer solidement à l'une des souches, la plus éloignée du courant. A terre, encore étourdis par leur périlleuse navigation, ils tanguaient et chancelaient comme des hommes ivres.

— Voilà ! dit Koni, visiblement fier de lui.

— Tu as été courageux, Koni, je m'en souviendrai. Quand tu es venu, étaient-elles gelées ?

— En hiver, il se forme au pied des chutes un énorme cône de glace. A mon époque, il arrivait à mi-hauteur de la cascade ; les eaux s'engouffraient dessous, le bruit était comme étouffé. Là où nous sommes, tout était gelé, boursouflé...

— Et au-dessus ?

— Je n'y suis pas allé ! Si les légendes sont exactes, là-haut c'est le pays de la mort : plus rien, plus d'arbres, rien que des pierres, des pierres et des glaces.

— Allons-y voir !

— Si tu veux, Max. Avec toi, j'irai partout !

— Attache Blacky à la barque, il nous encombrerait.

Tout près des chutes, un couloir rocheux creusait une profonde entaille dans la falaise, que le chien n'aurait pu franchir. Ils s'y engagèrent et bientôt gagnèrent le couvert de la forêt. Le bruit des chutes qui déferlaient pourtant tout près ne parvenait pas jusque-là, et le silence qui les enveloppait ajoutait une note de mystère à l'austérité du paysage. Ils montèrent à l'estime, suivant des frayées qu'on aurait prises pour des sentiers créés par l'homme.

— On n'est pas les premiers, Koni, dit Max en riant.

— Tu as raison ! Regarde ; ici la trace des ours, là le sabot de l'élan, et voici les loups.

Ils parvinrent à un plateau forestier. Le silence était toujours aussi complet, presque inquiétant. Max, craignant de s'être trop éloigné des chutes, vérifia sa position à la boussole, puis obliqua vers le nord. Le sous-bois se peuplait d'arbrisseaux nains, de framboisiers sauvages, de saules polaires, mêlés à quelques bouleaux. Au-dessus d'eux, la forêt se dressait, magnifique, avec ses spruces de trente mètres de hauteur.

Les deux hommes avançaient péniblement, enfonçant jusqu'aux genoux dans ces marécages troués de fondrières. Parfois, tout près d'eux, des branches craquaient, signalant la bête invisible, le fauve qui observait ces étranges bipèdes et qui, n'ayant jamais vu d'êtres humains, se méfiait, guidé par un atavisme millénaire.

Une fois seulement, un gentil ours noir, attiré par l'odeur, et trop curieux, s'avança jusqu'à eux. Koni voulait tirer, Max l'en empêcha.

— Laissons-le dans sa belle ignorance. Tu sais bien qu'il n'est pas dangereux !

Il fit le geste de tendre la main ; l'ours s'immobilisa, secoua la tête et, leur tournant le dos, disparut avec une incroyable souplesse dans les fourrés adjacents.

— Ecoute, fit Koni un peu plus tard.

Ils tendirent l'oreille.

Le bruit des chutes leur parvenait à nouveau. Elles semblaient encore éloignées, mais, dès qu'ils eurent dépassé une crête, le fracas des eaux mugissantes emplit la montagne.

La forêt, à cet endroit, s'arrêtait net au-dessus des chutes. Au delà, s'ouvrait une large vallée qui se prolongeait vers l'infini de l'Ouest. Elle était encore enneigée et bordée de montagnes aux dômes arrondis par l'érosion. Très loin, une coupole neigeuse dépassait la ligne des crêtes barrant l'horizon. Max, habitué à la montagne, lui attribua une très grande altitude.

Il ne douta pas que sur l'autre versant coulait le Yukon.

Alors, encore une fois, lui revint en mémoire la liste des disparus de la Nahanni, de tous ces prospecteurs dont on n'avait jamais retrouvé les traces, même dans les années les plus récentes. Certains avaient-ils atteint ce point ? Peut-être, à condition de venir en hiver, car aucun d'eux ne possédait une embarcation dotée d'un moteur capable de remonter les rapides.

Parvenus aux chutes, il leur restait à s'enfoncer sur ces hauts plateaux désertiques où les tempêtes devaient prendre une violence impitoyable. Max comprenait maintenant la disparition de tous ces hommes et de cette femme (Annie Laferté en 1926) morts pour de l'or, peut-être avec de l'or plein leur ceinture, morts de faim ou de froid ou d'épuisement, peut-être aussi de solitude.

Déjà, dans les forêts de l'aval, la chasse, bien que la région soit riche en gibier, nécessite des connaissances spéciales, car l'art de la trappe ou de l'approche ne s'apprend pas en un jour. Mais à partir d'ici, il n'y avait rien, rien que la nudité presque tellurique du sol. Quant au gibier qu'on y trouvait, c'était seulement les gros *big-horns,* les énormes moutons sauvages si difficiles à approcher dans les reliefs accidentés, ou les chèvres blanches rarissimes, toujours inquiètes, et dont peu de chasseurs peuvent se vanter d'avoir rapporté un trophée.

Non, au delà et en amont des chutes, il n'y avait plus désormais qu'une terre lunaire, inhumaine.

— Revenons ! dit Max d'une voix brève. Nous n'avons plus rien à faire ici.

Il lui semblait réellement avoir atteint le bout du monde. Les vraies Portes de l'Infini, elles étaient ici. Désormais, toutes les vallées intérieures qu'ils avaient traversées en remontant la Nahanni leur paraîtraient hospitalières, vivantes et, bien que cloisonnées et enfermées chacune dans son propre univers, reliées encore au monde d'en bas : c'est-à-dire les pauvres campements indiens de la Butte qui, aux yeux des explorateurs, devenait la capitale de ce grand pays sans hommes, sans routes, sans pistes, sans agriculture.

Car le véritable désert sur terre est celui où l'homme ne vit pas !

Ils s'approchèrent jusqu'au rebord supérieur des chutes. Le spectacle était dantesque ! Un plan rocheux incliné, véritable glissoire, canalisait les eaux de la Nahanni qui prenaient dans ce toboggan une vitesse prodigieuse avant de sauter la falaise. Elles se pulvérisaient sur les roches du bas, puis, reformant leurs molécules, se reconstituaient en ce courant dévastateur chargé de creuser au fil des ans, au fil des siècles, au fil des millénaires, les profondes vallées, approfondissant les failles qui tranchent ces montagnes, les plus jeunes de la terre, puis rejoignant au débouché des cimes l'incommensurable plaine forestière qui couvrait la plus ancienne terre du globe : le grand bouclier canadien.

Max jeta un dernier regard circulaire.

Sa rétine enregistrait avec la fidélité d'un appareil photographique les moindres détails de ce paysage qu'il serait le premier à pouvoir décrire ; il supputait les difficultés de navigation en amont des chutes, rejetait l'idée de parvenir par là jusqu'au Yukon, jusqu'au Klondyke.

Koni semblait inquiet.

— Pressons, Max ! Regarde, le mauvais temps arrive !

Sans qu'ils s'en fussent aperçus, les lourds cumulus du matin qu'ils avaient dédaignés s'étaient reformés en plus grand nombre. Leurs volutes d'un noir d'encre coiffaient désormais les sommets les plus proches. Le soleil parvenait spasmodiquement jusqu'à la terre à travers une fugitive éclaircie, véritable clairière dans le ciel d'orage.

Pour gagner du temps, ils voulurent couper au plus près dans la forêt, ne s'éloignant guère des chutes dont ils entendaient toujours la profonde rumeur. Mais ils furent arrêtés par des falaises cachées au creux des taillis, durent les contourner, retrouvèrent difficilement leurs traces du matin. Max n'y serait sans doute jamais parvenu sans la science innée de l'Indien, qui le ramena rapidement sur la bonne voie.

— Regarde les marques, dit Koni.

Sans rien dire, en montant, il avait brisé ici et là une branchette, cassé le sommet d'une pousse de saule : autant de signes de leur passage.

— Bonne leçon ! dit Max. Quand je serai seul, j'y penserai. Rosa m'avait pourtant appris tout cela.

Il poussa un soupir, rejeta ses pensées.

— Filons ! dit-il.

De larges gouttes d'eau perçaient à travers le feuillage. Il y eut un grondement dans le lointain et soudain la pluie s'abattit sur eux, torrentielle.

Maintenant les éclairs zébraient le ciel et ils apercevaient la grande lueur des spruces qu'un peu partout la foudre enflammait comme des torches.

Ils dévalèrent le couloir à grandes enjambées, poursuivis par le roulement des tonnerres qui s'égrenaient en chapelet et il leur était impossible de discerner dans tout ce vacarme ce qui provenait du grand bruit des chutes ou du fracas de l'orage. Le chant permanent du fleuve dans toute sa puissance s'opposait à la colère spasmodique du ciel lançant ses cataractes.

Transis, transpercés par la pluie, ils atteignirent avec soulagement leur barque.

— La rivière monte, la rivière monte ! dit Koni.

L'embarcation qu'ils avaient tirée au sec commençait à flotter.

— Il était temps ! dit Max. Tirons-la un peu plus haut sur la rive.

Leurs efforts réunis ne leur firent gagner que quelques mètres. Le danger devenait grand.

— Il faut repartir pendant qu'il en est encore temps, dit Max. Si les eaux montent d'un mètre, les souches seront emportées et notre barque avec... Détache l'amarre. Je mets en marche.

Sollicité, le moteur toussa, hoqueta, sans résultat. Max était nerveux, Koni s'affolait ; il détacha trop tôt la corde et la barque fut emportée par le courant avant que Max ait pu mettre en route.

— Prends la perche, Koni, prends la perche ! Maintiens-nous sur la rive !

Ils raclaient le haut-fond, mais Max avait relevé le kicker. Enfin celui-ci consentit à démarrer et, comme il était hors de l'eau, le moteur s'emballa au risque de briser son axe.

— Pousse au large, vite, Koni ! Vite ! hurla Max.

Appuyé de tout le poids de son corps sur la longue perche, Koni réussit enfin à remettre à flot la barge. Max abaissa l'hélice. Un bouillonnement s'ensuivit qui les projeta vers l'aval.

Ils glissaient maintenant plus vite que les flots les plus rapides dans les rafales de pluie qui aveuglaient le pilote. Les chutes avaient disparu au premier tournant de la rivière et, comme les roulements du tonnerre s'étaient arrêtés, ils ne percevaient plus que le long bruit du courant se brisant sur les roches. Sur leurs têtes, les nuages roulaient très bas, capelant les montagnes, donnant l'impression que la rivière coulait dans un sinistre couloir de roches volcaniques sous un plafond d'encre. Cela allait si vite qu'il était difficile de prévenir les dangers qu'ils avaient repérés à la montée. C'est ainsi qu'ils atteignirent trop rapidement le grand rapide, véritable escalier qu'ils descendirent en bondissant de marche liquide en marche liquide, tossant à chaque fois le fond plat de l'embarcation sur le fond rocheux. Un choc plus violent que les autres secoua fortement la barque et Max faillit lâcher le gouvernail.

— L'hélice ! dit-il brièvement.

Il n'était pas question de s'arrêter ; même s'ils l'avaient souhaité, cela eût été impossible : ils étaient prisonniers du courant qui les entraînait. Dans l'intervalle entre les deux passages, les eaux avaient considérablement monté ; la hausse qui là-haut s'étalait sur plusieurs centaines de mètres de largeur atteignait ici, dans ce couloir, plus de deux mètres. C'était un courant fou, une force indomptable.

Koni, prostré à l'avant de la barque, ruisselant d'embruns et de pluie, tournait vers Max un regard de chien battu. Blacky s'était réfugié entre les jambes de l'Indien, sous l'appontement de la plage avant, et n'en bougeait plus, terrorisé lui aussi. Max recevait en plein visage les rafales de pluie qui parfois l'aveuglaient complètement. Il nota que la peur qui l'étreignait quelques instants auparavant avait disparu ; son cœur reprenait un rythme normal. Il savait que les minutes qui allaient suivre seraient décisives. Mais il était prêt.

Pendant la guerre, il en allait souvent de même. Quand il décollait de l'Angleterre pour aller jeter ses bombes sur la Ruhr, il était envahi par une peur irraisonnée. Celle-ci le tenaillait jusqu'au moment où son avion ayant atteint les côtes de France, il entrait dans les feux d'artifice de la « Flak » allemande. Alors, comme par enchantement, toute angoisse cessait : la mort était si proche qu'il ne la voyait plus. Puis, au retour, avant de se poser, il se produisait en lui une grande défaillance, et il lui arrivait de sangloter comme un enfant.

Désormais il n'avait plus qu'un souci : maintenir sa flottaison, triompher du courant, garder la direction de son embarcation. Il avait abordé les courbes les plus dangereuses, et la prochaine amorcerait le dernier rapide, celui qui se brisait sur la muraille des Portes de l'Enfer.

— Tiens-toi bien, Koni ! hurla-t-il.

Leur barque était désormais portée par une force torrentielle ; sa vitesse augmenta et Max comprit qu'il n'en était plus maître. La poignée des gaz pourtant tournée au maximum devint molle entre ses doigts. Le courant les dépassait : la barque devint indirigeable. Sur la rive gauche où ils avaient été déportés, les rochers à pic défilaient à moins d'un mètre de leur franc-bord. Dans quelques secondes s'ouvriraient sur leur gauche les Portes de l'Enfer. Max parlait tout haut, pour lui-même : « Virer à 9 heures, mettre la barque en travers du courant, puis pousser à fond la manette des gaz. Pourvu qu'elle réponde ! » Mais il était trop tard, et il ne put retenir un cri d'effroi. Ce qui le matin, au départ pour les chutes, leur avait paru terrifiant n'était rien à côté de ce qui les attendait. Les eaux de la Nahanni considérablement grossies se brisaient, dans un tumulte insoutenable, directement sur la muraille aval, enroulant des vagues en puissants rouleaux qui balayaient la falaise frontale de la base au sommet, puis retombaient et rejaillissaient.

Désormais, Max était livré à ses seuls réflexes et c'est d'instinct que, vingt mètres avant le goulet où les eaux resserrées comme dans une conduite forcée hurlaient au maximum, qu'il barra tout à gauche, sentant que son moteur l'avait lâché.

Trop tard !

Pendant quelques mètres encore, la barque continua sur sa lancée, dépassa le point critique, puis, brusquement ralentie par le contre-courant — là où le moteur eût été nécessaire —, tourbillonna, fut prise à nouveau dans les remous, saisie de travers par un puissant rouleau, se renversa et les projeta à l'eau.

12

Quand il recouvrit ses sens, Max gisait, le corps à moitié immergé, sur la petite plage en aval du rapide où, la veille, ils avaient bivouaqué. Les remous de la rivière l'avaient sauvé en l'échouant comme ils avaient échoué tout au long du rivage les troncs d'arbres et autres épaves charriés par le courant. Il se releva péniblement. Son corps meurtri semblait avoir été roué de coups.

Quelque vingt mètres en amont, les eaux se brisaient sur la paroi rocheuse. Mais, là où se trouvait Max, un contre-courant remontant le long de la rive créait une zone d'accalmie.

— Koni ! cria Max.

Rien ne lui répondit. Il répéta son appel, la voix sourde d'angoisse. D'un peu plus bas, en aval, un gémissement lui parvint, qui se transforma en aboiement...

— Blacky ! Blacky !

Le chien était vivant, alors peut-être Koni...

Le chien était couché derrière un petit bosquet de saules. Il gémissait, une patte brisée, le poil dégoulinant d'eau. Quand il vit Max s'approcher, il poussa des appels plaintifs.

Max se pencha sur lui.

— Blacky, mon vieux Blacky, où est Koni ?...

De l'Indien nulle trace... Sans doute avait-il été emporté par le courant.

A ce moment seulement, Max songea à la barque. Il se souvenait avoir été vidé et projeté à distance, mais Koni, prostré à l'avant, accroupi sous la proue, avait sans doute été coincé dans l'embarcation. Abandonnant Blacky malgré ses hurlements de détresse, Max entreprit de descendre le long de la rivière. Plus bas, elle se divisait en plusieurs bras, et une embarcation pouvait avec un peu de chance s'échouer naturellement sur un haut-fond. Il n'avait plus que cette dernière carte à tirer... A moins que Tuktu, inquiet de ne pas les voir, vînt à leur recherche. Pourquoi lui avoir donné l'ordre, en cas de malheur, de redescendre jusqu'à Nahanni-Butte ? Tuktu obéirait ! Non ! il ne pouvait compter que sur lui-même...

Il parcourut péniblement plus d'un kilomètre, traversant parfois des bras morts, avec de l'eau jusqu'au ventre. Mais qu'importe ! Il était déjà trempé jusqu'aux os et seul le mouvement pouvait le réchauffer.

Il allait désespérer lorsqu'une série d'épaves vinrent confirmer le naufrage. Ce fut d'abord un fût d'essence de cinquante litres immobilisé par une souche en plein milieu du lit principal de la Nahanni ; il l'aperçut de loin grâce à son éclatante couleur rouge. Ensuite il découvrit une caisse de provisions venue s'échouer sur les galets. Enfin il poussa un cri de triomphe : à courte distance sa barque était là, retournée, retenue par la longue amarre de chanvre qui, en se déroulant, s'était accrochée à des racines. Arrêtée par ce filin, la barque était venue s'accoler à la rive ; le moteur était à moitié arraché du plat-bord et ne tenait plus que par une pince, l'hélice était brisée, l'axe paraissait faussé, mais il était là !

Max acheva de le démonter.

Il possédait une hélice de rechange, il tâcherait de redresser l'axe... Auparavant, il fallait tirer la barque au sec, en procédant par étapes : il n'était pas question de la retourner, car elle se serait emplie d'eau. Se servant comme levier d'une forte branche de spruce, il déplaça lentement, centimètre par centimètre, l'avant de la barque vers la rive. Lorsqu'il eut gagné ainsi quelques mètres, il recommença la même manœuvre à la poupe qui, déchargée du poids du moteur, était plus maniable. Finalement, la barque s'allongea comme un cétacé échoué sur les galets. Il ne restait plus qu'à la redresser. Max détacha l'amarre, la bienfaisante amarre sans laquelle tout aurait été perdu.

Comme d'habitude en quittant les chutes, Koni l'avait consciencieusement lovée à plat sur le léger appontement de l'avant, de façon qu'il pût s'en saisir et la lancer à la moindre alerte. En chavirant, la barque avait déroulé le filin qui s'était accroché autour de racines immergées. Pauvre Koni ! C'était grâce à son intelligente précaution que Max pouvait espérer s'en sortir.

L'hélice neuve était arrimée dans un caisson qui n'avait pas été brisé. Quant à la barque elle-même, seule une planche du plat-bord droit avait été enfoncée ; mais, comme elle se trouvait au-dessus de la ligne de flottaison, cela ne tirait pas à conséquence. Max se félicita de la solidité d'une telle construction...

Il n'était pas question pour lui de haler l'embarcation en remontant le courant jusqu'au campement. En revanche, il décida de transporter jusqu'à la barque tout le matériel qu'ils y avaient entreposé.

Ayant réussi à remettre celle-ci à flot, Max repéra une crique tranquille et l'y amarra solidement à un gros bouleau ; le poste était bon, même si la Nahanni grossissait encore. D'ailleurs, l'orage une fois passé, la rivière baissait maintenant avec autant de rapidité que la crue était venue.

Max retrouva Blacky qui tremblait de tous ses membres. Il lui donna une caresse à laquelle répondit un gémissement. Ayant examiné le chien, il constata qu'il avait une patte antérieure brisée. Il fabriqua deux attelles avec des branches, et il immobilisa la fracture qu'il avait réduite de façon sommaire à l'aide d'une bande déchirée à même sa chemise. Cela fait, Blacky se leva, poussa un cri de douleur, puis, oreilles basses et trottinant sur trois pattes, suivit tristement son maître.

Alors, Max se mit à frissonner. La barque étant retrouvée, l'espoir d'être sauvé, de pouvoir rejoindre Tuktu se concrétisant, l'extrordinaire sursaut de volonté qui l'avait fait surmonter le désastre se dissolvait sous le coup de la peur rétrospective, de la fatigue, de la tristesse et du froid. Ses vêtements mouillés, ses sous-vêtements de laine pesaient lourdement sur lui, qui leur devait pourtant de ne pas avoir été saisi de congestion lorsqu'il avait piqué une tête dans les eaux glaciales du torrent. Il fallait d'abord se sécher, se réchauffer. Avec quoi? se demanda-t-il. Toutes les allumettes devaient être mouillées. Son briquet? Peut-être. Mais il n'eut pas le courage de l'essayer. Subirait-il le sort de Rosa? N'était-elle pas morte à cause d'une allumette, après s'être elle aussi sauvée du naufrage? Cette similitude d'événements tragiques lui apparut comme un avertissement. Avait-il été trop orgueilleux? N'était-il pas responsable de la mort de Koni? Car maintenant il n'avait plus d'espoir ; nulle part, en descendant et en remontant la rivière, il n'avait trouvé trace de l'Indien. Pris sous le bordage, celui-ci s'était certainement noyé.

Bientôt le froid annihila ses pensées. Il se mit à claquer des dents, et c'est dans un état lamentable qu'il parvint au campement. Divers objets flottaient sur les remous provoqués par les contre-courants : des boîtes de conserve, deux couvertures, etc. Heureusement, il avait eu la prudence de décharger presque tout son matériel avant d'entreprendre la dernière remontée aux chutes : sur le sable s'alignaient les bidons d'essence, une machette (la hache avait disparu dans le naufrage), deux sacs de provisions de réserve, les sacs de couchage. En revanche, la carabine gisait quelque part sous les flots ; il était désormais sans armes, jusqu'à ce qu'il eût retrouvé Tuktu et sa vieille Winchester. Tout cela n'aurait pas été bien grave, s'il n'y avait pas eu la mort de Koni. Pourtant celle-ci ne parvenait pas à l'attrister profondément. Elle lui semblait naturelle, comme un tribut payé à la Nahanni. Mais pourquoi Koni avait-il été choisi, et non pas lui, le promoteur de cette aventure? Pourquoi?...

Le souci de survivre le ramena soudain à des idées, à des gestes plus terre à terre. En remuant les cendres de leur dernier feu, il s'aperçut que des braises rougeoyaient encore qui avaient couvé toute la matinée de ce jour funeste... La veille, Koni avait fait un brasier gigantesque, et contrairement à son habitude il n'avait pas noyé les cendres avant de repartir ! Prémonition ? Indifférence ?

Il suffit à Max de jeter sur ces braises des mousses, des brindilles sèches et un amas de bois mort pour qu'à nouveau les flammes pétillent et qu'une intense chaleur se dégage. Il se dépouilla de ses vêtements, les suspendit à des échafaudages rustiques, les fit sécher, offrit son corps à la chaleur retrouvée, goûta dès lors une intense sensation de bien-être qu'il voulut partager avec Blacky.

Le chien rampait à ses côtés, s'approchait du feu de camp. « Mon unique compagnon ! » se dit Max. Et, comme il caressait le puissant husky, celui-ci gémit de contentement.

— Blacky, mon vieux Blacky, nous voilà dans une foutue situation.

Le soir tombait et des étoiles apparaissaient dans le ciel. Max se glissa dans son sac de couchage, et là, bien au chaud, fit le point. Ses vêtements une fois secs, il allait pouvoir se vêtir à nouveau ; puis il prendrait une solide nourriture — grâce à Dieu, la majeure partie des provisions avait été laissée sur place et il aurait besoin dans les jours qui viendraient de toutes ses forces. Transporter le matériel jusqu'à l'embarcation, établir un nouveau camp : cela lui prendrait, estima-t-il, presque une demi-journée. Ensuite il tâcherait de réparer l'axe du moteur. Certes, il pourrait descendre le courant jusqu'au campement de Tuktu en dirigeant sa barque à l'aide de la longue perche, celle-ci agissant comme un aviron-gouvernail, mais il serait quand même à la merci du courant. Il valait mieux tenter la réparation. Séché, reposé — son corps était couvert de bleus et ses muscles jouaient mal — nourri, réchauffé, il ne lui restait plus qu'à profiter des quelques heures de la nuit pour dormir.

Il lui fut difficile de trouver le sommeil, car ses pensées revenaient toujours à Konisenta : Koni qui avait triomphé de la peur et des superstitions, qui avait été pour lui un compagnon expérimenté et dévoué, qui lui avait permis de résoudre une des énigmes de la Nahanni. Comme cette rivière était funeste à ceux qui voulaient la connaître : elle venait de frapper encore une fois. Koni serait le trente-sixième mort ! Retrouverait-on son corps ? S'il s'échouait quelque part le long de la rivière, ours, loups, lynx et gloutons auraient vite fait de dévorer ses restes.

Son insomnie le laissa aux prises avec une angoisse incontrôlable. Si Tuktu, fidèle à ses directives, ne l'attendait pas, repartait sur sa barque, pourrait-il rejoindre tout seul la cabane des Portes de l'Infini ? Que ferait-il, sans armes, sans munitions, pour se ravitailler en viande ? Comment entretiendrait-il le feu ? Comment transporter les braises de ce foyer pour allumer là-bas un nouveau bûcher ? Ces pensées, où alternaient l'espoir et le désespoir, le tinrent éveillé et il n'attendit même pas que les dernières étoiles fussent éteintes pour se lever.

La journée était calme, la Nahanni avait baissé durant la nuit, mais le grondement des rapides couvrait encore les bruits de la forêt.

Max résolut le transport du feu avec assez d'ingéniosité : il emplit de cendres une boîte de conserve qui traînait aux abords du campement, et dans cette cendre il glissa quelques braises ; puis, descendant à grands pas la rivière, porteur de son précieux fardeau, il prépara rapidement son deuxième foyer. Bientôt, une épaisse fumée s'éleva au-dessus du maquis des saules nains et des bouleaux. Il ne restait plus qu'à alimenter le feu.

Vers midi, il avait terminé le déménagement, et tout ce qu'il avait sauvé du naufrage et qui constituait sa seule richesse était étalé sur un îlot de galets bien secs. Il fallait maintenant songer au moteur. Démonter les principaux organes d'allumage, sécher les bougies, tout cela était chose courante pour un pilote confirmé. Il vida ensuite le réservoir, le fit sécher à l'air, le remplit à nouveau avec un mélange d'huile et d'essence. Le moteur se fit un peu prier pour démarrer, mais, en persévérant, Max réussit à obtenir un premier toussotement de bon augure. Enfin, au cinquantième ou soixantième coup de cordelette, il entendit avec joie le crépitement du départ ; le moteur, après avoir éternué une ou deux fois, prit son rythme. L'axe d'hélice était légèrement tordu en dehors de l'embout. La direction ne serait pas rigoureuse, mais Max jugea qu'il était inutile de le redresser : cela aurait nécessité une journée de travail. Il remonta l'hélice neuve qui servait, comme dans tous les kickers, à la fois de propulseur et de gouvernail, vérifia que les câbles de commande jouaient correctement. Le plus difficile fut de fixer le moteur sur l'arrière de l'embarcation. Un des écrous qui maintenaient les pinces avait été cassé et il n'était pas question de le remplacer. Max creusa au couteau, dans le plat-bord arrière, un trou suffisant pour y passer un cordage en nylon à plusieurs épaisseurs. Le nœud qu'il fit ne lui donna qu'à moitié satisfaction : la fixation restait trop souple, elle ne lui permettrait guère de relever brusquement l'hélice, il risquait de tosser sur une roche. Mais sa hâte de repartir était telle qu'il ne s'attarda pas à ces considérations. Il n'avait qu'un désir : rejoindre Tuktu !

Lui qui voulait vivre en solitaire avait désormais peur de sa solitude... « Au fait, se dit-il, la solitude est-elle en cause ? N'est-ce pas plutôt l'empressement de retrouver avec Tuktu la sécurité, c'est-à-dire les vivres, le matériel nécessaire pour m'installer, l'armement, les chiens, bref tout ce qui est nécessaire à l'homme pour vivre seul ? Car en ce moment je suis plus démuni que le plus misérable des naufragés : si la barque refuse de me conduire vers l'aval, je reste prisonnier de ces montagnes. »

Il avait travaillé d'arrache-pied de l'aube jusqu'à 10 heures du soir. Tout était prêt pour le lendemain ; la barque chargée, le moteur en place.

Il passa la nuit enroulé dans son *bedding-let,* avec Blacky qui, en boitillant, était venu se coucher sur ses jambes. Et le chien regardait son maître avec tant de reconnaissance et d'amour que Max comprit qu'il était moins seul qu'il ne paraissait. Blacky n'était plus pour lui le chef de la meute, le pacha qui commande et fustige les autres chiens, le tueur de Nahanni-Butte ; Blacky blessé, diminué, était devenu son compagnon. C'était sans doute dans des conditions semblables que le chien était devenu le compagnon de l'homme préhistorique et son premier défenseur.

Deux fois au cours de la nuit, les loups hurlèrent alentour. A chaque fois Blacky répondit par un hurlement de colère : se dressant tant bien que mal, le poil hérissé, il lançait son cri dans la nuit. Alors Max, qui craignait pour lui — car les loups savaient le chien blessé et incapable de se défendre —, se levait, jetait de nouvelles branches sur le feu ; il sentait que tout près, invisibles et présents, les loups attendaient avec patience l'instant propice pour bondir.

Dès qu'il fit suffisamment clair pour distinguer les écueils et les épaves qui jalonnaient le lit de la rivière, Max mit son embarcation à l'eau. Cela lui prit un certain temps. La rivière avait encore baissé et la berge se trouvait isolée du courant dans une sorte de petite lagune. Comme il ne pouvait la haler par-dessus l'épi de sable qui lui barrait la route, il fut obligé de creuser un passage avec ses mains.

Blacky fit quelques difficultés pour reprendre sa place à l'avant et poussa de profonds gémissements lorsque Max, lassé de sa résistance, l'attrapa à bras-le-corps et le glissa sous l'appontement avant.

— Tiens-toi tranquille ! On ne prend pas tous les jours un bain comme celui d'hier.

Blacky grogna quelques phrases en langage chien, puis, résigné, s'allongea et ferma les yeux.

A vrai dire, la seule difficulté qui maintenant le

séparait de Tuktu était le franchissement à la descente du grand rapide conduisant au confluent de la Flat River.

Max lança son moteur, louvoya entre les souches flottantes et, parvenu au centre du courant, força sur la manette des gaz. L'embarcation bondit en avant, s'engagea dans les rapides, caracola sur les vagues, faisant parfois ce que les régatiers appellent du surfing, retombant lourdement de tout son poids dans un choc sourd. C'était comme si Max avait navigué sur une masse solide. Tant qu'il bondissait de lame en lame sur la crête des vagues, tout allait bien, mais, malgré la longueur de la barque, il lui arrivait de piquer dans un remous plus profond et de recevoir une énorme giclée d'embruns ; puis la barque reprenait son équilibre et sa ligne de descente. Il pouvait juger de sa vitesse en voyant défiler à droite et à gauche les arbres des rives ; cependant, l'impression de vertige était beaucoup moins sensible qu'à la montée. C'était un peu comme lorsqu'un régatier, ayant effectué un long bord au près serré, change d'amures et marche grand largue par vent arrière ; sa propre vitesse lui échappe alors, car il vogue à la vitesse du vent.

Parfois, Max donnait un coup de poignet pour s'assurer que la manette des gaz répondait toujours. Comme on le lui avait enseigné, il tâchait de se maintenir à une vitesse supérieure à celle du courant de façon à toujours contrôler sa descente.

Il avait depuis longtemps dépassé l'endroit où s'élevait la cabane du malheureux Jorgensson, et maintenant, grossie des eaux de la Flat River, la Nahanni large et puissante l'entraînait vers l'aval. Il était trop occupé à surveiller la rivière, à éviter ses pièges et ses écueils pour s'intéresser à la vie animale intense qui la peuplait : partout les castors étaient au travail, les élans au pâturage dans les laisses de la rivière, et souvent des ours bruns plongeaient devant sa proue et traversaient en énormes bonds la Nahanni pour s'enfuir et s'enfouir dans les fourrés.

La Chaîne des Funérailles se rapprochait à une vitesse vertigineuse : cette muraille de sombres roches basaltiques tendait un écran continu sur le fond de la vallée. Peu à peu elle sembla s'ouvrir devant la proue de la barque ; le deuxième canyon se découpa sur l'horizon et Max s'y engagea. Désormais il était certain de rejoindre Tuktu. Une joie apaisante se fit en lui. Il aurait voulu chanter, crier, mais chaque fois qu'il extériorisait son bonheur, sa pensée revenait à son malheureux compagnon et cela détruisait son euphorie. Pauvre Koni ! La Nahanni qu'il craignait tant et qu'il était un des rares à bien connaître s'était vengée.

Le canyon maintenant se resserrait, les parois prenaient de la hauteur, et sur les vires on voyait galoper les énormes moutons sauvages au poil clair, à la robe isabelle qui les trahissait de très loin.

Puis la muraille devint verticale et réapparurent les niches, les grottes, les excavations étranges, en forme de masques grimaçants, de têtes de morts... Parfois, une avalanche de terre dévalait les couloirs et tombait en cascade dans les eaux de la rivière, arrachant au passage des blocs de rochers qui éclataient sur la paroi comme autant d'obus, ajoutant leur fracas au chant des eaux en furie.

Comme il allait atteindre la sortie du canyon, Max aperçut, assez loin en aval, une embarcation qui remontait le courant. Il en fut vite tout proche.

— Tuktu ! cria-t-il.

Il lui avait semblé hurler ce nom, mais sa voix, couverte par le vacarme des flots, n'avait pas porté au-delà de la barque.

Tuktu, debout à l'arrière, barrait avec assurance. Max lui fit signe de s'écarter, car l'axe faussé de son propulseur ne lui permettait guère de précision dans les manœuvres et il se sentait incapable de freiner son embarcation et de l'échouer, quelque part, dans l'attente de son compagnon. Ils se croisèrent à grande vitesse et Max, agitant les bras, fit signe à l'autre de revenir : pour Tuktu la manœuvre serait plus facile.

Mais pourquoi était-il parti à leur recherche ? se dit Max. Les délais n'étaient pas écoulés.

Un peu plus tard, ils accostaient tous deux dans la rivière du campement. Tuktu, depuis leur départ, avait dressé une solide cabane, les chiens attachés individuellement aux arbres de la forêt hurlaient leur joie des retrouvailles, un grand feu achevait de brûler, et tout autour on distinguait les chevalets rustiques sur lesquels séchaient des filets de viande. Max ressentit une grande lassitude, morale et physique. Comme Tuktu, plus agile, avait déjà amarré son embarcation, il lui jeta son filin et sans dire un mot, tête baissée, escalada la rive abrupte et s'écroula près du feu.

Longtemps, Tuktu le veilla. Il n'avait pas eu besoin d'explications : la barque au plat-bord enfoncé, l'arbre d'hélice tordu, les bagages mouillés et Blacky gémissant avec sa patte cassée contaient toute l'histoire. Et puis... Koni n'était pas là.

L'Indien attendit patiemment que Max sortît de sa torpeur, ouvrît les yeux — et il y eut alors dans le regard de Max une tristesse infinie.

— Bois ! dit Tuktu en lui tendant un quart de thé bouillant.

L'autre voulait parler, il l'en empêcha.

— Plus tard, Max ! Koni a été repris par la rivière. Il le savait, il le craignait, il me l'avait dit ; c'était la volonté de Dieu !

Sa résignation était sincère. Koni était au royaume des élus, il ne fallait plus en parler. Il ne comprenait guère cette sensibilité des Blancs, ces larmes que parfois ils versaient. Pour un Indien, la mort est chose naturelle, normale : certains vivent très vieux, d'autres ne s'attardent pas, mais la chaîne continue. Koni disparu, ses enfants ressouderaient les maillons qui les reliaient aux ancêtres ! La vie n'est que passage...

Plus tard, ayant repris son sang-froid, Max interrogea Tuktu :

— Pourquoi es-tu venu à ma rencontre ?

— Je chassais l'élan juste à l'entrée du canyon. Il s'était jeté dans la rivière pour échapper aux chiens. Je l'avais tiré à bout portant et, comme l'eau n'était pas profonde, j'ai pu le ramener sur la rive. Là, comme je le dépouillais, j'ai vu flotter des épaves sur la rivière ! Oh ! pas des troncs d'arbres, ni des souches arrachées aux rives, mais deux fûts d'essence, une caisse à provisions qui descendaient au fil du courant... Puis il m'a semblé voir filer entre deux eaux un corps humain. Dès lors je n'avais plus de doute : un malheur était arrivé ! J'ai tout de suite pensé qu'un orage avait éclaté là-haut, près des chutes, car la rivière montait très rapidement. Mais ici il n'avait pas plu. J'ai encore attendu, espéré, puis j'ai décidé d'aller voir. J'étais inquiet, car je n'avais pas l'expérience de la rivière et Koni nous avait avertis que le plus dur restait à faire.

— Et tu es parti quand même ?

— Tu es mon fils, Max, et Rosa me commandait d'aller à ta recherche. Il me semblait la voir à mes côtés, impérieuse et souriante...

— Merci, Tuktu. Hélas ! Koni est bien mort. Peut-être son corps s'échouera-t-il quelque part. Nous allons maintenant réparer mon embarcation, puis tu rejoindras Nahanni-Butte. Je vais faire un rapport pour le père Brichet et un autre pour la M.P.

— Et toi, Max ?

— Je reste ici. Il n'y a plus d'hommes sans tête, mais une vallée que je voudrais baptiser la vallée de l'espoir. Vois-tu, là-haut d'où je viens, il y a eu trop de crimes, c'est un autre monde. Ici, dans cet amphithéâtre fermé de toutes parts, je pourrai réfléchir, méditer. Ne t'inquiète pas, le pays est giboyeux et Rosa m'a appris à poser des trappes, à tendre des collets, à pister. Si le père Brichet veut venir me voir, tu lui donneras tous les détails sur la rivière. Il pourra faire escale aux Portes de l'Infini.

— Pourquoi ne descendrais-tu pas jusque-là ? Tu serais plus près de nous.

— Trop de monde viendrait troubler ma solitude. Maintenant qu'il n'y a plus de sortilèges, que la Nahanni est connue, explorée, qu'est-ce qui empêchera les autres de venir ?... Nous allons changer l'axe du propulseur, puis tu prendras ma barque, qui aura besoin de réparations. Je garderai celle de Koni, bien suffisante pour naviguer entre les Portes de l'Infini et la Flat River, car, vois-tu, jamais plus je ne repasserai les Portes de l'Enfer. Un dernier mot, Tuktu : tu diras au père Brichet que la Flat River permet de communiquer directement avec le Yukon, que les chutes de la Nahanni ont environ cent vingt mètres de hauteur et sont par conséquent les plus hautes de l'Amérique du Nord, et que j'aimerais qu'on les baptisât les « Chutes Rosa ».

Le lendemain, Max accompagna Tuktu jusqu'à l'entrée du premier canyon. En passant, ils aperçurent ce qui avait été la cabane des hommes sans tête, et dont il ne restait plus qu'un amas de poutres noircies à moitié ensevelies, sous les jeunes pousses de saules. Ayant abordé une immense courbe de la rivière, se découvrit à leurs yeux l'étroite entaille par où s'ouvrait le premier canyon. A l'autre extrémité du défilé géant, les Portes de l'Infini s'ouvraient vers le monde des hommes.

Venant de l'amont, Max se dit qu'elles étaient désormais pour lui les Portes de la Vie et qu'en restant en ces lieux sauvages il se coupait volontairement de tout, mais sa décision était prise. Quand ils commencèrent à apercevoir le friselis argenté des vaguelettes annonçant le premier rapide, il pointa sa barque vers la rive, sauta à terre et l'amarra. Du gouffre dans lequel Tuktu allait s'élancer montaient des vapeurs irisées ; la clameur démentielle des flots s'élevait entre les parois rocheuses et se répercutait dans les montagnes.

— Tâche de tenir ta vitesse, Tuktu, et garde une réserve de puissance pour les cas difficiles. Attention ! ça va vite, très vite ! Tu seras ce soir aux Portes de l'Infini. Adieu, Tuktu ! Dieu te protège !

L'Indien qui avait maintenu, avec sa longue perche à sonder, la barque dans le courant, repoussa son embarcation au milieu de la rivière, mit pleins gaz et, sans se retourner, fonça vers l'abîme vertigineux qui coupait en deux la Chaîne des Hommes sans tête.

On eût dit de sa barque un traîneau lancé à toute allure sur un escarpement rocheux. Elle s'enfonça bientôt dans la pénombre du contre-jour et disparut à la vue de Max.

Celui-ci garda longtemps les yeux fixés sur la coupure franche qui signalait le grand canyon. Peut-être eut-il même, un instant, l'idée de renoncer : il lui était encore facile de rejoindre Tuktu, de transiger avec lui-même, de s'installer aux Portes de l'Infini. Mais il comprit que, s'il agissait ainsi, il tricherait avec sa détermination ; la solitude qu'il désirait, c'était ici qu'il pouvait l'avoir. Plus bas, il le savait, nombreux seraient ceux qui pousseraient jusqu'à son campement, et chacune de ces visites augmenterait peut-être sa nostalgie et ses regrets. Non ! il avait choisi la bonne solution. Désormais, il était seul avec lui-même, sous le regard de Dieu, seul avec ses pensées, avec ses souvenirs. Encore lui faudrait-il renoncer à ceux-ci s'il voulait survivre à sa solitude. Désormais, devaient seuls compter le présent, la lutte pour la vie, pour la nourriture, la préparation d'un hivernage encore lointain qui viendrait un jour le surprendre et lui imposer la plus rude des épreuves.

Il coupa court à sa rêverie, remonta lentement le courant, louvoyant dans les divers bras de la Nahanni.

Au fil des heures passées à bord, ses idées se clarifiaient, une sorte de grande paix intérieure descendait en lui. Toute cette vallée était son royaume, avec sa grande forêt primaire, sa faune, ses rivières. Un vaste amphithéâtre qui, cependant, le retenait prisonnier mieux qu'une île déserte, car au nord, au sud, à l'ouest, à l'est, partout où son regard se posait, il se heurtait à la falaise implacable, au mur parfait.

— Une prison ! dit-il tout haut. Mais la plus belle du monde.

Quand il atteignit le campement, le soleil couchant dardait ses rais à travers le deuxième canyon. La Chaîne des Funérailles se teintait d'encre de Chine, mais en aval, là d'où il revenait, la Chaîne des Hommes sans tête flamboyait. Très haut, une étoile à la lumière bleue scintilla dans le ciel : Vega ! Elle devançait toutes les autres constellations dans ce ciel d'un gris d'acier où quelques longs fuseaux de stratus s'embrasaient et s'éteignaient au gré des derniers rayons de soleil.

Vega ! son étoile !

Il n'était plus seul dans son cirque. Vega veillait sur lui. Il vit dans cette apparition comme un présage : ici il trouverait la paix tant souhaitée, la paix de l'âme.

Il avait bien fait de rester.

DEUXIEME PARTIE

LE FEU SUR LA COLLINE

1

Bruno avait décollé de Coppermine sur la côte nord de Coronation Gulf à 17 heures G.M.T., ce qui donnait 9 heures du matin, heure locale.

A vrai dire, en cette fin du mois de mai, il n'y avait plus ni jour ni nuit, et il pouvait tranquillement rejoindre Yellowknife sans se soucier de l'obscurité, de cette terrible nuit polaire qui rend les atterrissages précaires ; d'autre part, l'itinéraire qu'il suivait empruntait le grand couloir aérien balisé nord-sud qui, partant de Resolute, tout près du Pôle, survole l'île de Victoria et rejoint Edmonton, capitale de l'Alberta, en passant par Yellowknife, Fort-Smith et Fort-Chipewyan.

Ayant pris de l'altitude, il survola une dernière fois les installations de la base et vérifia son compas ; la radio à terre confirma : le cap était bon. Il fonça vers le sud à plein régime, laissant au nord le pack tourmenté de la mer Arctique qui se soudait et se confondait avec la blancheur aveuglante de la toundra enneigée. Une masse sombre apparut devant lui sur l'horizon : il abordait la *tree-line* et déjà se précisaient, parmi le pointillage sombre des arbres nains, les abords de la grande forêt arctique ; puis il distingua vers le sud-ouest une immensité désolée, luisante de glaces, une plaine infinie sur laquelle un début de débâcle dessinait le trait sombre des courants d'eau libre du Grand Lac de l'Ours, l'un des plus grands lacs du monde, dont il longeait à bonne distance la rive est. Sous ses ailes c'était désormais un paysage étrange, une pénéplaine bosselée de coupoles rocheuses entourant d'innombrables lacs enrobés dans la grisaille de la taïga d'épinettes.

Les lacs et les rivières formaient le cheminement normal des milliers de caribous qui, débouchant des forêts de l'Ouest et du Sud, se dirigeaient vers le grand rendez-vous de l'été à des centaines de kilomètres plus à l'est, sur les terribles Barren Lands, ces terres stériles dont le sol, perpétuellement gelé en profondeur et ne dégelant en surface que sur quelques dizaines de centimètres durant le court été de l'Arctique, ne tolère aucune forme de végétation autre que des graminées.

Le temps était beau et clair. L'absence de vent au sol faisait que la visibilité s'étendait aux limites de l'horizon et qu'aucune brume de neige ne venait troubler et confondre dans une poussière aveuglante les quelques reliefs du plateau.

Bruno était heureux. Il surveillait d'un œil attentif les cadrans du petit Cessna à ailes hautes qu'il avait pu s'acheter grâce à la générosité de son oncle Max. Le monomoteur, qui volait à environ mille mètres d'altitude, ronronnait doucement. Parfois, dans les écouteurs de son casque, Bruno percevait les échanges en phonie entre les différents postes du couloir et les équipages en vol. Ainsi lui parvenaient les échos de cette intense vie aérienne qui caractérise les territoires du Nord. Trappeurs, pétroliers, fonctionnaires, missionnaires, savants, tous utilisent le petit avion léger qui se pose partout, à skis sur la glace des lacs, avec flotteurs sur ces mêmes lacs dégelés, car, dans cette immensité, il n'y a ni routes, ni pistes, ni voie ferrée, mais une forêt primaire au sous-bois impraticable, des lacs, des torrents...

Cette vie de pionnier que Max lui avait fait connaître, Bruno l'aimait désormais de toute son âme ; il avait adopté les hommes du « bush », et le « bush » et ses rares habitants l'avaient adopté. Certes, cela n'avait pas été facile, les premiers mois surtout. Il était arrivé dans les territoires du Nord-Ouest, miné moralement, affaibli physiquement par la drogue, et la désintoxication avait été pénible. Max avait longtemps craint une rechute ; lorsqu'il sentait que Bruno faiblissait, malgré sa volonté de renaître à la vie, qu'il risquait de se droguer à nouveau, alors Tom Matt, le fidèle mécanicien de Max devenu son associé, chargeait le jeune pilote d'une nouvelle mission, toujours vers le nord, jamais vers le sud. A cette rude école, il avait appris à connaître les périls de la forêt, de la toundra, de la banquise, les traquenards du blizzard et des champs de brume, et la notion réelle du danger provoquait chaque fois une réaction salutaire. Dès qu'il volait, il se sentait libre. Il ne tenait qu'à lui d'être définitivement sauvé.

Il y avait maintenant plus de dix-huit mois qu'il était installé à Yellowknife. Son brevet de pilote, il l'avait obtenu en trois mois de travail intensif sous la férule de Tom. D'ailleurs, il était doué : chacun reconnaissait qu'il avait le doigté et qu'il deviendrait rapidement, à l'épreuve, un navigateur compétent, qualité indispensable à quiconque veut être un pilote *free-lance* dans le Grand Nord canadien.

Les rives du Grand Lac de l'Ours ciselaient du trait noir de leurs falaises les contours de l'immensité figée dans les glaces. Bruno identifia les baraquements de Port-Radium. Désormais, il devait piquer S.-S.-E., cap à 10 heures, et se brancher sur le radio-guidage de Yellowknife. Il signala une dernière fois sa position à Coppermine :

— Flying 10, a., m., Gus !

— O.K. « Roger Roger », répondit amicalement le radio de la base.

Puis il passa sur la longueur d'onde de Yellowknife et, malgré la distance, il établit aisément le contact. Il poussa un soupir de soulagement. Cette radiogonio, c'était son fil conducteur ; dans ces immensités on se perdait aisément : que surgît un brouillard de neige et il n'existait plus aucun repère ! Dans trois heures, il atterrirait sur la glace de la petite baie isolée entre deux croupes rocheuses où ils avaient établi leur camp de base. Tout près de la ville, mais suffisamment à l'écart, ce petit fjord n'était fréquenté que par les quelques pilotes libres, les *free-lance* de l'endroit. Les gros avions de transport se posaient plus au sud, en bordure du Grand Lac des Esclaves.

Il se prit à rêver.

Il rentrait chez lui, dans la hutte en bois qu'il partageait avec Tom et qui était devenue sa patrie. Il n'aspirait qu'à la rejoindre au terme de ses dangereuses missions dans l'Arctique. Bientôt, il apprécierait la chaleur brutale du poêle à mazout, il se changerait et, bien emmitouflé dans son parka, il gagnerait avec Tom le bar de l'hôtel et s'offrirait une bière. Il écouterait le bruit de volière de la grande salle où se côtoyaient pilotes et mineurs, prospecteurs et Indiens, trappeurs et administrateurs, tous pionniers du Grand Nord, la plupart venus si haut en latitude pour faire du dollar ! Il sourit à cette idée. Combien rares étaient ceux qui atteignaient ce but. Au retour de leur *trap-line,* les Indiens gaspillaient le bénéfice de leurs fourrures au jeu, les mineurs s'endettaient à force de boire pour triompher de leur cafard. Seuls, les hommes comme Tom, Max, le père Keredec, Jack le zoologue vivaient réellement la vie de l'Arctique, par goût, par devoir, par amour, jamais par ambition. Les risques du métier ou de la vocation les sauvaient de la médiocrité, de la monotonie de la vie quotidienne dans ces postes isolés, tous semblables avec leurs maisons de bois agglomérées autour des bâtiments administratifs, avec la boue ou la neige de leurs trop larges rues, des rues s'ouvrant sur le néant, le « bush », qui commence à peine dépassé le dernier carré.

Bruno fredonna le dernier refrain écouté dans son casque, en provenance d'une station lointaine vers le sud : Edmonton, ou bien Calgary ? Oui, il était heureux ! Amsterdam et la grand-place du Dam couverte de hippies, de drogués, de désaxés en quête d'un bonheur insaisissable, tout cela n'était plus qu'une vision floue. Maintenant il survolait ces terres gelées comme un conquérant ivre de liberté, saoûlé de froid, de soleil et de lumière. Pour mieux observer cette partie du globe qu'il dominait, il inclina son avion, sonda le plateau bosselé de roches arasées qui formaient comme autant de verrues dans la forêt. Depuis qu'il avait franchi la *tree-line* (la limite des arbres qui sépare en diagonale le nord de l'Amérique des bouches du Mackenzie, à l'ouest, jusqu'au sud de la baie d'Hudson, à l'est), il survolait la masse foncée des épinettes, que les Canadiens anglais nomment spruces, et qui hérissent de leurs piquants toute cette partie du Canada, les saules nains de l'Arctique, les bouleaux, presque totalement disparus à l'exception de quelques colonies dans le fond des gorges abritées des vents. A mesure que le petit avion s'enfonçait vers le sud, la forêt d'abord clairsemée se serrait en futaies plus compactes, augmentait de taille, léprée par les taches claires d'innombrables lacs, quadrillée comme un cadastre par les torrents — les creeks des Canadiens — qui de méandres en contours cherchaient, à travers ce faible relief, à rejoindre vers l'ouest la ligne des eaux du grand fleuve Mackenzie.

Ce chapelet de plaques brillantes reliées entre elles par un fil ténu d'argent, il le reconnaissait : c'était la Camsell River qui, de lac en lac, contournant les collines granitiques arasées, se jette dans le Grand Lac de l'Ours. Dans cette région, nul ne peut définir, sans le secours d'une carte précise, où coulent les rivières. Nées de la même colline de roches polies, l'une va se jeter dans l'océan Arctique, tandis que l'autre, à des milliers de kilomètres de distance, là-bas tout à l'est, mêle ses eaux à celles de la baie d'Hudson.

Bruno aimait le gigantisme de ce pays. Dans cet immense territoire plus grand que l'Europe qui défilait sous ses ailes ne vivaient que quelques milliers d'autochtones ; des Esquimaux sur les banquises et dans les Barren Lands, des Indiens dans la forêt, plus quelques Blancs. Vingt-cinq mille habitants ! Le dixième de la population de Grenoble et de sa banlieue !

Il avait perdu de vue le Grand Lac de l'Ours, mais voici que se formait, s'élargissait, s'allongeait le miroir brillant et glacé du lac La Martre. Parfait ! Après ce repère indiscutable, ce serait bientôt Rae et son petit village indien, blotti sur pilotis dans le fond du fjord le plus septentrional du Grand Lac des Esclaves. De là jusqu'à Yellowknife, il était en territoire familier.

Il sortit son antenne, prit contact avec la base, signala son cap. Yellowknife répondit :

— O.K. Bruno, *You're right!* « Roger Roger », lui dit en nasillant le radio de service, Phil Davis.

« Roger Roger », tout allait bien. Il se réjouit. Allons ! Encore une mission accomplie.

Quelques instants plus tard, tout était changé. Sur le cadran de bord, le moteur accusait une subite baisse de régime. Que se passait-il ?

Il poussa à fond et sans succès la manette des gaz. Panne d'allumage ou panne de distribution ? Il ne s'affolait pas encore. Il sollicita en vain diverses manettes ; l'aiguille du compte-tours baissait dangereusement et, si cela continuait, il allait perdre de la hauteur très rapidement. Il fallait agir, vite, alerter Yellowknife ! Il devenait fébrile : c'était son premier coup dur. Il brancha son écouteur, entendit le grésillement de son appareil émetteur-récepteur, lança son appel :

— Urgent, Bill Cody *calling!* Bill Cody ! (C'était son nom de code.) Le moteur a des ratés, je vais être obligé de me poser, suis à proximité du lac La Martre.

— Du sang-froid, *boy!* lui disait le radio. Pose-toi sur un lac, sors l'antenne de terre ; on a ta position, j'avertis Tom !

— O.K. Yellowknife. Merci !

Cette voix amie qui lui parvenait, chuintante et déformée par le micro, c'était le salut. Partout sur les ondes courait maintenant sa position présumée.

Comme le régime du moteur baissait avec une régularité impressionnante, il sut qu'il devait se poser coûte que coûte. Peut-être même était-il déjà trop tard pour manœuvrer, car il avait perdu beaucoup d'altitude. Ce serait son premier atterrissage de fortune, mais devant l'inévitable il ne s'effrayait plus ; Max, Tom avaient tant de fois évoqué devant lui des situations semblables, dont ils s'étaient tirés. Sauf Peter Cowl, bien sûr ! Peter que l'on avait retrouvé au printemps, à moitié dévoré par les loups. Mais il s'était posé en plein cœur de l'hiver, alors qu'aujourd'hui, en ce début du court printemps de l'Arctique, les jours étaient permanents.

Bruno chercha sur sa carte un lieu propice à l'atterrissage et en trouva un beaucoup plus au sud, là où la Camsell s'élargit en long fjord. Pourrait-il y parvenir ? Il récapitula mentalement les faits : sans doute un carburateur déficient, voire le delco, plus simplement des bougies à changer. « Je me débrouillerai tout seul », pensa-t-il, et déjà il ne doutait plus d'un retour triomphal. Il dirait à Tom, le vétéran : « Tu vois, j'ai suivi tes conseils, je m'en suis sorti ! » Ce ne serait pas si mal, après un vol de cinq mille kilomètres pour déposer dans l'île de Melville, tout près du Pôle, un géophysicien en quête de pétrole. Et à six cents kilomètres de Y'Knife !

Comme les ratés du moteur devenaient plus fréquents — il devait y avoir un ou deux cylindres hors course — il sut qu'il n'avait plus le choix : il fallait d'urgence franchir cette forêt hostile, atteindre la Camsell, se poser. Il transmit sa nouvelle position.

— Bien compris, bien compris, répondit le radio. On te suit, ne t'affole pas ; une fois à terre, reprends la liaison.

Il était maintenant à quelques dizaines de mètres au-dessus des lances acérées des spruces, et cette forêt, qui vue d'assez haut ne paraissait formée que de buissons d'arbres nains, reprenait sa grandeur véritable, sa continuité. Il n'avait aucune chance de s'en sortir s'il ne trouvait pas un espace vide.

Soudain, il poussa un cri : il avait failli accrocher au passage la cime d'un spruce plus haut que les autres. Il essaya vainement de reprendre de la hauteur, mais dans cette ultime manœuvre, comme il basculait son avion, il découvrit un petit lac mystérieux, enchâssé comme une mare dormante dans la forêt millénaire. Il tira sur le manche, cabra son appareil, tomba comme une pierre sur la glace du lac où le vent avait formé des congères, rebondit. Il entendit nettement le crissement des puissants ressorts qui maintenaient les skis en bonne position. Le matériel était solide : malgré le choc, rien ne cassa. Cramponné à son manche, il effectua ainsi plusieurs sauts de mouton, coupa les gaz, constata avec angoisse qu'il ne contrôlait plus son avion : celui-ci glissait sur le lac et Bruno, impuissant, voyait se rapprocher le rivage bordé d'une petite plage de sable adossée à une muraille de granit. Il aurait fallu virer bord sur bord, comme disent les marins, mais le gouvernail de direction ne répondait plus ; l'avion continua tout droit.

Comme il arrivait souvent au printemps, si la glace est encore solide au milieu du lac, elle diminue d'épaisseur vers le rivage où une frange d'eau libre circule, séparant la banquise de la terre ferme. Bruno sentit son avion s'enfoncer : le ski droit avait brisé la glace. L'appareil effectua un cheval de bois, puis capota dans une grande gerbe d'eau. Sous le choc, Bruno s'évanouit, tout juste comme se refermait, autour de l'avion disloqué, le grand silence fluide et mystérieux, des solitudes.

2

Quand Bruno reprit connaissance, une atroce douleur lui verrouillait la jambe gauche. Il était tassé au fond du cockpit, sa main droite encore crispée sur le manche. Tout était flou dans sa vision, dans sa mémoire ; un cube métallique lui cisaillait les côtes; d'après sa forme il devina qu'il s'agissait du bloc radiogonio. Première urgence : se dégager, car une vapeur d'essence flottait dans l'air et l'avion pouvait flamber d'un instant à l'autre. D'abord il s'affola, puis comprit qu'il ne risquait rien, le moteur étant noyé. Mais sa position n'en était pas moins inconfortable : il gisait dans une eau glaciale qui avait envahi la carlingue puis regelé.

Le premier mouvement qu'il fit fut si douloureux qu'il ne put retenir un cri.

Où était-il ? Il ne distinguait que des formes imprécises. Serait-il aveugle ? Il fut pris de panique. Sortir ! Sortir de cette prison métallique, disloquée, où il se heurtait douloureusement partout. Il fallait voir ! Voir autre chose que cette vague lueur qu'il percevait à travers la mince fente des paupières collées. Il réussit à dégager un bras, une main, à détacher sa ceinture de sécurité ; désormais il disposait d'un peu plus de liberté de mouvement. Il passa la main sur son visage recouvert d'une croûte gelée, retira ses doigts, goûta, reconnut l'odeur fade du sang, puis remonta sa main vers le front. Ses lunettes de vol étaient brisées. A la limite de protection du casque, il tâta une profonde coupure : elle avait saigné abondamment. Une réaction s'opérait en lui, il sortait de son engourdissement, les faits passés lui revenaient en mémoire, la panne, l'atterrissage forcé, le capotage... Son avion ! Dans quel état était-il ? Pourrait-il le redresser tout seul, le réparer ?... Mais d'abord se sortir de ce fouillis de métal, de fils, de plexiglas brisé. Il gisait dans une position peu agréable : sa jambe gauche était repliée sous le siège renversé et croisée sur l'autre. Il dégagea prudemment sa jambe valide, l'allongea comme il put, se sentit mieux. Malheureusement, tout le poids de son corps reposait sur le genou plié ; il bascula légèrement son buste pour le soulager, hurla, pénétré par une fulgurante douleur. Il crut qu'il avait la jambe brisée, mais, ayant pu tant bien que mal la déployer, il constata qu'en réalité il n'avait qu'une forte entorse du genou. Cela valait mieux : avec le froid, une fracture non soignée s'envenime rapidement. Enfin, ayant rampé, s'étant tortillé, plié, redressé, il réussit à trouver une position plus confortable : à vrai dire, il baignait à mi-corps dans une eau sur laquelle flottaient des glaçons, mais cette eau était providentielle, car elle lui permit de décoller avec précaution la croûte de sang séché qui scellait ses paupières. Ouvrir les yeux, voir ! Non, il n'était pas aveugle ! Sa joie était grande, mais il ne put supporter plus longtemps l'intense luminosité du Nord et cligna des paupières, se réhabitua progressivement à la lumière. Pour calmer la soif qui le brûlait, il suça les glaçons qui flottaient à sa portée : ils avaient un goût de sang et d'essence.

Il constata que l'avion avait capoté et reposait sur le dos des ailes. A l'intérieur, tout était chamboulé ; seules les carabines et la hache, solidement arrimées sur la paroi de la carlingue, n'avaient pas bougé. Les sièges, en revanche, s'étaient détachés ; les caisses de provisions, à moitié brisées, avaient répandu leur contenu.

Il fallait se dégager de ce chaos.

Il réussit à détacher la hache, à briser la vitre de la portière qui était coincée, puis à se glisser par l'ouverture.

Chaque mouvement déclenchait autant de douleurs aiguës, et il serra les dents pour ne pas crier. Puis il se souvint de ce que lui avait dit Max : pendant la dernière guerre, les hommes torturés criaient de tout leur souffle, et cela les soulageait, leur permettait de tenir plus longtemps devant leurs tortionnaires. Bruno songea à son père qui durant des mois, avant d'être fusillé au Polygone de Grenoble par la Gestapo, avait subi les plus infâmes tortures. Serait-il moins courageux que lui ? Il fut pris d'une rage frénétique, se tira par la portière éventrée, cria, hurla, retomba de tout son long dans l'eau peu profonde qui le séparait du rivage, se hissa sur la banquette enneigée qui formait le rivage.

Alors son univers présent lui apparut.

Du nord au sud, sur quelques miles s'allongeait un lac étroit comme un fjord ; ses rives étaient formées de courtes falaises de roches moutonnées, témoins archaïques de l'érosion glaciaire ; au nord-est, une colline chauve s'élevait, dominant la cime des arbres, son granite brillait au soleil et les eaux de ruissellement la transformaient en une calotte de glace transparente. Là où Bruno se trouvait, le rivage s'incurvait en forme de baie tranquille bordée par de hautes futaies de spruces ; par places, des plaques de lichen, des mousses maculaient la blancheur de la neige. Au sud, le lac s'ouvrait sur le ciel dans une perspective d'infini et accentuait la solitude totale de l'endroit. Il sembla à Bruno qu'il se trouvait au fond d'un creuset où se serait réfugiée toute la lumière du monde réverbérée par la neige, éblouissante.

Devant lui, son drame s'inscrivait sur les congères du lac, où les larges skis avaient laissé des traces profondes. Il constata qu'il s'en était fallu d'un rien pour qu'il évitât l'accident, de quelques mètres tout au plus ; un coup de palonnier aurait suffi. Il se souvint alors qu'il avait essayé la manœuvre, mais que son gouvernail de direction ne répondait plus, le câble s'étant probablement rompu au premier contact, très rude, de l'avion avec la neige. Sans cela, il aurait réussi à se poser correctement, car la surface du lac était recouverte d'une glace suffisamment épaisse et solide. « Ceux qui viendront me chercher, pensa-t-il, pourront le faire sans risque. » Il suffisait d'éviter une frange d'eau libre de un à deux mètres de large le long du rivage, amorce de la prochaine débâcle.

Chaque détail de son aventure lui revint en mémoire.

Dans l'ardeur de la lutte qu'il venait de soutenir pour s'extirper des débris de l'avion, il n'avait pas senti le froid, qui maintenant le transperçait cruellement ; il claquait des dents sans pouvoir se contenir ; un vrai bruit de castagnettes ! Sa combinaison de vol était trempée, ses bottes remplies d'eau, le soleil oblique sur l'horizon ne dispensait plus qu'une médiocre chaleur ; il fallait faire du feu, vite, très vite, et l'entretenir sans répit, car bientôt l'interminable crépuscule qui sert de nuit à cette époque de l'année allait s'accompagner d'une recrudescence de froid. N'était-ce pas ainsi que Rosa était morte sur les îles glacées du lac des Esclaves ?

Pour cela il fallait gravir le talus très raide, pénétrer dans la forêt, marcher ! Il se mit debout péniblement, chancela. Il ne pouvait s'appuyer sur sa jambe gauche, l'articulation du genou lâchait et le traumatisme était trop douloureux. Il n'avait qu'une solution : ramper, sur les coudes, sur sa jambe valide, à même la neige. Ce qu'il fit, traînant sa hache à bout de bras.

Il pénétra ainsi dans la forêt. C'était une futaie très serrée où, sous les arbres les plus élancés, poussaient de petites épinettes en forme de perches. Couper l'une de celles-ci, l'ébrancher, l'écorcer, la tailler en forme de long et solide bâton ne lui prit qu'un instant ; désormais il pourrait se déplacer, mal, mais assez pour travailler à son salut.

Et tout d'abord faire du feu.

Alors il abattit frénétiquement une dizaine d'épinettes, les ébrancha, les accumula au centre de la petite clairière ainsi dégagée. Bruno savait peu de choses de l'Arctique, mais Max lui avait tant de fois ressassé la manière dont on fait un feu dans le bush qu'il exécuta machinalement tous les gestes que son aîné lui avait appris : recueillir le lichen qui pend aux branches, amasser les petites branches mortes, allumer. Il fouilla dans les poches de son blouson. Hurrah ! il n'avait pas perdu son briquet. Il donna un coup de pouce, un autre, encore un autre... La pierre était mouillée ! Enfin la flamme jaillit ; il était sauvé ! La sève n'était pas encore montée et les branches craquaient comme du bois mort. D'un peu partout jaillirent des flammèches et bientôt le bûcher tout entier qu'il avait amassé fusa comme une torche. Bruno tenait entre ses doigts le modeste briquet qui venait de le sauver. Deux ou trois coups de pouce avaient suffi pour sécher la pierre. Il songea mélancoliquement à Rosa, qui avait délaissé le silex de ses ancêtres pour les allumettes, et qui était morte gelée, comme il l'aurait été lui aussi dans ses vêtements trempés s'il n'avait réussi à faire du feu. Maintenant tout allait bien, ses vêtements de vol séchaient sur lui et bientôt dégagèrent une épaisse vapeur qui lécha son visage, le fit abondamment transpirer, renaître à la vie. L'important était d'alimenter ce brasier. Pour ne pas mourir de froid, et afin que la fumée et les flammes visibles de très haut signalassent sa position aux sauveteurs.

Clopin-clopant, appuyé sur sa béquille de fortune, il abattit un grand nombre de jeunes épinettes, les traîna à proximité du foyer, les amoncela. Double avantage : l'exercice rendait un peu de souplesse à son genou douloureux. Quant aux autres blessures qu'il se découvrait peu à peu, elles étaient moins importantes : un hématome à l'épaule droite, une hanche endolorie, enfin la coupure frontale qui ne saignait plus mais qui rétractait de façon désagréable le cuir chevelu.

Etant assuré d'avoir feu et chaleur, il se laissa glisser le long de la berge. Tant que ses forces tiendraient, il fallait accumuler autour de son campement provisoire vivres, fourrures, munitions, tout ce que contenait la carlinge de l'avion détruit. Un instant, il eut l'espoir de pouvoir remettre en état son poste de radio, mais il dut déchanter : fils arrachés, lampes brisées, le poste était inutilisable. Tout désormais reposait sur ses derniers appels ; le fait qu'ils aient été entendus de Yellowknife ne signifiait pas que les autres aient pu rapidement faire le point ! Un instant, il pensa : et si on ne me retrouvait pas ? Alors il attendrait de pouvoir un peu mieux marcher, puis il construirait un radeau, rejoindrait la Camsell, se laisserait glisser au fil du courant ; en récupérant cartes et compas, c'était à sa portée. Il sourit : l'aventure lui paraissait plaisante. Le grand froid qui s'abattit sur lui le ramena à une perception plus nette de la réalité ; il suffisait qu'il s'éloignât de quelques mètres du foyer pour se sentir percé à vif à travers sa combinaison humide. Il n'y avait pas une minute à perdre.

Il lui fallut de nombreux voyages pour transporter sur la berge les choses indispensables qu'il put récupérer dans la soute du Cessna : sa carabine 303, une boîte de munitions, une pelle, un rouleau de cordages, un jerrycan vide qu'il essaierait de remplir à même le réservoir en utilisant une durite, des boîtes de conserve (quinze jours de vivres à l'inventaire) — mais les emballages des paquets de biscottes et de pain complet avaient éclaté, et il en restait très peu d'utilisables. Enfin, il extirpa de l'eau son parka de fourrure complètement trempé, mais qu'il ferait sécher, une paire de mukloks, mocassins en peau de caribou plus chauds que ses bottes de vol, son bonnet de trappeur ; avec cela il serait suffisamment couvert pour résister au froid nocturne. Que diable ! dit-il, nous ne sommes pas en février. Peter Cowl, lui, s'était posé en pleine nuit polaire, et il avait tenu cinquante-six jours sur la toundra des Barren Lands, sans feu, vivant misérablement de quelques renards blancs qu'il avait pu tuer, puis mourant de faim après une effroyable agonie. Mais c'était l'hiver, se dit Bruno pour se rassurer, Peter était à quelque deux mille kilomètres du plus prochain poste, et personne ne connaissait sa position ; on l'avait vainement recherché durant près de deux mois en quadrillant un territoire grand comme la France et l'Allemagne réunies. Rien de tel ne l'attendait. A cette saison les recherches pourraient se poursuivre vingt-quatre heures sur vingt-quatre ; le jour crépusculaire les favoriserait même en signalant de loin le point lumineux de son foyer. Et puis, si cela durait, il chasserait, que diable ! Il allait se bander le genou, les caribous étaient nombreux à cette époque de l'année et il avait repéré leur passage sur la Camsell ; il aurait autant de gibier qu'il voudrait.

N'eût été la perte de l'avion et ses blessures légères, il aurait trouvé l'aventure digne d'être vécue, comme une preuve de ce qu'il pouvait désormais accomplir. Il en tira quelque fierté, sourit à son récent passé de dévoyé. Max avait raison : il avait fait de lui un autre homme. Restait à confirmer cette victoire.

Il lui semblait avoir oublié des choses importantes dans la carlingue. Il fit donc un dernier voyage du campement à l'avion, souleva et bascula les sièges qui s'étaient retournés et découvrit sous l'un d'eux son sac de couchage. Il poussa un cri de joie : il pourrait dormir à même la neige avec ce *bedding-let* acheté aux stocks de guerre, lourd et encombrant, mais petite merveille d'étanchéité. (Max lui avait dit avoir ainsi couché dans l'eau sans en souffrir.) Puis il récupéra la poêle à frire et la bouilloire, dont ne se départent jamais les trappeurs. Comme il allait repartir, il découvrit encore la boîte de secours : elle lui serait bien utile pour bander et soigner son genou et ses plaies. Il lui fallut deux voyages pour tout transporter auprès du foyer. Pour être absolument paré, il fallait encore augmenter sa provision de bois ; il reprit sa hache, coupa, trancha, tailla, amoncela une réserve suffisante pour entretenir un feu constant.

Pour l'instant, la fumée montait librement dans le ciel, car l'air était étrangement calme, sans un souffle de vent : trop calme, aurait pensé un homme du bush, trop calme pour cette région aux vents persistants et glaçants qui soufflent du nord-est à travers l'immensité sans arbres des terres gelées du Keewatin ! Mais Bruno était trop jeune venu dans les Territoires pour en tirer observation. Il ne pensait d'ailleurs qu'à faire du bois, encore du bois ; et, comme la fumée était devenue plus claire, il dégagea de sous les neiges gelées les mousses du « muskeg » qu'il jeta dans la flamme, provoquant une intense fumée noirâtre qui montait en spirales. Il contempla son œuvre avec satisfaction. « Celle-là, on la verra de loin ! » songea-t-il. Puis il constata, non sans dépit, qu'un aviateur parti à sa recherche ne pourrait le repérer qu'en venant du nord et en empruntant le long fjord de la Camsell River, car au sud comme à l'est ou à l'ouest la barrière des arbres masquait flammes et fumée à la vue de tout observateur.

Tous ces préparatifs conduits avec beaucoup de ténacité lui avaient fait oublier en partie le tragique de sa situation, l'heure et le temps. Maintenant qu'ils étaient achevés, il ressentait une très grande lassitude morale et physique ; puis se ravivèrent ses douleurs. « Manger, dormir ! Je n'ai rien d'autre à faire ! » se dit-il. La boîte de conserve qu'il ouvrit avec son couteau de brousse lui parut fade ; il se força pour l'avaler. Puis, ayant alimenté une dernière fois le brasier, amassé à portée de main une réserve de bois pour la nuit, il dama la neige en la piétinant et recouvrit l'espace préparé d'une épaisse couche de branchettes de spruces formant matelas isolant ; ayant étendu sur ce matelas improvisé son sac de couchage, il se glissa dedans. Il souffrait de douleurs lancinantes dans le genou. « Demain, je le soignerai ! Pour l'instant, reprenons des forces, dit-il tout haut. Dormons ! » Mais il ne pouvait trouver le sommeil.

Bien qu'il fût près de 10 heures du soir, le soleil éclairait encore vaguement la taïga, se traînait sur la calotte polaire, projetait sur le lac les ombres gigantesques des épinettes. Le crépuscule s'éternisait, tout baignait dans une lumière pâle, accordée au courant glacial qui s'abattit d'un coup sur la forêt et fit craquer la banquise du lac où se reformait, sur les parcours d'eau libre, une nouvelle pellicule transparente comme du cristal.

Au loin, un loup hurla, puis un autre. Bien qu'il sût qu'il ne risquait rien tant qu'il y aurait du feu, et même tant qu'il serait vivant (car le loup attaque rarement l'homme), une certaine inquiétude se glissa en Bruno : la peur ancestrale du loup, peur qui n'existe pas dans cette contrée glaciale où les loups ont suffisamment de gibier et de nourriture pour négliger l'homme, proie dangereuse et qui tue à distance. Un mésangeai s'envola lourdement d'une épinette, jeta son cri aigu sur trois notes et alla se percher non loin du campement, observant Bruno avec un intérêt non dissimulé. Ce geai de la forêt arctique est le seul oiseau à ne pas émigrer durant l'hiver ; il accompagne les Indiens et les trappeurs, reste à proximité des campements et utilise à son profit les reliefs de leurs repas.

Bruno le regarda avec sympathie ; il n'était plus seul.

A diverses reprises, les loups se répondirent à travers la forêt. Une fois, il distingua une forme grise qui traversait le lac à quelques centaines de mètres au nord, et se glissait au petit trot dans les fourrés.

Puis monta dans la nuit criblée d'étoiles et s'amplifia une plainte lancinante qui se mua en une clameur farouche : le vent, qui fit ployer et frémir les cimes des épinettes. Il sembla soudain à Bruno que toute lueur s'éteignait sur terre ; une rafale chargée de neige s'abattit sur le lac, y souleva de courtes tornades qui dansèrent comme des fantômes et se pulvérisèrent sur les rivages. Bruno reçut de plein fouet la morsure du blizzard ; il rabattit sur son visage la fourrure du parka, se lova le plus près possible du foyer qui, attisé par le vent, projetait maintenant d'énormes flammèches.

Le jeune pilote comprit qu'aucun avion ne pourrait venir à son secours tant que la tempête durerait. Son seul espoir était qu'elle fût courte, car durant l'hiver et le printemps les blizzards peuvent persister plusieurs semaines. Il envisagea dès lors d'avoir à subsister quelques jours, peut-être une semaine. Il en était capable et il se félicita d'avoir aménagé un campement de longue durée ; demain, il construirait un abri contre le vent, une sorte de haie de branchages comme en font les Indiens. Il n'en avait jamais vu, mais Max lui avait tant parlé de ses bivouacs dans le bush qu'il était certain de savoir le faire.

La tempête redoublait de violence. Bruno écouta les bruits sauvages du vent dans la forêt, tantôt furieux, tantôt apaisés, auxquels se mêlèrent bientôt des notes étranges, des sons de harpe, des résonances métalliques. Intrigué, il s'accouda hors de son sac et découvrit que le vent pénétrant dans la carlingue disloquée du Cessna jouait avec les fils arrachés des commandes qu'il projetait sur les parois métalliques. Son avion était devenu un absurde instrument de musique éolienne, émettant des sons inquiétants, irréels, ajoutant encore aux hurlements de la tourmente qui pliait et courbait dans un frémissement continu les cimes des grands sapins noirs.

3

Phil Davis, le radio de Yellowknife, renouvela ses appels :

— Yellowknife *calling* Bill Cody. *Calling* Bill Cody !

Il était angoissé ; Bruno ne répondait pas. Leur dernière communication datait de trente minutes et il fallait moitié moins de temps au pilote pour poser son appareil, sortir, installer l'antenne de sol et rétablir le contact. Il craignit le pire. Branchant son poste sur l'écoute permanente, il décrocha le téléphone, appela Tom Matt. Le mécanicien se fit expliquer brièvement l'incident, comprit la gravité de la situation :

— Renouvelle tes appels, Phil, je viens.

Tom enfila son parka, sortit de la cabine surchauffée qui lui servait de bureau et remarqua de longues traînées rougeoyantes qui zébraient le ciel à très haute altitude. Il hocha la tête, maugréa, de plus en plus soucieux : « Manquait plus que ça ! Un blizzard se prépare. Il sera ici plus vite que prévu, et que faire si Bruno n'a toujours pas donné signe de vie ? Tant pis, je décolle ; selon Davis il a dû se poser quelque part entre le lac La Martre et Rae ; je peux faire l'aller et retour avant la tempête ! »

Tout en soliloquant, il avait rejoint le centre radio, poussé brutalement la porte et lancé une muette interrogation. Davis soutint son regard :

— Rien, toujours rien ! J'ai envoyé un message à tous les avions en vol ! Qui sait ? l'un d'eux pourra peut-être le capter !

— Illusion ! grogna Tom, nul ne peut faire mieux que toi, tu as le poste le plus puissant de la région, on te prend jusqu'à Coppermine et bien au delà du cercle polaire ! Non ! Vois-tu, Phil, Bruno s'est posé en catastrophe et son poste radio ne fonctionne plus. Un atterrissage un peu brusque, un cheval de bois, il n'en faut pas plus, à moins que...

Il n'acheva pas sa phrase. Phil et lui connaissaient l'autre hypothèse et la rejetaient de toute la force de leur amitié. Non ! Impossible ! Bruno n'avait pas pu s'écraser sur la crête des sapins ; il avait certainement trouvé un plan d'eau gelé, même médiocre...

Ce qu'il fallait, c'était dissiper ce doute. Tom décida :

— Marque sur cette carte les coordonnées des différents appels de Bruno, depuis le premier jusqu'au dernier.

Quand ce fut fait, Tom tira un trait au crayon et parut satisfait :

— Bon, il a bien navigué, il n'est pas sorti de sa ligne de vol ; je devrais le retrouver plus facilement. Continue ta veille, moi je décolle. La météo n'est pas fameuse, j'ai juste le temps de passer avant la tempête !

— Et de revenir, fit Davis, pensif. (Puis il demanda :) On prévient Max ?

Tom hésita. Il s'était lui aussi posé la question. Il aurait fallu savoir où se trouvait Max Gilles. S'il avait suivi son idée, il avait dû remonter les rapides de la Nahanni et il était maintenant quelque part dans les montagnes de l'Ouest, construisant sa hutte en prévision du prochain hivernage. Peu de chances de pouvoir l'atteindre, à moins que le père Keredec pût alerter son collègue, le père Brichet, missionnaire de la Liard, le seul Blanc de la région. Cela prendrait du temps, et inutile d'alerter tout le monde avant de savoir à quoi s'en tenir ; ce n'était pas la première fois qu'un aviateur était en péril dans les territoires du Nord-Ouest. Tom cherchait à se rassurer, sans parvenir à chasser la sourde angoisse qui le tenaillait ; ça n'était pas la première fois, mais cette fois il s'agissait de Bruno, Bruno que Max lui avait confié !

Sur le lac gelé, la vue de son petit mais solide avion « Otter » le rendit à l'action. L'appareil tirait sur ses amarres ; le moteur était encore chaud du dernier vol entrepris et il démarra au premier contact. Ayant procédé à un rapide « check up » de routine, Tom largua les amarres ; l'avion glissa sur ses larges skis métalliques et, tangeant et roulant comme un canard, vint prendre place à l'extrémité balisée de la piste d'envol, simple trace creusée sommairement dans la neige du lac par les décollages et atterrissages des avions de la base. Le point fixe accompli, Tom poussa la manette des gaz et, prenant rapidement de la hauteur, survola Yellowknife, qui se découvrait en entier, serrée sur un plateau de roches granitiques, entourée de toutes parts par des fjords et par la forêt primaire : pauvre et laide cité de l'or et de l'espoir, du désespoir aussi, alignant en carrés réguliers ses maisons de bois bordées de trottoirs de planches. Au sud de la ville, le Grand Lac des Esclaves, dégagé de ses mille ramifications et baies internes, brillait de toutes ses glaces ; la débâcle n'avait pas commencé, mais quelques canaux noirâtres sinuant sous la banquise situaient déjà les grands courants de l'été. Vers l'ouest, l'horizon était brouillé. Les vents dominants chargés de turbulences chahutèrent durement l'appareil que le pilote maintint d'une main ferme en ligne de vol. Ayant vérifié une dernière fois ses cadrans, établi le contact radiogonio avec Davis, Tom prit un cap N.-N.-O. et fonça dans l'immensité, mesurant d'un seul coup la puissance de sa solitude. Aurait-il le temps d'accomplir ses recherches ? Il en doutait désormais. En effet, l'horizon se bouchait : après l'ouest, le nord se couvrait ; l'atmosphère était troublée par des brumes de neige en suspens, sur lesquelles parfois un rayon de soleil venu on ne sait d'où se réverbérait en teintes dégradées allant du fauve au rose le plus évanescent. « Je n'aime pas ça ! Pas ça du tout ! » Pour se rassurer, Tom appela Phil Davis, l'obtint, puis changea de fréquence, appela Bruno, essayant de forcer le mur de silence qui semblait entourer son jeune ami. Il capta de nombreux messages provenant d'avions qui s'étaient déroutés sur l'itinéraire probable suivi par le disparu, mais eux non plus n'avaient rien découvert ; une immense solidarité liait ainsi les gens du ciel et tissait sur les ondes une chaude toile d'amitié. Plus tard, Tom capta un message plus important qu'il reçut comme un avertissement : un pilote de ligne, redescendant d'Inuvik, bien au-delà du cercle polaire, sur les bouches du Mackenzie, signalait que là-haut la tempête se déchaînait. Lui n'en souffrait pas trop à bord de son gros bimoteur à turbines, mais il annonçait un vent de soixante miles, et Tom se dit qu'il aurait peu de chances de s'en tirer si l'ouragan le prenait de vitesse. Il remercia brièvement, puis haussa les épaules. Sa détermination était prise, il n'était plus question de reculer.

Sous ses ailes, le lac La Martre était en vue. Il commencerait à partir de là son travail méthodique de recherche, le long de la Camsell River, et du chapelet de lacs qu'elle drainait vers le nord. Il fit décrire à son avion un virage de 180°, perdit de l'altitude et commença son exploration. Les plaques gelées des lacs et des rivières innombrables qui trouaient la forêt se découvraient l'une après l'autre ; il volait à cinq cents mètres d'altitude et son champ de vision couvrait une bande de terrain de plusieurs miles de largeur. Si Bruno s'était posé normalement dans ces parages, il serait infailliblement repéré : son Cessna était peint en orange vif, la couleur la plus visible sur la neige, quels que soient les éclairages. Enfin, le moindre indice, une tache de couleur, un reflet métallique, une fumée révélatrice, pouvait amener sa découverte ; il ne fallait rien négliger. Cependant, après une heure de vol, Tom se retrouva au-dessus de Rae, le dernier poste sur la corne nord du Grand Lac des Esclaves. Si ses appels de détresse avaient été correctement interprétés, il était évident que le jeune homme n'avait pu parvenir jusqu'à ce point. Il fallait donc remonter vers le nord. Tom battit des ailes pour signaler son passage, aperçut, un court instant, quelques Indiens sortis des huttes et qui agitaient leurs bonnets de fourrure, puis la petite et misérable agglomération disparut à ses yeux, et il se retrouva seul au-dessus de la forêt impénétrable. Malgré le danger d'un vol à trop basse altitude, Tom, chaque fois qu'il apercevait un lac, une clairière, piquait dessus, puis reprenait sa hauteur d'observation. Le temps coulait sans que le pilote s'en aperçût. Plus de trois heures déjà s'étaient passées en vaines recherches. Mais quoi d'étonnant à cela ? Découvrir un petit avion dans cette immense forêt plus grande que l'Europe, n'était-ce pas rechercher une aiguille dans une botte de foin ?

Alors qu'il désespérait et s'apprêtait à rentrer, il lui sembla voir une traînée de fumée grise assez loin vers l'ouest, là où se situait le lac Grandin. Si cela était confirmé, Bruno aurait commis une légère erreur de navigation, quitté le fil conducteur de la Camsell River, dérivé de dix degrés ! Il fallait absolument vérifier. C'est plein d'espoir que Tom vira sur l'aile et fonça vers le panache de fumée qu'il distinguait maintenant fort bien, s'élevant d'un bûcher établi sur les rives du lac. Auprès du foyer, Tom distingua une claie de branches sur laquelle séchaient des tranches de viande, puis deux traînes renversées et dressées contre une épinette, enfin une tente rapiécée installée sous le couvert de la forêt. Il s'agissait d'un campement d'Indiens. « Des trappeurs ! » marmonna Tom, déçu. Puis il se dit que ceux-là pourraient peut-être le renseigner. En effet, ils agitaient les bras, faisaient de grands signes comme pour attirer son attention. Il décida de se poser ; il ne pouvait se permettre de négliger la plus infime source de renseignements. L'atterrissage fut laborieux : le lac était couvert d'épaisses congères formant autant de vagues sur lesquelles son avion ricochait en gémissant de toutes ses membrures. Puis Tom réduisit les gaz et glissa doucement jusqu'aux abords du camp.

Les deux Indiens, souriant de toutes leurs dents, vinrent à sa rencontre. C'étaient deux chasseurs de la tribu des Dogs-Ribs. Partis de Rae deux mois auparavant, ils revenaient de la grande chasse de printemps au caribou ; celle-ci avait été bonne, comme en témoignaient une large douzaine de trophées jetés au rebut et les nombreux filets découpés en lanières qui séchaient sur la claie et qui serviraient, réduits en poudre, à la fabrication du pemmican.

A la vue de l'étranger, les chiens de traîne enchaînés isolément aux arbustes de la forêt se mirent à hurler de concert. Malgré les coups et les injures que leur prodiguaient les Indiens, leurs gémissements et leurs plaintes ne cessèrent pas durant le temps que Tom passa avec leurs maîtres.

Engager le dialogue n'était pas facile. Tom ne connaissait que quelques mots du langage cree et les deux Indiens parlaient un mélange peu convaincant d'anglais et de dialecte. Une tournée de cigarettes délia les langues. « Oui », ils avaient entendu le bruit d'un moteur d'avion.

— Il y a longtemps ? demanda Tom, plein d'espoir.

Les deux trappeurs se consultèrent du regard. Pour eux, la notion de durée n'existait pas. Ils eurent un geste désabusé. Tom insista :

— *Today?*

Cela, ils le comprenaient. Ils dirent *no* avec ensemble, puis le plus jeune réussit à former une phrase :

— *Two days with dogs, North-West!*

A deux jours de traîne à chiens vers le nord-ouest, traduisit Tom. Ce ne pouvait être Bruno ! Il s'apprêtait à repartir. Le plus âgé des trappeurs lui montra le ciel :

— *Bad, very bad storm coming!*

C'était l'ultime avertissement. Les Indiens ne se trompent jamais, Tom le savait ; il les remercia en distribuant quelques paquets de cigarettes et des boîtes de conserve. Les trappeurs lui offrirent un beau filet de caribou.

Son avion commençait à osciller dangereusement ; il fallait repartir. Il prit congé, s'enquit du lieu où les Indiens se rendaient.

Ils venaient de Fort-Norman et avaient suivi les caribous jusqu'ici. Ils iraient vendre les peaux et la viande à Port-Radium ! Là-haut, on la payait très cher. Deux mille kilomètres n'étaient pas pour les effrayer.

Tom pointa le nez de son appareil face au vent. D'eux-mêmes, les Indiens vinrent se placer derrière l'empennage pour le maintenir en ligne durant le point fixe. Curieux! songea le pilote, ils n'ont jamais vu ni train ni auto, et ils sont déjà familiers avec les atterrissages d'avions. Mais il n'avait pas le temps de philosopher. Une forte rafale parcourut la plaine de neige du lac Grandin et vint frapper l'avion de plein fouet. Tom poussa la manette des gaz à fond, et maintint fermement l'appareil au pied et en profondeur pour qu'il pût acquérir la vitesse suffisante au décollage. Lorsqu'il lâcha les freins et tira le manche à lui, il se sentit propulsé vers le haut comme une fusée. Quelques secondes plus tard, il survolait l'ensemble de la forêt, ou ce qui se découvrait encore du paysage, car l'horizon se trouvait limité par une bande de brume s'élevant jusqu'aux très hautes altitudes et ce rideau de nuages fonçait vers lui avec une rapidité inquiétante. Il fallait faire vite! Il appela Davis, corrigea son cap et dit laconiquement :

— Je rentre, Phil, rien découvert. Maintiens le contact, ça se gâte et j'ai juste le temps de passer!

Désormais, c'était lui qui était en danger. Les rafales se succédaient, de plus en plus violentes ; il volait cap sud-est avec vent de trois quarts et cela provoquait une forte dérive qu'il corrigeait toutes les dix minutes grâce à sa radiogonio. Sous ses ailes, la taïga fumait de toutes ses neiges tourbillonnantes. On eût dit qu'un gigantesque incendie la ravageait : tout se confondait en une grisaille aveuglante et, à travers cette blancheur en suspens, aucun repérage au sol n'était possible ; Tom ne pouvait piloter qu'aux instruments. Mais il n'était pas inquiet ; son moteur tournait rond, ses contacts radio étaient excellents, Phil lui donnait régulièrement sa position. Il avait dépassé Rae, il survolait la rive nord du lac des Esclaves, dont il ne distinguait rien, car tout n'était que blancheur sur blancheur. Lui-même était noyé dans ce coton. Qu'importe, il approchait : le lac était sous ses ailes, il pourrait à l'extrême rigueur s'y poser en catastrophe. Mais cette idée le rebuta ; il devait à son honneur de pilote de ramener son avion à la base. Qu'aurait pensé Max, lui qui, deux ans auparavant, pris dans une tempête encore plus violente que celle de ce jour, avait réussi à revenir des Barren Lands ? Tom se devait d'agir de même. Maintenant, une sourde colère l'envahissait. Il se surprit à jurer, à maudire sa vocation : cette vie de pilote qu'il avait tant désirée, voici qu'il la rejetait. « Il faut être fou pour voler par tous les temps dans un pareil désert ! Et, chaque jour, courir le risque de se perdre. » Peter Cowl était mort après une terrible agonie, Max avait bien failli y passer, maintenant c'était au tour de Bruno. Et pourquoi pas lui ?... Cette colère lui fit du bien, la certitude d'un difficile combat chassa ses idées funestes, il rcjcta sa peur, éloigna des pensées parjures. N'était-ce pas justement pour ses risques qu'il aimait ce métier, cette lutte constante contre les éléments ? Il fut fier d'être devenu un pilote *free-lance* dans ce grand désert inhumain ; cela lui conférait une prestigieuse expérience, lui apportait, ô paradoxe, un amour sans fin de la vie, tant il est vrai que la vie ne vaut d'être vécue que lorsqu'on a triomphé de la mort !

Tout à coup, la voix familière de Davis lui parvint, nasillarde à souhait ; un ami l'attendait.

Un ami l'attendait. Désormais, qu'importaient les risques au regard de cette amitié ?

— Allô, Tom ! disait Davis. Je te suis, continue, cap à midi, altitude quatre cent cinquante pieds.

— O.K.

— Maintenant rectifie : cap à 10 heures, tu es juste au-dessus de Yellowknife. Descends à cent cinquante pieds, tu auras un plafond moins épais.

— O.K., *boy*.

Tom se sentait en sécurité, on le téléguidait, le miracle recommençait.

Bientôt, il débouchait sous le plafond bas des nuages comme s'il perçait la voûte du ciel. Les élévateurs de la mine d'or dressaient leur charpente au-dessus des arbres. Il était chez lui.

— *Thank you,* Davis, je coupe.

Quelques minutes plus tard, il se posait sur la glace et laissait courir l'avion sur son erre jusqu'à l'estacade où il serait amarré. Il poussa un soupir de soulagement, ôta son casque. Davis, les trois ou quatre autres pilotes de la petite base privée, canadiens, hollandais, anglais, se pressèrent autour de lui :

— Alors ? dit l'un d'eux.

— Rien ! Impossible de continuer les recherches. J'ai rarement vu un blizzard d'une telle force !

— Rien à faire ! ajoutèrent les autres.

Et, sur le visage de tous les hommes habitués au danger, passa l'ombre de la tristesse : l'un des leurs, le plus jeune, le moins expérimenté, était en danger et il n'y avait aucune possibilité d'aller à son secours. Il fallait attendre, attendre la fin de la tourmente.

— Attendre et se tenir prêt à partir, conclut Tom. Mais le plus dur reste à faire : cette fois, il faut avertir Max. Il ne me pardonnerait pas de l'avoir laissé sans nouvelles.

Les gens de Yellowknife étaient descendus à leur tour et entouraient les aviateurs. Puis la jeep du père Keredec se fraya un passage et Tom vit arriver avec soulagement le missionnaire.

— Il faut toucher Max, dit le père, mais où est-il ? Sur la Liard ? Dans les Rocheuses ? Sur la Nahanni ? Je vais communiquer par radio avec Fort-Liard et Fort-Simpson, le père Brichet doit savoir où il est. Quoi qu'il en soit, il ne pourra lui-même nous rejoindre que si cette maudite tempête cesse. Reste ici, Tom, je te tiendrai au courant.

Le père Keredec escalada avec sa jeep la rampe de gneiss gelé qui menait à sa *Roman Catholic Mission.* Il était inquiet, ils étaient tous inquiets, et cependant ils n'avaient pas perdu l'espoir. Dès que la neige s'arrêterait de tomber en ouragan, on retrouverait Bruno. Restait à savoir si celui-ci tiendrait le coup dans le froid. Eux étaient aguerris, mais lui ! Saurait-il rationner ses vivres de réserve, ses munitions ? Car personne, sous ces hautes latitudes et dans cette immense pénéplaine de six mille kilomètres de longueur, ne peut dire combien de temps durera une tempête : deux jours, huit jours, un mois ? Mais tous écartaient l'ultime hypothèse : l'avion s'écrasant sur la forêt, l'accident qui ne pardonne pas.

— Non ! dit Tom, il faisait encore beau quand il s'est posé, c'est bien le diable s'il n'a pas tiré son zinc en planant jusqu'au premier lac, à la première rivière. On le retrouvera !

— Va te reposer, dit Davis. S'il y a quelque chose, je te téléphone à l'hôtel.

Tom ressentait maintenant une profonde lassitude.

— Viens avec nous jusqu'à l'hôtel, dirent ses camarades, on ne peut rien faire ce soir.

Il accepta leur offre. Il avait besoin d'oublier.

4

Tandis que la tempête atteignait son paroxysme, Bruno, lové dans son sac de couchage, ne pouvait trouver le sommeil. Il gisait recouvert à moitié par la neige poudreuse qui s'infiltrait sous ses fourrures, puis fondait au contact de son corps. Il avait rabattu sur son visage le capuchon du *bedding-let;* les bruits de la tempête lui parvenaient assourdis, puis se transformaient tout à coup en hurlements déchirants coupés de silences profonds. Alors il percevait à nouveau le frémissement du vent étirant ses trémolos à travers les branches basses des épinettes.

Il allait s'assoupir, vaincu par la fatigue, lorsqu'il eut soudain grand-peur de voir s'éteindre le feu. Il fallait réagir avant qu'il ne fût trop tard. Il se redressa avec difficulté, rejeta son capuchon. Le jour était à sa plus faible lumière, la nuit trop claire virait vers une nouvelle aurore, mais autour de lui la nature en folie dansait, hurlait, et sur sa tête les cimes des sapins ployaient en cadence, puis se détendaient, lançant dans un sifflement leurs flèches invisibles ; des tourbillons de neige impalpable parcouraient le lac, tornades blanches à peine plus épaisses que l'air saturé de froid, criblé de cristaux de givre arrachés aux arbres.

Le feu se consumait sans produire de flammes, dans un crépitement très doux de braises attisées par le vent ; et cela faisait comme un énorme œillet rouge, fleur monstrueuse née de la tempête et du froid. Bruno jeta sur le feu les quelques branches qui lui restaient, puis se dégagea péniblement de ses fourrures ; il devait faire du bois, tailler à nouveau dans les épinettes. Dans le mouvement qu'il fit pour se mettre debout, son genou lâcha et il retomba lourdement dans la neige sans pouvoir retenir un long gémissement. Son articulation ne fonctionnait plus, elle était bloquée, il ne pouvait plus que ramper, se traîner comme une bête blessée. Désormais, son ultime ressource était de s'enfermer dans son sac de couchage, de ne rien laisser de son corps exposé au froid et au vent. Il vérifia les fermetures coulissantes du sac, puis se traîna en aveugle contre les braises au risque d'être brûlé vif. Il recevait à travers l'épais molleton de son duvet la chaleur sèche du brasier, et le bien-être infini qu'il ressentit le fit sombrer dans un sommeil lourd, fiévreux, coupé de rêves épouvantables.

Il était à Amsterdam et il se contemplait avec indulgence, vêtu en hippie, un ruban serrant ses longs cheveux. La foule déambulait le long des canaux, s'entassant en grappes devant les vitrines des sex-shops, tandis que lui-même était allongé sur le parterre du Dam, au pied du monument, au milieu de garçons et de filles qui dormaient, dansaient ou chantaient en s'accompagnant de la guitare. Dédoublé, il examinait curieusement l'autre Bruno qui lui faisait face et qui le considérait avec sévérité. Un être humain velu comme un anthropoïde, sans âge et sans regard, parcourait les groupes et offrait à voix basse de la drogue ou des cigarettes de haschisch. Bruno le sage aurait voulu refuser, mais n'osait pas, car Bruno le hippie et les autres riaient, le traitaient de sale petit bourgeois. Alors il cédait, tirait une bouffée d'une cigarette qu'une fille avait retirée de ses lèvres pour la lui offrir. La fille, à moitié dénudée, s'allongeait près de lui et il rougissait, disait : « Fais attention ! On nous regarde ? Qui ? Il n'y a plus que nous qui comptons sur terre, tous les autres sont morts, ils ne le savent pas, mais ils sont morts ! Nous seuls vivons. Viens ! On va partir pour un voyage. Baisse ton blue-jean, j'ai une seringue ! » Subjugué, il lui obéissait et sombrait aussitôt dans un monde irréel. La fille se relevait, elle semblait marcher sans toucher terre. « Regarde, disait-elle, je suis désincarnée ! » Lui, il voyait tout sous un jour nouveau. Des avions venant de Schipol passaient et repassaient dans le ciel, étirant de longues traînées de condensation ; il levait les bras et découvrait qu'il pouvait les rejoindre, les toucher. Lui aussi, il volait et autour de lui ses camarades l'acclamaient et une grande rumeur d'approbation parcourait la place :

« Vous verrez ce que je peux faire ! » hurlait-il, et les autres l'encourageaient : « Va, petit bourgeois, va, montre-nous ! »

Il allait leur montrer ce dont il était capable ! D'un bond, d'un seul, il s'élevait jusqu'au sommet du beffroi. « Je vole ! je vole ! » criait-il, assis sur le rebord de la lanterne du beffroi. Mais de là, étrangement, ce qu'il découvrait n'était plus Amsterdam. La ville s'éloignait à prodigieuse vitesse, se rapetissait ; c'était comme s'il la regardait par le gros bout de la lunette : une ville lilliputienne avec ses hommes fourmis. Il était temps de revenir, avant qu'il ne se retrouve seul, flottant dans le cosmos, à cheval sur la chimère du beffroi.

Il allait sauter lorsqu'il vit passer devant lui comme une boule de feu : c'était l'un des avions qu'il côtoyait dans le ciel. Il jubilait. « Je suis plus fort qu'eux ! » criait-il. Tout à coup, de cette boule de feu tombant comme une comète sur la terre, se dégageait une figure de femme d'une étonnante beauté qui lui souriait tristement. Il l'avait reconnue ! Il poussa un hurlement de terreur : « Maman ! Maman ! Pardon ! » et il lisait dans son regard tant de peine et tant d'amour qu'il se prit à sangloter...

Le rêve s'arrêta là pour faire place à un autre, où il revivait, cette fois, le terrible accident d'avion du Luxembourg au cours duquel sa mère avait trouvé la mort. Cela devint intenable. Il se réveilla, hurlant comme un fauve hagard. Il s'était tellement débattu dans les affres de son rêve qu'il gisait à moitié nu dans la neige hors de son sac de couchage ; le froid l'engourdissait lentement sans qu'il s'en rendît compte. Il claquait des dents et, en même temps, il avait le visage en sueur et son cœur battait sur un rythme précipité qui parfois l'étouffait.

Ce cauchemar lui remit en mémoire son récent passé.

Il planait sur la mort de sa mère une incertitude qu'aucun des siens, pas même Max, son oncle, son sauveur, n'avait voulu éclaircir (1). Tout semblait banal, comme la vie ; l'accident, disait-on, était arrivé alors que sa maman se rendait chez des amis, au Luxembourg. Pourtant certains regards, certains silences provoquaient un sourd malaise. Max lui-même évitait d'en parler :

(1) Du même auteur, dans la même collection, lire *La peau de bison*, 715 **.

Danièle était sa sœur jumelle, qu'il adorait. Quand Bruno abordait ce sujet délicat, il se fâchait :

— Laisse tomber, veux-tu ! Ta mère serait heureuse, très heureuse de te savoir ici avec moi. Elle t'aimait tant ! Pour moi j'ai trop de peine.

— Pardon, Max ! Moi aussi, j'aimais bien maman !

Et ce double amour évoqué dans le bush impénétrable, par deux hommes vivant presque en dehors du monde et des civilisations actuelles, prenait tout à coup un caractère sacré.

On ne parlerait plus jamais de cela.

Seulement Bruno gardait constamment sur lui la dernière photo de sa mère. A vrai dire, et il l'ignorait, elle était la seule femme qu'il eût aimée à ce jour. Car les autres ne comptaient pas : ces créatures droguées, lubriques et amorales connues au hasard de rencontres, lorsque le grand troupeau déchu se rassemblait quelque part et que les garçons se passaient de l'un à l'autre, entre deux crises, des filles totalement inconscientes.

La brutalité de ce rêve l'avait tiré de sa somnolence. Son genou lui faisait mal, ce qui lui rappela qu'il était blessé et qu'il ne pourrait rien entreprendre s'il ne consolidait pas sa jambe accidentée. Il se souvint alors de la boîte à pharmacie. Là-dedans il trouverait une bande élastique pour son genou, des calmants également, de l'aspirine qui triompherait de sa fièvre.

Il se traîna jusqu'au tas hétéroclite, recouvert d'une bâche, qui rassemblait ce qu'il avait retiré de la carlingue. La boîte était là : petite caissette métallique et solide qui avait résisté au choc.

Il l'ouvrit et à la lueur des braises, encore plus intense que la lumière du jour qui recommençait son cycle, en inventoria le contenu. Il y trouva ce qu'il fallait : une bande solide et souple avec laquelle il serra son genou. Il ressentit une légère amélioration. Il chercha ensuite un calmant. Diverses fioles étiquetées étaient rangées dans le fond de la boîte : iode, mercurochrome, alcool, éther, puis les simples analgésiques : aspirine, etc. Il avait très soif tout à coup. Comme l'eau de la bouilloire restée trop près du foyer s'était évaporée durant la nuit, il remplit de neige le récipient et le posa à même les braises. Tandis que la neige fondait, il remit en place les médicaments, et voici qu'entre ses mains passa une petite fiole avec étiquette rouge : morphine !... et là, devant lui, sous le couvercle de la caissette et bien arrimées par des sangles, s'offrait tout un lot de seringues ! La morphine, Max le lui avait dit, c'était uniquement pour les cas désespérés, ou pour faciliter le transport d'un blessé. Jamais il ne devait y puiser pour son usage personnel. Mais déjà Bruno, les yeux exorbités, tendait la main vers la seringue, serrait la fiole dans sa paume. Un désir fou, irrésistible le poussait ! Rien qu'une petite piqûre et son mal cesserait et aussi ses angoisses, et il n'aurait plus qu'à rêver. Max pardonnerait. En de telles circonstances, n'a-t-on pas toutes les excuses ? Il n'était déjà plus le même, il tremblait de tout son corps, et c'est avec beaucoup de peine qu'il réussit à ouvrir la fiole, puis à visser l'aiguille creuse sur la seringue. Déjà il dégageait son pantalon. Il riait bêtement, repris par sa folie. Mais soudain le grand murmure de la forêt couvrit son rire. Un nouveau blizzard arrivait, parcourant le lac à plus de cent miles à l'heure, la forêt se mit à craquer, des arbres éclataient comme touchés par des bombes. Bruno, ramené à la réalité, poussa un cri sauvage, puis jeta dans les flammes la fiole ouverte, la seringue, referma la caissette médicale de secours, se renfonça dans son sac, apaisé, heureux de sa victoire, et s'endormit un sourire sur les lèvres.

Il dormit tout le long jour qui suivit et, durant ces vingt-quatre heures, jamais la tempête ne cessa.

A son réveil il était calme et reposé, mais tenaillé par la faim.

Le vent était tombé, une brume de neige flottait sur le lac et accrochait des écheveaux aux cimes des épinettes. Il s'ébroua, secoua la couche de neige fraîche qui le recouvrait, observa le paysage. La tempête avait dû être violente, car partout de nouvelles congères s'étaient formées ; sur le rivage, son avion disloqué était à moitié enseveli. Le feu couvait toujours, mais il n'y restait plus que quelques braises rougeoyantes ; il fallait le ranimer immédiatement. Il jeta sur les braises le restant du bois coupé ; le froid le transperçait et il caressa avidement de ses deux mains tendues la flamme qui jaillit ; il baigna son visage dans cette chaleur bienfaisante. Son regard se posa sur la caissette. Il se souvint de son combat, et d'avoir triomphé de ses angoisses, de sa peur et de son vice lui insuffla une nouvelle énergie. Il était maintenant aux prises avec ce qui conditionne la vie et la mort des hommes : la faim, le froid, la soif. A cela se joignait présentement la douleur de sa jambe blessée. « Tiens ! je n'y pensais plus ! » Il la remua doucement et constata que, s'il ne pouvait pas plier le genou, le mal était supportable. Allons ! avec son grand bâton il pourrait se déplacer ! Il reprit espoir. Il lui semblait que les brumes de neige qui se déchiraient sur les arbres devenaient plus transparentes, puis il distingua vers l'ouest une lueur plus vive formant comme un halo et en déduisit que le soleil se traînait sur l'horizon. Il pensa qu'il était immobilisé depuis près de quarante-huit heures et qu'il n'avait plus le droit maintenant de se reposer. Il entreprit donc méthodiquement les tâches très importantes qu'il devait accomplir : remplir de neige la bouilloire, sortir la poêle à frire, ouvrir une boîte de bacon, le faire frire, gestes simples qui l'occupèrent totalement et qui lui apportèrent même une certaine joie. Il avait jeté dans l'eau bouillante une bonne dose de concentré de bouillon. Il le but avec jouissance, à petites gorgées, heureux de se brûler les mains serrées autour de son large quart de métal. Puis il mangea goulûment, ouvrit encore une boîte, mangea, mangea ! Il riait tout seul : « Quand je pense que tout se résume à ceci : manger, boire et dormir si l'on veut vivre et que c'est pour cela qu'on s'entre-tue à travers le monde ! » Comme la vie, qu'il avait jugée très compliquée, pouvait être simple, aisée ! Encore fallait-il la gagner et, pour lui, gagner sa vie, cela signifiait se lever, couper du bois, encore du bois, du bois pour que la source de chaleur ne tarisse pas, puis tout faire comme s'il devait finir ses jours en ces lieux. Max lui avait appris comment les Indiens se bâtissent un abri rustique et très suffisant lorsqu'ils dorment dans la forêt à même la neige et sans tente. Il choisit quelques belles perches d'épinettes, qu'il planta en oblique, puis entrelaça de branchettes, formant ainsi une véritable haie qui le protégerait des vents dominants. Adossé à ce paravent isolé de l'extérieur par la chaleur d'un brasier bien entretenu, il pourrait, lui avait dit Max, tenir par — 40° et davantage ; la température de ces derniers jours n'avait pas dû descendre beaucoup plus bas que — 20° C et, maintenant que le vent s'était apaisé, elle devenait acceptable. Bien que chaque mouvement le fît souffrir, il allait et venait en s'appuyant sur son bâton, rangeant méticuleusement ses provisions à l'abri du vent, augmentant l'épaisseur de son matelas de branches afin d'être isolé parfaitement de la neige. Il fit l'inventaire de ses provisions. Sa grosse fringale assouvie, il allait désormais se rationner... à moins qu'un caribou vînt à passer. Puis il essaya ses forces en faisant le tour de son campement, et brusquement il découvrit la véritable vie du « bush ». Partout, des traces s'entrecroisaient ; il ne les connaissait pas toutes, mais il identifia aisément celles des renards, des mustélidés : martres, hermines, puis avec quelque inquiétude des empreintes énormes, couvrant presque la paume de sa main, celles de deux loups qui à distance l'avaient sans doute regardé dormir, retenus par la crainte du feu : la première crainte que l'homme ait su inspirer et qui, depuis les temps immémoriaux, est restée chez la gent sauvage des forêts et des plaines !

Il eut un curieux réflexe de peur et revint en boitillant le plus vite qu'il put vers son campement. Là, il vérifia le fonctionnement de sa carabine : un rifle 303, d'un calibre suffisant pour tuer un élan. Il emplit le chargeur, remit le cran de sûreté, puis glissa l'arme dans sa housse de protection afin que la neige et le gel ne risquent pas de l'enrayer s'il avait à s'en servir.

Ces travaux terminés et la fatigue se faisant sentir, il se rencogna dans son sac de couchage. Couché entre le brasier et l'auvent de protection, il jouissait maintenant d'un certain confort et c'est presque avec bonheur qu'il sortit sa pipe, la bourra et l'alluma ; il avait chaud, il n'avait plus faim et à portée de sa main, accrochée sur la crémaillère de fortune faite d'une branche souple inclinée sur les braises et terminée par une fourche, la bouilloire chantait, apportant quiétude et douceur dans cet univers sauvage.

Il rêvait, somnolait et pensait.

Le ciel ne s'était pas dégagé. Au contraire, le plafond de nuages devenait plus opaque alors que reprenait la chanson lancinante du vent. Ce fut d'abord un faible gémissement, qui grandit, grossit, se transforma en un souffle rageur. Recommencèrent alors la danse des arbres sur sa tête, le hululement des courants d'air sur le lac, les tourbillons de neige chassés de congère en congère comme autant de petites tornades qui venaient s'écraser dans un jaillissement de cristaux sur l'épave de l'avion.

Bruno comprit que ce qu'il avait pris pour une éclaircie définitive n'était qu'une accalmie et que les secours n'arriveraient ni aujourd'hui ni demain. Qu'importe, il tiendrait ! Demain, mieux reposé, il prendrait même l'affût aux caribous ; avant d'atterrir, il avait remarqué sur le lac la longue traînée noire provoquée par le piétinement des caribous en migration et, s'il avait bien observé les traces, ceux-ci devaient traverser le fjord du lac à moins de trois cents mètres d'ici. D'autres hordes peut-être allaient suivre, étaient peut-être déjà passées tandis qu'il dormait. Avec la viande d'un caribou, il tiendrait quinze jours de plus.

Au début, il comptait en heures, puis en jours, et voici qu'il comptait en semaines ! Et il se sentait suffisamment fort pour résister, tenir.

Allons ! Max serait content de lui.

5

Pour Bruno, tout était devenu routine : couper du bois, alimenter le feu, perfectionner le campement, manger en fonction des réserves de vivres, chasser.

Le ciel restait obstinément bouché. Parfois, le vent cessait, mais la brume de neige ne se dissipait pas ; elle formait un plafond laineux de cinquante mètres d'épaisseur et, bien qu'au-dessus le temps fût suffisamment dégagé pour permettre un décollage en partant d'un aérodrome balisé, aucun avion ne pouvait se poser sur cette région à travers une telle brume de sol. Le froid avait diminué et cette hausse de température expliquait la formation des brouillards ; ils étaient le premier signe de la prochaine débâcle des glaces. Autre indice : la frange d'eau qui cernait les rives du fjord s'était sensiblement élargie et Bruno constata que l'épave de l'avion était presque totalement immergée. Si les sauveteurs tardaient trop, et que la glace du lac ne pût plus permettre un atterrissage, il faudrait attendre plus d'un mois et la fin de la débâcle pour que les hydravions puissent amerrir sur le lac. Il repoussa cette perspective.

Ainsi alternaient des heures d'espoir et d'anxiété.

Il eût été bien incapable de dire depuis combien de

temps il attendait des secours. Chaque jour, il avait coupé du bois et autour du campement la clairière s'élargissait, mais il n'y avait aucun risque de pénurie. Ce n'était pas comme pour le malheureux Peter Cowl, tombé en plein hiver, au cœur du district de Keewatin : il n'avait plus de feu après la première semaine au cours de laquelle il avait épuisé les réserves de carburant de l'avion, car il n'y a pas de bois dans les Barren Lands, il n'y a rien sur cette toundra gelée en profondeur toute l'année, hormis, en quelques rares sites abrités des vents d'Est, des saules polaires nanifiés. En comparaison, lui, Bruno, se trouvait riche : il était le maître du feu !

Le jeune pilote boitait fortement, mais, avec l'aide de sa béquille improvisée, il pouvait maintenant se déplacer sans trop souffrir. Aussi décida-t-il de se poster à l'affût des caribous. Il prit sa hache, quelque nourriture, son sac de duvet et sa carabine. Il avait repéré le passage des cervidés à quelque cinq cents mètres plus au nord, à peu près à l'endroit où son avion avait touché la glace. Il fallait, pour atteindre ce point, traverser en partie le lac, ce qu'il fit en mesurant ses gestes, s'arrêtant fréquemment pour reposer sa jambe blessée. Les traces étaient récentes : des centaines de caribous avaient traversé le lac du sud-ouest au nord-est, et sur leur passage la neige était piétinée sur cent mètres de largeur. Restait à choisir sur le rivage un endroit bien abrité, sous le vent, et protégé par la forêt, et à y établir son affût. Une sorte de terrasse formée par un moutonnement rocheux en surélévation de quelques mètres lui parut l'endroit idéal. Il s'y installa minutieusement, coupa des branches, qu'il entassa en un épais matelas isolant, puis alluma un feu : selon les Indiens, les caribous ne s'effrayent pas du feu et semblent même attirés par la flamme ; très souvent, poussés par la curiosité, ils s'arrêtent à bonne distance de tir pour examiner cette source de lumière et de chaleur.

Son bivouac installé, Bruno s'enfouit à mi-corps dans

son duvet, carabine et jumelles à portée de la main, et commença la longue et patiente attente sous la voûte des brumes, dans le silence pesant de la forêt. Le vent avait cessé et seuls quelques cris trouaient par moments le silence des solitudes : appel du mésangeai, croassement du grand corbeau, seuls oiseaux à passer l'hiver en forêt arctique. Pendant les heures d'affût, les sens en éveil prennent une acuité nouvelle : rien n'échappe à la vue, à l'oreille, à l'odorat. Ainsi Bruno découvrit-il qu'il n'était pas le premier à avoir choisi ce rocher comme emplacement de chasse : des empreintes récentes de loups marquaient la neige autour de lui, deux fauves avaient fait le guet ici. Bruno s'en réjouit ; le loup ne se trompe pas : les caribous passeraient forcément à cet endroit.

Le plafond des nuages cloisonnait étroitement le lac et ses rivages. Le molleton laineux des brumes s'effilochait aux épinettes, se dissolvait pour se reformer instantanément, calfeutrait tous les sons.

Le jeune homme somnolait lorsqu'un bruit anormal éveilla son attention. Encore très lointain, un ronronnement subtil couvrait les rares cris des animaux et le bruissement intermittent de sautes de vent. Bientôt la rumeur augmenta et Bruno identifia sans erreur possible le vrombissement d'un bimoteur. « C'est l'Otter de Tom, ça y est, on me recherche ! » hurla-t-il. Il jeta une brassée de bois sur les braises, puis arracha hâtivement des plaques de mousse et de lichens qui se carbonisèrent en produisant une lourde fumée bleue. Hélas ! celle-ci, au lieu de s'élever, filait au ras du sol et des glaces, dans l'étroit couloir formant courant d'air qui séparait les nuages de la forêt et des lacs ; elle ne parvenait pas à percer la grisaille des brumes.

Ses sens en alerte, Bruno écoutait, imaginait les allées et venues du pilote naviguant sur l'impénétrable mer de brouillard. Le bruit des moteurs alla crescendo, puis diminua, s'éloigna, ne parvint plus jusqu'à Bruno. Avec lui disparaissait le fol espoir.

« Il s'en va ! Il s'en va et je suis là, et tu ne me vois pas, mon vieux Tom ! »

Un peu plus tard, le même avion repassa, invisible et cependant tout proche. Le tumulte de ses moteurs atteignit au maximum. Il devait voler très bas, car soudain Bruno vit se découper à travers les brumes et les brouillards la silhouette de l'avion ; on eût dit l'ombre d'un aigle gigantesque planant sur la grande forêt. Cela dura le temps d'un éclair, puis le bruit diminua, s'amenuisa, cessa... et de nouveau s'étala le grand silence angoissant des terres inhabitées.

Bruno resta longtemps debout, les yeux fixés sur le ciel, cherchant la moindre éclaircie dans cette nappe de brume qui masquait tout. Il fallait se rendre à l'évidence : Tom, n'avait rien pu voir, ni fumée ni feu ! Pourtant, le fait qu'il eût tourné un certain temps au-dessus du lac incitait Bruno à l'espoir : Tom était en train de quadriller minutieusement le secteur. A moins qu'il ne s'agît de Max ?... Il rejeta cette idée : Max était quelque part sur la Nahanni, où il avait projeté de construire, à la limite des terres inconnues, une hutte d'hivernage. Il était impossible qu'il fût au courant de son aventure. Même si Tom avait essayé de l'alerter, il fallait au messager une semaine au moins de dangereux canotage pour le rejoindre.

Déçu, amer, ayant abandonné toute idée de chasse, Bruno décida de revenir à son camp. Le hasard en décida autrement. Comme il allait abandonner l'affût, un caribou déboucha sur le lac à moins de cent mètres. La bête fit posément quelques pas, tournant la tête à droite, à gauche, puis elle s'immobilisa. Derrière elle, surgirent des fourrés trois, quatre, quinze, trente caribous. Ils se déplaçaient lentement, l'oreille aux aguets ; puis la harde se reforma au milieu du lac. Il semblait à Bruno qu'il était devenu le centre, le point de mire de leur intérêt. Il n'en était rien ; le chasseur était sous le vent, le rougeoiement des braises les intriguait, sans plus, mais ils fixaient au-delà de Bruno un point qui les tourmentait : là-bas, la carcasse métallique de l'avion jetait des reflets disparates et le vent qui jouait dans les tôles produisait une étrange musique. Les caribous restèrent ainsi un bon moment immobiles, puis, comme l'objet attirant leur curiosité ne bougeait pas, celui qui menait la harde reprit sa marche à découvert, poussé par cette force mystérieuse qui fait qu'aucun caribou en migration ne sort de l'itinéraire imposé par son instinct : un parcours de plusieurs milliers de kilomètres, jamais le même d'année en année, que lui dicte une sorte de prescience des ressources alimentaires possibles du bush et de la prairie.

Bruno arma sa carabine, choisit sa victime. Il répugnait à employer la méthode indienne, efficace mais terriblement destructrice. Max lui avait raconté comment les Indiens procédaient. Ils tiraient salve sur salve avec leurs carabines à répétition, blessant dix bêtes pour en tuer une, et toutes les autres étaient perdues, car un caribou blessé n'a aucune chance de se défendre — et c'est pourquoi le loup suit les chasses des Indiens, suit également la migration des caribous, tuant par-ci par-là une bête malade, un jeune veau, mais comptant surtout sur l'homme... Où étaient les loups ? « Peut-être sont-ils là, se dit Bruno, à droite, à gauche, au nord, au sud, guettant le drame et attendant que j'aie tiré, assis sur leur arrière-train, langue pendante, intelligents et cruels. »

Il fallait tirer.

Bruno plaça dans sa ligne de mire une bête un peu attardée. Il l'abattit du premier coup de feu, puis l'acheva d'une deuxième balle, car le caribou blessé à mort se relevait et tentait de fuir. Bruno savait par les Indiens que le caribou possède une vitalité extraordinaire et peut parcourir plusieurs kilomètres, même grièvement blessé au ventre, même avec une jambe brisée... Au premier coup de feu, la harde avait fait demi-tour, mais, au lieu de poursuivre sa route, elle revenait vers le chasseur, s'offrait bêtement à ses coups. Bruno résista au plaisir de tuer ; il avait suffisamment de viande.

Le caribou abattu gisait à moins de cent mètres sur la neige du lac ; il s'agissait maintenant de charrier sa dépouille jusqu'au campement. Bruno n'aimait pas chasser : le fait de tuer une bête, même dite sauvage, lui répugnait ; mais, maintenant qu'il devait débiter sa victime, il hésitait. Il n'avait jamais fait ce travail de boucher. Une fois, il avait assisté au dépeçage de plusieurs caribous que des Indiens ramenaient sur leurs traînes ; un peu écœuré, il avait suivi leur tâche, étonné de leur technique et de leurs connaissances anatomiques. Quelques coups de machette suffisaient pour détacher les quatre membres, couper la tête, ouvrir et vider la carcasse. Devant le cadavre du caribou, Bruno se demandait comment s'y prendre.

Il s'agissait d'une jeune bête, deux ans au plus. Elle portait des bois courts, mais joliment recourbés en forme de corbeille. Sa robe d'hiver était gris et blanc, mais déjà la bourre de duvet tombait en longues touffes et, dessous, apparaissait le pelage soyeux et ras de la vêture estivale. Cette peau ne valait rien. Elle n'est récupérable qu'au cœur de l'été, lorsque la mue est terminée, ou mieux encore en janvier, avant que la bourre ne tombe.

Bruno triompha de sa répugnance, saisit le caribou par une patte et, à coups de machette, s'essaya maladroitement à détacher un cuissot. Il y parvint non sans peine, après avoir brisé l'os plutôt que détaché l'articulation. Un peu aguerri par ce début pénible, il s'y prit un peu mieux avec les trois autres membres, mais le plus dur restait à faire : vider la bête. Il fendit la peau de bas en haut, puis plongea ses mains dans la ventraille pour l'extirper de la carcasse. Ses avant-bras étaient rouges de sang jusqu'au coude, mais, quand il eut fini, il éprouva une sorte de fierté. Il ne se serait jamais cru capable d'accomplir une telle besogne.

Restait à transporter cette viande jusqu'au camp. Cela lui prit de nombreuses heures, coupées d'arrêts fréquents. Peu à peu, il se sentait devenir un autre homme ; porter sur son dos toute cette barbaque lui paraissait naturel, et il en retirait même une espèce de sauvage volupté. Il se dit que les Indiens avaient raison, que les peuples chasseurs se doivent d'être cruels ; il pressentit que, si son aventure durait, il deviendrait, lui le Blanc, le civilisé, aussi cruel qu'eux. Pauvres Indiens, libres certes, mais au péril constant de leur survie. Avant l'arrivée des Blancs, ils ne pouvaient compter que sur leur chasse, car la forêt arctique ne permet aucune culture, aucune cueillette de graminées, hormis quelques baies sauvages qu'il faut disputer aux ours. Cela durant le court été de l'Arctique.

Lui aussi, si on ne le retrouvait pas très vite, il devrait mener cette vie de chasseur, et il comprenait combien son expérience était faible. Les caribous, passe encore ! Mais après... Il lui faudrait piéger le castor ou le rat musqué, plus tard guetter le réveil des ours bruns, noirs ou grizzlis, achevant leur hibernation.

« Est-ce que je saurai devenir un Indien ? » se demanda-t-il.

6

Bruno reposait sur son lit de feuilles et de mousse. Mains tendues vers la flamme, il remâchait d'amères pensées. Pourtant il aurait pu se réjouir ! Les quartiers de caribou jetés en vrac sur un amas de branches coupées n'assuraient-ils pas pour longtemps sa réserve de vivres ? Le passage de l'avion, comme une ombre symbolique au-dessus du lac, n'apportait-il pas la certitude que les recherches étaient entreprises et se continueraient dans ce secteur à la limite des possibilités de vol ? Ces deux faits auraient dû affermir l'espoir du naufragé, mais il avait perdu toute énergie, toute volonté. Les efforts douloureux fournis pour transporter la viande l'avaient épuisé physiquement et, par contrecoup, moralement. Il ne souhaitait plus qu'une chose : s'enfouir dans son sac de couchage, oublier le paysage lugubre de neiges et de glaces, dormir, dormir au risque de ne plus se réveiller.

Il allait céder à cette défaillance lorsqu'un jet de lumière perça la grisaille des brumes. Une éclaircie se produisait, découvrant un pan de forêt sur la rive droite du lac, redonnant au paysage sa hauteur et sa perspective, et dans cette trouée se profilait une haute calotte rocheuse, un moutonnement de granite poli par les glaces, un dôme rutilant de lumière froide dominant d'une cinquantaine de mètres la cime des arbres et surnageant au-dessus des brouillards.

Cette vision fut pour lui comme une révélation. Il tenait son salut. C'était sur ce rocher et nulle part ailleurs qu'il devait transporter son bivouac, son matériel, ses vivres. Sur ce sommet, il construirait et ferait flamber un énorme bûcher, qui deviendrait un signal permanent. La joie coula à nouveau dans son corps, comme un flux de chaleur. Certes, le transfert exigerait de lui une importante dépense d'énergie, mais tout était déjà oublié : son désespoir, son abandon. Il voulait vivre !

Le rocher du salut se situait à huit cents mètres de là, distance ridicule pour un homme valide, redoutable pour un blessé, épuisé par de trop nombreux efforts. Il faudrait, en outre, gravir la colline, porter là-haut le matériel en de nombreux allers et retours, et il calcula que cela prendrait au minimum une quinzaine d'heures. Peu importait d'ailleurs : les notions de temps, de durée ne signifiaient rien. Il fallait surtout reprendre des forces, manger. Une tranche de caribou coupée à même une gigue et jetée sur la braise lui fournit un repas substantiel. Il organisait méthodiquement son transfert. Tout était à recommencer. Il répartit ce qu'il devait emporter en plusieurs charges, mais, aussi raisonnables qu'il les confectionnât, il s'aperçut qu'elles étaient encore trop lourdes. Il marchait difficilement, même en s'appuyant sur sa béquille, et il était nécessaire de trouver un expédient. Alors l'idée lui vint de construire une ramasse, comme lorsqu'il était tout gamin et que, l'hiver venu et la neige recouvrant les contreforts de Belledonne, ses petits camarades et lui gravissaient la forêt hivernale et, parvenus au faîte, se confectionnaient des traînes rustiques formées de branches de sapin liées en épaisseur et ressemblant à d'énormes éventails. Sur ces « ramasses » qu'ils enfourchaient, ils se laissaient glisser dans les couloirs glacés, ces « rises » par où les bûcherons ont coutume de précipiter leurs billons, et rejoignaient ainsi la vallée après maintes chutes et cabrioles, ravis par ce jeu dangereux qui les laissait couverts de bleus et d'ecchymoses, mais ivres de joie et de grand air. Bruno sourit à cette évocation de sa jeunesse. Aurait-il pensé à l'époque que ce jeu d'enfants pût servir un jour dans des conditions aussi dramatiques ?

Il se mit à l'œuvre, tria les plus belles branches, les assembla et les lia en faisceau, chargea son matériel sur la « ramasse », puis se confectionna une sorte de bricole avec la cordelette d'amarrage de son avion qu'il avait eu la précaution d'emporter. Comme l'expédition allait prendre beaucoup de temps, il mit ses quartiers de viande à l'abri des fauves en les accrochant aux branches des épinettes.

Entre-temps, le ciel s'était à nouveau bouché. Le rocher à peine entrevu dans l'éclaircie du matin avait disparu, happé par la brume, et c'est tout juste si Bruno réussit à repérer l'endroit où il devait se rendre, à peine signalé par une plaque de granite bleu, soubassement de la falaise qui plongeait directement sur le lac. Il s'y dirigea, marchant péniblement, boitant bas, appuyé sur son bâton de fortune, tirant de l'épaule la corde qui le reliait à la traîne : système rudimentaire, mais qui lui permit de traverser le lac en diagonale sans trop de peine. Restait le plus dur : escalader la colline rocheuse entrevue, et, avant cela, découvrir à la limite des arbres un emplacement favorable de bivouac, tout proche de la cime, afin qu'il n'ait plus par la suite que de courts trajets à exécuter.

La forêt contournait la masse rocheuse, formant autour d'elle une couronne qui s'arrêtait à mi-hauteur au-dessus du lac, altitude précise qui marquait sous cette latitude la limite supérieure des arbres.

Le sous-bois était dense, mais heureusement le « muskeg » et l'enchevêtrement des branches mortes de la forêt primaire qui, en été, rendent tout parcours forestier impossible à pied, étaient recouverts d'une couche de neige suffisante. A travers le fouillis végétal, Bruno se tailla un passage à coups de machette. Il avançait péniblement, enfonçant parfois jusqu'aux épaules dans des trous impossibles à déceler et dont il devait se sortir au prix d'efforts surhumains ; par places, la neige poudreuse et sans consistance l'obligeait à ramper jusqu'à ce qu'il retrouvât une couche plus solide et portante. Alors qu'il avait mis très peu de temps pour traverser le lac en tirant sa lourde charge, il lui fallut plus d'une heure pour gravir cinquante mètres et dominer la forêt. Au delà, la pente rocheuse et dénudée s'enfonçait dans le brouillard glacial.

Il devait avant toute chose préparer son campement. Sur un emplacement favorable, à l'abri du vent et sous le couvert des arbres, il commença d'élaguer, amoncelant en une couche épaisse les branches d'épinettes sur lesquelles il installerait son sac de couchage. Cela fait, il entreprit la courte ascension. La roche était composée de granites solides polis par les anciennes glaciations et striés de fissures comblées de glaces. Le tout ne présentait aucune aspérité. La pente, toutefois, n'était pas assez forte pour qu'un habitué de la montagne ne pût la gravir en utilisant l'adhérence de ses bottes de caoutchouc, ce que fit Bruno. Peu après, il débouchait au-dessus des brumes.

Il ressentit un choc intense : il était passé de la nuit au jour, des ténèbres à la lumière, peut-être de la mort à la vie.

Tout était arrivé très vite. Il marchait depuis quelques dizaines de minutes dans la brume glaciale et, à mesure qu'il s'élevait, il évoluait dans une atmosphère de plus en plus diffuse où se diluait la lumière venue d'en haut. Peu à peu celle-ci triomphait de l'obscurité, dissolvait les brumes et il s'était retrouvé en plein ciel, inondé de soleil.

Le sommet de la colline était formé d'une coupole brillante, d'une croupe rocheuse allongée comme un dos de baleine ou, mieux encore, comme la coque d'un sous-marin faisant surface sur l'océan des nuées.

Le soleil était encore très haut sur l'horizon, la vue était infinie.

Du haut de ce belvédère, il découvrait un panorama circulaire et on eût dit du rocher un récif au milieu de la mer. Un peu partout, brillaient d'autres îlots semblables au sien ; plus au sud, une falaise longue et plate délimitait certainement le cours d'une rivière importante. L'emplacement était idéal pour y établir un feu permanent, mais il fallait auparavant qu'il terminât son installation.

Il redescendit, et il n'avait pas parcouru vingt mètres qu'il s'enfonçait à nouveau dans le brouillard. Il eut beaucoup de mal à retrouver ses traces ; il eût été dangereux de s'en écarter, car, sur certains points, le glacis rocheux, facile dans son ensemble, tombait en falaise verticale jusqu'au lac et toute chute eût été fatale. Se guidant sur les empreintes de ses pas, il rejoignit la forêt et la frayée étroite qu'il avait taillée à coups de machette.

Peu après, il était à nouveau sur le lac, tirant sa traîne vide.

Alors commença la pénible navette. Il lui fallut sept voyages pour tout transporter. Quand il eut bouclé le dernier, lorsque ses quartiers de viande furent à nouveau accrochés hors de portée des loups et des renards, il épuisa ses dernières forces à construire un nouveau bûcher. Puis, quand la flamme s'éleva claire et pétillante, il s'enfouit dans son sac et s'endormit brusquement, comme une bête de la forêt.

Ce fut un rayon de soleil perçant à travers un brouillard plus fluide que la veille qui le réveilla. Avait-il dormi longtemps ? Question sans importance ! Ce qu'il fallait faire sans plus tarder, c'était charrier du bois, beaucoup de bois sur le sommet de la colline. Désormais, ce serait sa tâche de toutes les heures. Il prépara un premier fagot qu'il lia solidement avec sa corde et tira péniblement derrière lui. Au passage, il balisait ses traces afin de ne pas s'égarer. Comme la veille, il sortit du brouillard et pénétra dans la lumière. Il déposa sa charge sur la plate-forme sommitale, alluma le feu. Quand la fumée s'éleva en panache, claire et bleutée, une fumée libre dans un ciel libéré, Bruno ne contint pas sa joie ; excité au plus haut point par sa réussite, il en oubliait la douleur lancinante de son genou blessé. Il avait accepté le combat et il triomphait ! Cette lutte soutenue contre les éléments, contre le froid, la fatigue, la faim, le brouillard, lui procurait un bonheur insolite.

Toute la journée, il charria du bois, l'entassa, entretint le bûcher et c'est avec regret qu'il redescendit à son campement écrasé sous les brumes, invisible dans sa coque de brouillard. Il l'améliorait à chaque passage, élevant une palissade contre le vent, augmentant l'épaisseur du sommier de branchages constituant sa couche. Il fallait certes entretenir en cet endroit un feu de routine, mais le plus important était d'alimenter l'autre feu, là-haut, ce feu qui ne devait pas s'éteindre et qui jetait ses flammes dans le vent, véritable phare au-dessus de l'incommensurable forêt.

Lorsque les brumes qui l'enveloppaient devinrent grises et que, sous lui, le lac étranglé comme un fjord brilla de ses derniers reflets, il sut qu'il avait atteint le crépuscule. Celui-ci ne durerait que quelques heures, puis, sans transition, s'éléverait à nouveau le disque rouge du soleil émergeant des nuées.

Cette journée passée en plein soleil sur le sommet lui avait procuré une saine exaltation. Cependant, contrairement à son attente, aucun avion n'était passé dans le ciel. Il en conclut que le temps devait être exécrable à Yellowknife. Il se coucha, dormit d'un sommeil agité : deux loups tournaient autour du bivouac, s'appelant l'un l'autre par de petits jappements brefs, puis hurlant de concert : chant sinistre accompagné par le hululement du vent, un vent glacial venu du nord et qui jouait sa partition sur la harpe de la forêt. Un changement de temps se préparait.

A peine réveillé et ayant pris quelque nourriture, Bruno se hâta de remonter à son observatoire où il savait retrouver le soleil.

Lorsqu'il arriva au sommet, le paysage s'était déplacé, des rochers avaient disparu, d'autres émergeaient. Vers le nord, de grands espaces de forêt dépassaient maintenant la mer de nuages et cela formait comme un hérissement de lances pointées vers le ciel. Il faisait très froid, au moins vingt degrés sous zéro, estima Bruno, un froid rendu presque intenable par le vent violent qui le flagellait au passage, puis faisait moutonner les nuées, comme lorsque se lève sur l'océan la première forte brise succédant au calme plat. Bruno aurait voulu rester en sentinelle toute la journée en cet endroit, mais le froid l'en chassa. Il regagna la forêt, et là, à l'abri des grands courants aériens qui passaient en gémissant au-dessus de lui, il réchauffa son corps transi, puis remonta à la cime avec une charge de bois. Il n'avait qu'une crainte, que le feu du sommet s'éteignît.

Il accomplissait sa dernière navette du jour et il s'apprêtait à redescendre lorsqu'il entendit très loin vers l'ouest un passage d'avion. Son oreille exercée reconnut aussitôt le vrombissement métallique d'un gros bimoteur à turbines. Ce ne pouvait être que le courrier régulier de Coppermine à Calgary ; il avait dû se dérouter vers l'est pour participer aux recherches. Bien qu'il ne découvrît nulle part l'avion, Bruno le sentait si proche qu'il résolut de l'alerter. Il jeta par brassées du bois sur les braises. Attisée par le vent, une énorme flamme jaillit dans un crépitement d'étincelles : elle devait se voir de très loin sur la mer de nuages.

Retenu par une vaine espérance, Bruno rêva longtemps sur son rocher, indifférent au froid qui augmentait avec le soir. Plus sensible lui était devenue sa solitude, car, durant quelques instants trop brefs, il avait été relié au monde des humains et maintenant il se retrouvait seul au royaume des loups. Mais le spectacle féerique qui s'offrit à lui le détourna de ses pensées : la lune en son plein sortait de l'horizon de l'Est, alors que, dans le même moment, le disque solaire se dégradait mystérieusement, passant de l'or à l'orangé, avant de sombrer dans une coulée de feu qui se refléta, même après sa disparition, sur les masses de nuages roulant aux confins de l'horizon.

Bruno regagna son campement. Inquiet, il évaluait les possibilités de vol, les chances qu'avaient les gros avions commerciaux munis de P. S. V. de décoller ; mais il savait très bien que les petits avions privés, comme ceux de Tom et de Max, ne pouvaient se permettre une telle manœuvre. Yellowknife devait être « Q. G. O. », sinon on aurait repris les recherches. Toutefois, le passage tardif du long-courrier avait son utilité : le pilote avait certainement remarqué le signal lumineux insolite et il avait dû alerter immédiatement toutes les bases, leur communiquer l'emplacement problable du feu après une triangulation sommaire. Ce n'était plus qu'une question de patience.

Depuis combien de jours était-il là ?

Tout se brouillait dans sa mémoire, les heures, les jours, et la durée du temps était devenue pour lui l'éternité.

Chaque fois qu'il quittait le soleil pour rentrer sous la voûte des nuages, il semblait à Bruno qu'il pénétrait dans l'antichambre de la mort. Le lac aux glaces striées de congères, les méandres funèbres des rives boisées, cette forêt tronquée par le haut, tout cela composait une vision de cauchemar. Il n'avait qu'une hâte : remonter au sommet, voir se déchirer les lambeaux de brume, émerger enfin dans le ciel vide des grands espaces.

Vers minuit, comme la lune devait être à son plein et baignait de sa clarté la masse des brumes, qu'elle rendait translucides, des hurlements, s'élevèrent en plusieurs points de la forêt. Les loups ! Bruno les imagina, assis dans leur pose hiératique sur le sommet des collines rocheuses dominant la pleine boisée, tête levée dans le prolongement du corps, gueule pointue tournée vers l'astre et hurlant à la mort. Chant impressionnant qui allait se continuer jusqu'à l'aurore. Les loups étaient les maîtres de ces espaces et peut-être hurlaient-ils leur colère contre l'homme qui les avait chassés de ce magnifique belvédère sur lequel brûlait un gigantesque brasier. Car, Bruno s'en souvenait maintenant, là-haut, alentour du bûcher, il avait remarqué, sans y prêter attention, des laissées, des empreintes gelées, qui témoignaient de la présence en ce haut lieu du grand loup gris de l'Arctique. Sans doute y venait-il à des époques déterminées, au plein de la lune, pour y lancer son défi sauvage.

Cédant à la fatigue, Bruno se rendormit et fut réveillé plus tard par un bruit étrange.

Près de lui, un animal broyait des os ; il entendait le crissement des mâchoires, le souffle rageur d'un fauve.

Un loup n'agit pas ainsi, il ne s'approche ni de l'homme ni du feu !

Bruno se redressa, saisit sa carabine, puis, comme le feu du bivouac n'était plus qu'un rougeoiement de braises, il jeta dessus une branche qui s'enflamma immédiatement, projetant une vive lueur. Devant lui, grognant de façon désagréable, se terrait un animal pesant, mi-ours, mi-blaireau. Il reconnut la wolverine, le glouton ! Conscient du danger, il jeta sur le fauve un brandon enflammé, mais celui-ce ne recula que de quelques pas, fit face, gueule ouverte découvrant des crocs redoutables, prêt à charger. Bruno tira dans un réflexe, sans épauler, mais la bête était si proche que la balle porta en plein, brisant l'épaule et la foudroyant. Alors Bruno eut peur et se mit à trembler, le front couvert de sueur ; il lui fallut un long moment pour se ressaisir. On lui avait appris que le glouton est le fauve le plus dangereux de la forêt, car il ne craint ni l'homme, ni le loup, ni le grizzly. Celui qu'il venait d'abattre avait réussi à sauter jusqu'aux premières branches des épinettes, là où le jeune homme avait entreposé ses quartiers de viande ; il avait décroché un cuissot d'un coup de griffe et il commençait à le dévorer lorsque Bruno était intervenu.

Bruno récupéra ses quartiers de caribou. La leçon avait servi. Il hissa sa réserve aux plus hautes branches, là où elle serait désormais à l'abri des atteintes du loup, du renard et des gloutons. En revanche, rien ne pourrait la mettre à l'abri du lynx, ce grimpeur-né, si d'aventure celui-ci passait dans les parages.

Seule défense : le feu !

Il activa le foyer, puis, l'aventure l'ayant totalement

réveillé, il s'assit devant les braises et attendit en veillant la lueur à peine perceptible de l'aurore.

7

Bien que le vent se fût calmé et que le baromètre laissât présager un retour du beau temps, Yellowknife vivait depuis trois jours sous une chape de nuages qui traînaient à quelque cinquante mètres au-dessus du Grand Lac et s'accrochaient aux plus importants reliefs du sol, telles ces calottes de granite bleuté émergeant de la forêt d'épinettes, ou la tour métallique d'extraction de la mine d'or.

Une angoisse latente étreignait les habitants du village minier. Bruno était le benjamin du Grand Nord, mais il avait su se créer des amitiés parmi tous ces aventuriers qui respectaient avant tout la franchise, le courage et la volonté. A peine sa disparition avait-elle été connue que les renseignements affluaient. Pilote retour de mission, trappeur revenant de sa trap-line, chasseur de fourrures, « driller » (ces chasseurs d'or solitaires opérant avec des moyens de fortune sur des concessions éloignées), tous s'empressaient de signaler à Tom ce qui pouvait l'intéresser. Tel jour, à telle heure, on avait entendu le passage d'un avion ; il ne volait pas au-dessus du couloir radio-guidé. Peut-être était-ce Bruno ?... Inlassablement, Tom et Davis vérifiaient. Non ! Il s'agissait d'un long-courrier légèrement dévié de sa route et qui se dirigeait vers Edmonton. Un autre soutenait avoir aperçu de la fumée sur l'un des innombrables lacs gelés de la périphérie : on lui faisait expliquer l'endroit ; c'était bien trop au sud ! Malgré toutes ces bonnes volontés, on n'arrivait à rien. « Bruno tiendra-t-il ? » songeait Tom, car il se refusait à croire au pire. Cela faisait soixante-dix-huit heures que le jeune homme s'était posé. Les trois premiers jours avaient été très froids, mais maintenant tout allait s'améliorer.

Tom était accoudé au bar de l'hôtel et devisait tristement avec des camarades lorsqu'on l'appela au téléphone. C'était Davis, le radio :

— Tom, dit-il, le courrier normal d'Inuvik vient de se poser, tout est clair dans le nord, et le soleil brille. Il n'y a qu'un simple plafond, même pas cent mètres, et, par places, de grandes clairières de nuages par lesquelles on aperçoit des lambeaux de paysage !

— Merci, Davis, j'accours, je vais décoller !

— Comment feras-tu pour atterrir au retour ? Tu n'as pas de P.S.V. sur ton zinc !

— Et le flair, qu'en fais-tu ? On dit que la tour de la mine dépasse les nuages, je n'aurai qu'à faire un relèvement, au pire à me diriger vers le nord, puisque Fort-Simpson est dégagé ! Merci, Dave !

— Conduis-moi avec ta jeep, Billie, je décolle, dit Tom en revenant au bar.

Billie, le camarade interpellé, lui-même pilote *free-lance,* déconseilla le départ :

— Tu es fou ! Par ce temps bouché !

— Au-dessus tout est clair ! rétorqua Tom.

— Oui, mais c'est en dessous qu'il te faut chercher.

— On ne peut rien négliger, vieux Billie, rien ! Max ne me le pardonnerait pas !

— Comme tu voudras.

Bill hocha la tête, prit le volant. Ils dévalèrent la route verglacée qui descendait vers le petit aéroport privé de Tom.

— Fais chauffer le moteur, Sam ! hurla celui-ci à son aide-mécano.

Il était excité au plus haut point, levait la tête vers ce plafond de brouillard coriace qui s'accrochait aux cimes des arbres, et qui ne s'effilochait même pas sous une brise trop faible. Dans la chambre des cartes, il reprit celles sur lesquelles il avait déjà tracé les coordonnées du point central de recherches. Il lui fallut à peine une demi-heure pour déhaler de l'estacade, faire aéroglisser son avion jusqu'au centre du petit lac, diriger les skis dans les traces laissées par les atterrissages précédents et décoller.

Il s'enfonça dans un rideau de brume et, quelques minutes plus tard, il survolait la mer de nuages sur laquelle le soleil à son déclin projetait des rais de lumière fauve. Le contact radio rétabli avec Davis, il vérifia son cap :

— Nuages à l'infini, dit-il à Davis, sauf peut-être sur le cours du Mackenzie, à l'ouest, où il me semble apercevoir des taches sombres. Tiens-moi bien en ligne, je remonte jusqu'au lac La Martre !

Deux heures plus tard, il survolait sans doute le lac, mais aucune faille dans la nappe de nuages ne permettait de vérifier sa position et il lui était impossible de glisser son avion sous les nuages pour voler en rase-mottes. Il accomplit ainsi plusieurs allers et retours, labourant le ciel de sillons égaux et parallèles. Il poussa ensuite plus au nord et découvrit un vaste espace dégagé en dessous duquel brillait la glace d'un lac important ; ce ne pouvait être que le lac La Martre. Il jaugea la dimension de la trouée, la direction et la vitesse des vents. Aurait-il le temps de faire une exploration sur le lac ? Si jamais la trouée dans le ciel se refermait, il serait lui aussi prisonnier des glaces. Il appela Davis :

— Dave, j'ai un trou ! Je passe sous la nappe et je survole à trente mètres le lac. Suis-moi, surtout pour le retour. Je tourne au-dessus de l'éclaircie, vérifie ma position.

— Fais pas ça, Tom, abandonne. Ça en fera deux qu'il faudra aller chercher. Je t'en conjure...

— Ma position ? demanda plus sèchement Tom.

— 69°5 latitude Nord, 117°6 longitude Ouest, annonça Davis.

Insister était inutile ; l'autre avait décidé de passer sous le plafond, rien ne l'arrêterait.

Lorsqu'il pénétra sous les nuages, Tom eut l'impression de pénétrer dans une caverne. Encore aveuglé par la brillante lumière du soleil, il lui semblait à chaque instant qu'il allait se briser sur la neige gelée du lac. Sans être grand, en regard du lac des Esclaves ou de celui de l'Ours, le lac La Martre est suffisamment important (environ le lac Léman) pour qu'une fois sous la voûte des nuages on risque de ne plus trouver le chemin du retour vers la lumière. Tom en était conscient, mais, ayant accepté de courir ce risque, il n'avait plus à hésiter. Lorsque ses yeux furent habitués à la clarté laiteuse des nuages et de la neige, il vérifia son altimètre ; il fallait tenir sans défaillance une altitude de sécurité de cinquante mètres, sinon il risquait d'accrocher par le haut la nappe de brumes et d'aller se ficher sur le tronc d'un sapin ; voler plus haut eût été dangereux, car, faute de distinguer nettement la surface du lac dans cette confusion de blancheur, il risquait un impact brutal et inattendu. L'important était de maintenir le contact radio avec Davis. Celui-ci le dirigeait du mieux qu'il pouvait et il parvint ainsi au bout du lac. Bien qu'il eût observé avec intensité les rivages cernés par la ligne sombre des épinettes, il n'avait décelé aucune trace d'avion, aucune épave, aucun feu, aucune fumée. Il fallait revenir !

— Je rentre, Davis, redonne-moi le cap !

— Tu es en ligne, fasse le ciel que le plafond ne se soit pas bouché pendant tout ce temps.

— T'inquiètes pas, je mets toute la sauce.

Maintenant que ses recherches se révélaient inutiles, Tom n'aspirait plus qu'à remonter, à percer le plafond des nuages, à retrouver le soleil. Il ne pouvait le faire qu'à l'aplomb du lac, sinon il se serait heurté à la forêt masquée par les brumes.

Vingt minutes plus tard, Davis l'avertissait.

— Tu approches, tu devrais être sous l'éclaircie.

Mais rien ne perçait, tout était bouché et, cette fois, Tom eut réellement peur.

— Tu as dépassé l'endroit où tu as piqué sous le plafond, dit le radio.

— Merde ! fit Tom. Combien de temps encore à voler sans danger sur le lac ?

— Cinq minutes à peine. Tu l'as pris à la corne nord, fais cinq minutes dans la même direction, tourne à 180° puis reviens. Quand je te dirai « top », remonte et ne t'inquiète pas. Si mes calculs sont justes, tu ne dois pas risquer de percuter les arbres. A cet endroit, le lac est encore suffisamment large.

Peu après, Tom entendit dans l'écouteur la voix amie qui lançait le « top ». Sans hésiter, il tira à fond sur le manche. En quelques secondes, il traversa la nappe de nuages et émergea dans le ciel entièrement dégagé ; juste à ce moment, le disque solaire, le frappant de plein fouet, incendia les tôles de son avion qui rutilèrent de toutes les brillances amassées par le froid. Ce fut un peu comme s'il remontait des profondeurs glauques de la mer et respirait à nouveau. Il hurla sa joie :

— Ça y est, Davis, j'ai émergé !

— Bravo ! Maintenant rentre au plus vite, car le vent a tourné et nous avons ici un sacré petit blizzard !

« Encore ! » se dit Tom. Ce ne serait donc pas demain qu'il pourrait découvrir Bruno.

Davis avait raison. Vers l'est, des cirrus de mauvais augure striaient le ciel comme des rayons de feu, et déjà un vent plus violent jouait sur les corde à piano de l'appareil, le faisait tanguer, obligeait le pilote à surveiller constamment sa dérive.

— Tu es en vue de Yellowknife, indiqua le radio. M'entends-tu ?

— « Roger, Roger », Davis ! Il me semble apercevoir la tour métallique de la mine. Oui, c'est ça ! Il y a à peine un mètre de charpente qui pointe, tout le reste est englouti.

— Vois-tu la colline chauve au sud de Yellowknife ?

— Non ! Tout ce que je voyais au décollage a disparu. J'ai seulement ce bout de charpente pour me guider.

— Va droit dessus, puis fais 10° Sud, puis une volte de 90° et descends. Tu seras dans l'axe de la piste.

— Dis donc, vieux, après ça je pourrai passer mon P.S.V. ! ironisa Tom.

Il avait repris courage. Il posa une dernière question :

— Le plafond au-dessus du lac s'est-il abaissé ?

— Tu as cinquante mètres de bon. C'est suffisant si tu te pointes comme je te l'indique !

Tout se passa bien. Tom piqua à nouveau dans la crasse, resurgit sous les nuages, vit briller les deux traits parallèles laissés par les skis des avions sur la glace et se posa, vent dans le dos, un peu en catastrophe, puis, coupant tout, se laissa courir sur son erre pour terminer par un brusque freinage à quelques dizaines de mètres du fond du lac. Ses amis couraient sur la glace à sa rencontre. Ils avaient été visiblement inquiets et l'interrogeaient tous à la fois :

— Rien ?

— Rien ! répondait Tom.

Le danger de l'atterrissage étant écarté, son échec devenait une réalité. C'est presque avec rage qu'il jeta son casque et ses écouteurs sur la banquette du cockpit, puis interpella son aide-mécano :

— Amarre le coucou solidement ; ce soir, il y aura du zef !

Comme si le blizzard n'avait attendu que cette phrase pour se manifester, une violente et glaciale bourrasque s'abattit sur le lac, flagellant les hommes de gerbes de neige pleines de cristaux qui piquaient la peau, les yeux. Subitement, la température baissa de dix degrés.

— Il était temps ! dit Davis.

Tom songeait à Bruno qui là-bas devait à nouveau essuyer cette tempête.

— Bon Dieu de pays ! jura-t-il. On ne s'en tirera donc pas !

— Aie confiance, Tom, dit doucement à ses côtés le père Keredec qui venait d'arriver. Dieu protège Bruno, n'en doute pas, et suis-moi, un bon grog te fera du bien.

— Merci, *father,* dit Tom. Pardonnez-moi d'avoir juré !

— Oh ! fit l'autre, tu n'as pas juré contre Dieu, mais contre le diable.

Le blizzard dura trois nouveaux jours, au long desquels tous les terrains des Territoires du Nord-Ouest furent déclarés Q.G.O. Cependant, un espoir était encore possible. Le commandant de bord d'un gros avion de transport de troupes de la « Dew line », venant de Resolute d'où il avait pu décoller et qui se rendait sans escale à Seattle (U.S.A.), faisait savoir par radio que, survolant à six mille mètres d'altitude la mer de nuages qui couvrait la terre, il avait aperçu à l'est de sa route, et très loin, un feu qui paraissait sortir du moutonnement nuageux et qui les avait intrigués. Le radio, averti des recherches qu'on effectuait dans ces parages, avait triangulé la position approximative de ce feu important, qu'au début ils avaient pris pour un phare. Dès qu'il eut connaissance de ce message, Davis fit ses recoupements. Cela cadrait assez bien en latitude, mais la position indiquée était un peu à l'ouest du lac La Martre. Dès qu'un vol serait possible, il faudrait donc trianguler, puis survoler la zone probable. Il communiqua l'information à Tom.

— Ça ne peut être que lui !

— Et si c'était des Indiens ? dit Tom en hochant la tête.

— Des Indiens, tu le sais bien, auraient construit leur camp en pleine forêt et la flamme n'aurait pas été visible. Or, celle-ci dépassait le plafond des nuages. Je veux bien que celui-ci soit assez bas, mais un feu, même important, ne peut se voir d'aussi loin.

— Raison de plus pour douter, Dave, à moins que... Donne les cartes !

Ils examinèrent avec attention la région désignée, puis Tom poussa une exclamation :

— Regarde, Dave ! l'endroit est bourré de collines granitiques dont certaines ont plus de cent cinquante mètres et par conséquent doivent dépasser ou effleurer le plafond des nuages. Bruno a dû faire son signal sur l'une de ces collines. Donc, il vit, donc il n'est pas blessé !

Il exultait. Sa joie faisait plaisir à voir, et Dave avait peine à le contenir tant il craignait pour lui une nouvelle déception.

Ce même soir, le père Keredec leur fit part du résultat de ses recherches. Le père Brichet, de Fort-Liard, lui faisait répondre que Max remontait actuellement le cours de la Nahanni avec Tuktu, son fidèle beau-père. Ils se rendaient à l'entrée des canyons, où ils se proposaient d'aménager une base, en vue d'une grande expédition dans l'intérieur des montagnes inconnues. Max comptait reconnaître le cours supérieur de la légendaire rivière. Actuellement, il était impossible de les contacter autrement qu'en envoyant un émissaire à ce campement.

Ayant appris les dernières nouvelles, le père Keredec décida d'attendre. A quoi bon inquiéter Max ? Tous l'approuvèrent.

8

Bruno venait de déposer sur la colline une nouvelle charge de bois, corvée épuisante et nécessaire. Il redescendait à son bivouac noyé dans les brouillards lorsqu'un coup de vent d'une extrême violence le fit chanceler et tomber. Les plaques rocheuses sur lesquelles il glissa étaient polies par la glace et il tenta vainement de s'arrêter ; il pénétra comme une fusée dans la forêt où il s'enlisa jusqu'au ventre dans la profonde couche de neige poudreuse. Par chance, sa chute l'avait dirigé vers le sous-bois ; s'il avait obliqué tant soit peu en direction du lac, il eût infailliblement sauté la falaise et se fût tué. Malgré cela, l'impact fut brutal ; il s'était reçu sur une souche dissimulée sous la neige et c'est sa jambe blessée qui avait pris le choc, le faisant hurler de douleur. Il resta longtemps inconscient, incapable de bouger, jusqu'à ce que le froid et le vent le rendissent à la connaissance du moment. Mille cristaux de neige le flagellaient et, par là même, le revigoraient. Dès lors, il n'eut plus qu'une idée, une seule volonté : regagner le bivouac, le retrouver, surtout dans toutes ces brumes. En aurait-il le temps, la force, la possibilité ? A l'estime, il jugea qu'il lui faudrait parcourir une centaine de mètres en suivant la lisière supérieure de la forêt, là où la colline enrobée d'épinettes sortait des arbres, comme une coupole parfaite.

Il se mit à avancer mètre après mètre, rampant comme un loup, tassant la neige sous son corps, jouant des coudes pour se maintenir à la surface de cet amoncellement de neige poudreuse et instable dans laquelle il risquait de s'ensevelir, enlisé parfois jusqu'au cou, se dégageant, repartant, souffrant le martyre !

Plusieurs fois, à bout de forces, il fut tenté d'abandonner, de s'allonger dans ce linceul, de fermer les yeux, de dormir. Alors tout serait terminé ! Il le savait, la mort par le froid provoque une sorte d'anesthésie et n'est pas douloureuse, contrairement à la mort par la soif, la mort saharienne, la plus terrible de toutes. Puis il se souvint de l'aventure de Guillaumet dans la Cordillère des Andes : « Ce que j'ai fait, aucune bête au monde ne l'aurait fait», et de celle d'autres hommes qui, avant et après Guillaumet, avaient lutté, défié la mort et s'en étaient tirés. C'est alors qu'il lui sembla apercevoir à travers ses paupières givrées, presque scellées par le froid, comme une petite lueur, simple veilleuse qui dansait, énigmatique, féerique. Et il comprit que cette petite lueur dans l'infini de la nuit blanche qui commençait pour lui, c'était le salut. Il se traîna sur les coudes, s'approcha, reconnut les derniers brasillements de son feu de bivouac presque éteint.

Il rampa jusqu'aux braises, jeta du bois, raviva la flamme, s'obligea à exécuter les gestes de survie qu'il n'avait plus la force physique d'accomplir : alimenter le feu, faire fondre la neige pour obtenir de l'eau, griller une tranche de viande, entretenir en son corps la dernière énergie qui le sauverait. Cela fait, il s'allongea près du feu et s'endormit comme un fauve.

Plus tard, les hurlements de la tempête le réveillèrent. Le blizzard se déchaînait de partout, tourbillonnait, gémissait, criait dans un concert de jugement dernier. Parfois, le vent déchirait les brumes. Alors Bruno, délirant vaguement, croyant rêver, percevait une flamme qui dansait sur la crête de la coupole. Comme un phare éclaire le monde, sa dernière brassée de bois se tordait dans la bourrasque et lançait ses étincelles par-dessus la forêt. Rassuré, il fermait les yeux, se laissant imprégner, tantôt par les coups de boutoir des rafales, tantôt par le calme étrange succédant à ces turbulences. Durant ces accalmies, il entendait les appels des loups, leurs plaintes qui se répondaient de mâle à femelle, d'un couple à d'autres couples ; il les imaginait lovés dans leurs tanières, sous les branches, quelque part, près ou loin de lui, et alors il songeait à Peter Cowl, toujours lui, le héros de la steppe glacée, qui avait agonisé un mois durant, tandis qu'alentour attendaient sa mort — les traces sur la neige le prouvaient — plusieurs couples de grands loups gris affamés et des dizaines de renards bleus, témoins intéressés et patients de sa longue agonie.

Mais Bruno avait déjà franchi les limites de la peur et de la souffrance. Il rêvait et délirait tout à la fois. De grands pans de passé lui revenaient en mémoire, et les épisodes se succédaient, se chevauchaient. Il revoyait ses années de jeunesse passées au Murger, près de Grenoble, au milieu des immenses noyers du parc familial, vision de paradis où, petit enfant, il faisait ses premiers pas en compagnie de sa mère. Pourquoi était-elle aussi triste et si belle et si digne ? Et l'oncle Jérôme, pourquoi le détestait-il ? Sa maman ne lui avait-elle pas dit qu'il était son second père ? Mais avait-il besoin d'un deuxième père ? Mauvais sujet, Bruno s'enfuyait, et ce qu'il croyait être le chemin de la liberté le menait tout droit à la déchéance ! Des images affluaient, puis s'effaçaient, des visages surtout, narquois ou sérieux, durs ou tendres : l'oncle Jérôme, sévère, tonton Max, enfant perdu dont on ne parlait jamais (cher Max !), tante Arlette, belle indifférente, sa mère, visage pathétique, dont lui seul, Bruno, recueillait les sourires et dont, pourtant, il s'était éloigné. Son père... Il aurait voulu connaître de celui-ci autre chose que cette banale photo d'amateur qui ne lui restituait rien de charnel. Bruno était le fils d'un héros, on le lui avait dit, mais il le regrettait presque ; il aurait préféré connaître ce père, mort quelques mois avant sa naissance. Charles Béraldi, Charles Béraldi ! Il y avait une stèle au Polygone de Grenoble, là où il avait été fusillé par les S.S. Et Bruno lui composait un visage : il était beau, grand et fort, et d'une sérénité qui n'avait pas failli devant le peloton d'exécution. Il entendait les rafales, se réveillait, délirant, en sueur, hurlant de peur ; et son cri était couvert par le chœur déchaîné des autans, de la tourmente, et par le crépitement des branches brisées, semblable à une rafale de mitraillette.

Le profond silence succédant aux tornades calmait sa

fièvre, son angoisse. Il était à nouveau le pilote de la taïga, de la toundra, des glaces du Pôle, et ses craintes étaient risibles ; il écoutait le vent, supputait sa direction, sa force, vibrait d'espoir lorsqu'il lui semblait qu'au-dessus, les brumes se déchiraient, dévoilant un coin de ciel. Il faisait clair, là-haut, et son feu brillait !

Il ne dormait plus. Il était apaisé, lucide et faible. Se pourrait-il qu'il mourût ainsi, couché dans la neige ? Non ! Non ! Il rejetait les images du passé, il voulait vivre, il vivrait, parce que ses camarades du « bush » étaient à sa recherche, parce que, surtout, il se refusait à mourir...

Voici qu'apparaissait maintenant une autre figure de femme : Mary ! L'image même de l'inaccessible bonheur. Il l'aimait, elle l'aimait peut-être, mais ils ne s'épouseraient jamais. Mary l'Indienne, comme Rosa, la femme de l'oncle Max.

Il revivait les épidoses de leur rencontre, à l'hôpital de Fort-Smith, dont il connaissait la moindre salle : il y avait si souvent conduit des Indiens malades ou blessés évacués par les soins des autorités. Une jeep venait le chercher au terrain, il les accompagnait pour remplir les formalités administratives, et il était reçu par Mary, l'infirmière-chef, jeune Indienne de vingt-cinq ans, diplômée de la *high-school,* souriante et autoritaire. Mary était la fille d'un chef chipewyan de Rae. Pied de Castor, son père, l'avait confiée dès son plus jeune âge aux missionnaires oblats du collège Grandin de Fort-Smith, où elle avait été pratiquement élevée, ne regagnant le bush qu'à l'époque des grandes chasses durant lesquelles elle parcourait, heureuse, la forêt, soit en canoë avec ses frères et cousins, soit blottie dans la longue traîne de son oncle « Black Owl ». Quand son père était mort, les sœurs du collège l'avaient gardée et, comme elle était très douée, l'avaient envoyée, avec une bourse obtenue de l'Evêché, continuer ses études dans le

Sud. Elle était revenue d'Ottawa avec son diplôme d'infirmière et n'avait plus quitté l'hôpital où son autorité faisait merveille. Grande et belle, elle attirait tous les regards, mais se souciait peu de sa beauté. Son sang bouillant d'Indienne la faisait à la fois redoutable et admirée ; lorsqu'elle souriait, la dureté de ses traits s'effaçait comme par enchantement et elle semblait rajeunie de dix ans ; mais elle était avare de ses sourires qui lui auraient fait perdre son autorité sur les malades et sur le personnel. Pourtant, la première fois qu'ils s'étaient rencontrés, elle avait souri à Bruno. Elle connaissait sa légende, elle admirait son oncle Max qui avait rompu avec les siens pour épouser Rosa, l'Indienne de Snowdrift ; Bruno, lui aussi, souriait : il n'avait pas cet air un peu hautain que prenaient les Blancs de l'administration pour lui dire :

— Voici un malade, Mary, son cas est grave. Mais, si vous êtes dépassée, dites-le-nous et nous l'évacuerons plus au sud !

« Eux » n'avaient pas confiance en « elle », l'Indienne, mais lui ne l'avait pas appelée « Mary » mais « Mademoiselle » et elle avait souri, flattée par cette distinction. Chaque fois qu'il revenait à Fort-Smith, il ne laissait à personne le soin de conduire les malades à l'hôpital, malgré les offres du chauffeur des Territoires :

— Si t'es pressé, disait-il, donne tes papiers, je ferai le nécessaire avec Mary. Belle fille, hein ! Dommage qu'elle soit indienne !

Bruno serrait les dents, cachant son trouble. Mary avait pris insensiblement dans son cœur une grande partie de la place réservée jadis à sa mère, et parfois il se le reprochait ; de cet amour, son premier amour, il ressentait une infinie douceur, bien qu'il ne l'eût jamais avoué à Mary. D'abord l'aurait-elle accepté ? Il lui était sympathique, cela se voyait, mais de là à songer qu'elle pût l'aimer !...

Mary ! Un jour qu'ils parlaient librement dans la salle

de garde de l'hôpital, en buvant le traditionnel café au lait du percolateur, Bruno lui avait dit :

— Vous êtes pour moi un mystère, Mary. Vous êtes plus belle, plus fine, plus élancée que toutes les autres femmes rencontrées par ici, et en plus supérieurement intelligente et instruite. Avec tous ces atouts en main, qu'allez-vous faire ? Un jour viendra où vous devrez vous marier ! Y avez-vous songé ?

Elle avait éclaté de rire.

— J'y songerai le moment venu. Pour l'instant, mon rôle est de soigner, d'éduquer mes frères et sœurs indiens, de leur faire comprendre qu'ils sont ici chez eux, et qu'il faut qu'un jour ils prennent les leviers de commande dans les Territoires ! Voilà pourquoi je n'épouserai qu'un homme de ma race.

Bruno avait baissé la tête.

— Allons, ne faites pas cette tête-là ! Vous savez bien que vous êtes mon meilleur ami ! Vous aimez notre pays, vous avez un beau métier, vous rendez des services immenses à notre petite communauté, voilà pourquoi vous êtes mon ami.

On l'avait appelée alors et elle l'avait quitté sur un joli sourire un peu énigmatique ; et son regard, d'une dureté d'acier, s'était adouci jusqu'à exprimer une vraie tendresse.

— Adieu, Bruno ! avait-elle dit.

Cet adieu — il l'avait compris — ne visait que leur entretien. Depuis, il se rongeait comme tous les amoureux transis, mais il avait respecté le pacte informulé : Mary ne serait pour lui qu'une amie sincère.

D'autres femmes, il aurait pu en trouver, même dans Yellowknife, ou au hasard des escales dans les postes. Toutes étaient sensibles à sa jeunesse, à sa beauté, à son air vaguement romantique qui contrastait avec la dureté, la violence des hommes blancs de la forêt ou des îles de la banquise.

Les femmes, il ne les regardait jamais. Plusieurs

profesionnelles montaient régulièrement du Sud jusqu'aux postes et aux centres miniers ou pétroliers du Grand Nord ; il s'était parfois laissé entraîner par des camarades, lorsqu'il avait un peu trop fêté un retour de mission, jusqu'aux longues caravanes amenées par les bateaux remontant pendant l'été le cours du Mackenzie et qui servaient au logement des gens de passage ou des ouvriers temporaires, et il était chaque fois ressorti de ces salons ambulants avec un sentiment de dégoût qui lui rappelait les plus sales heures de sa déchéance, autrefois.

Il ne sut jamais combien avait duré son sommeil, son rêve ou son délire.

Quand il se réveilla, le vent chassait toujours la neige à l'horizontale, et le brouillard translucide enveloppait le paysage. Le feu du bivouac était éteint. Il voulut se lever, mais ne put y parvenir. Sa chute ! Il se souvenait. Il se traîna jusqu'à sa réserve de bois, ralluma la flamme, avala quelque aliment, but de l'eau. La fièvre le reprenait : il transpirait et grelottait tout à la fois. Là-haut, sur le rocher, aucun feu ne perçait désormais le banc de brume ; il aurait fallu remonter sur la colline, rallumer ce bûcher ; il sut qu'il n'en aurait plus la force et, vaincu, retomba dans sa prostration. Enfoui au fond de son sac, il comprit qu'il allait mourir et lui qui jusque-là s'y refusait, il n'avait plus peur. Il sombra dans une profonde somnolence, une sorte d'évanouissement total : il ne rêvait plus, ne délirait même plus.

Plus tard, lorsque se fut éteint le dernier brandon de son foyer et qu'il ne resta que de rares braises, le grand loup gris et sa compagne se rapprochèrent du bivouac, lentement, avec méfiance, puis restèrent immobiles, langue pendante. Ils n'étaient plus qu'à quelques mètres de Bruno, mais ils ne bondirent pas. Un souffle encore trop régulier s'échappait de la forme humaine qu'ils convoitaient.

Ils étaient patients. La louve émit un bref gémissement auquel répondit un grognement étouffé ; puis les deux fauves s'assirent côte à côte sur leur train de derrière et attendirent, patiemment, comme seuls peuvent attendre les loups, capables de rester des jours entiers à l'affût d'une proie.

Ils attendaient la mort de Bruno, qui tardait à venir.

9

A Yellowknife, la tempête avait duré six jours durant lesquels aucun avion n'avait pu décoller. Pourtant, Tom ne désespérait pas. Cette grande lueur qu'un avion long-courrier avait signalée, il se refusait d'admettre qu'elle ne fût qu'un feu de brousse ou le foyer d'un boucanier. Dès lors, chaque jour, chaque heure, il avait attendu l'éclaircie qui lui permettrait de décoller. Il passait la plupart de son temps à la météo, harcelant Phil Davis de questions.

Dans la cité de l'or, le vent rugissait. Des trombes soulevaient la neige, poudrant les façades des bâtiments, interdisant toute vie extérieure. Les rares passants allaient en courant d'un trottoir à l'autre, longeant les murs abrités, aussi chaudement vêtus qu'en plein hiver.

« Dernière tempête de l'hiver ! » avait affirmé Davis ; mais elle se prolongeait, et Tom imaginait avec angoisse Bruno étendu quelque part dans la forêt, auprès de son avion brisé. Saurait-il s'organiser ? Se défendre contre le froid, contre la faim, contre les fauves ? Aurait-il suffisamment de force morale pour ne pas céder à la panique mortelle ?

Le père Keredec le réconfortait :

— Bruno est changé, Tom, c'est un homme au sens

plein du terme. Je suis certain qu'il fera tout pour survivre. Il est devenu un lutteur.

Tom hochait la tête, espérait, rongeait son frein.

Et puis brusquement le ciel s'éclaircit. Une dernière rafale venue de l'est avait dégagé les brumes et, pour la première fois depuis de longs jours, les gens de Yellowknife reçurent comme une pluie bienfaisante les rayons du soleil.

Tom décolla, emmenant à son bord le père Keredec. Ils avaient triangulé la position probable du dernier feu aperçu, et ils pointèrent le nez de l'avion droit sur les coordonnées recueillies.

Ils survolèrent Rae, remontèrent la rivière Camsell, passant en rase-mottes au-dessus de la forêt tavelée par les lacs innombrables déjà craquelés par la débâcle. L'immensité du lac La Martre minutieusement observée ne révéla que quelques campements d'Indiens, préparant la saison des castors.

— Si les relèvements sont exacts, dit Keredec, le feu aperçu doit se trouver au nord du lac La Martre, à cinquante miles à l'est de la Marion River.

Quand ils furent à l'aplomb du point déterminé, Tom commença à décrire des cercles réguliers, augmentant chaque fois le rayon, mais il y avait sous ses ailes tant de clairières gelées, de rivières, de lacs, que la tâche était ardue.

Ce fut le père Keredec qui, le soleil ayant baissé sur l'horizon, repéra le premier un éclat lumineux, à quelque dix miles au sud, là où la rivière s'élargissait en un chapelet de petits lacs reliés par des fjords aux rives escarpées. Ce n'avait été qu'un éclat fugace. Avait-il rêvé ?

— Pique tout droit, ne lâche pas cette rivière, je suis sûr d'avoir aperçu comme un trait de lumière vite éteint, peut-être un signal.

— Ce qui m'inquiète, *father,* c'est que nulle part on ne voit s'élever la moindre fumée. S'il est vivant, il a dû entretenir le feu, d'autant plus que la journée est claire.

— Ne sois pas pessimiste, Tom, pique sur ce petit lac. C'est bien de là qu'est parti le signal.

Ils firent encore cinq minutes de vol, puis tout à coup Tom hurla :

— *Father,* vous avez raison, devant nous, en bordure du lac, à moitié immergé, l'avion !

Le soleil biaisant jouait sur les structures métalliques du petit appareil, et reflétait des éclats lumineux.

— Attention. *father,* je me pose !

— Fais gaffe, Tom, la glace n'a pas l'air solide sur les bords.

Surexcité, inquiet, le pilote rata son premier atterrissage. Trop long ! Il dut remettre la gomme pour reprendre de la hauteur.

L'avion capoté, l'absence de feu ; il ne doutait plus maintenant : Bruno était mort ! Il contrôlait mal ses commandes, ses doigts tremblaient.

Le missionnaire, lui aussi, craignait le pire. Il posa affectueusement la main sur l'épaule du pilote.

— Reprends ton sang-froid, Tom, nous devons savoir.

La deuxième tentative fut la bonne, l'avion se posa, rebondit lourdement sur ses skis, se tassa sur son train, puis, moteur coupé, dériva vers l'épave.

Ils bondirent sur la glace, coururent à la carlingue. Elle était vide ! « Bon Dieu ! jura Tom, que s'est-il passé ? » Ils appelèrent désespérément : « Bruno ! Bruno ! »

Leurs voix tranchaient l'air comme un sabre, mais ils n'obtinrent aucune réponse. Dans le silence qui suivit, ils retrouvèrent leur calme, classèrent leurs idées.

— Regarde, fit Tom, il a campé ici.

Il y avait encore sur le rivage la claie de protection érigée par Bruno, les restes d'un foyer. Ils se concertèrent.

— J'espère qu'il n'a pas fait la bêtise de partir à pied ! dit encore Tom.

— Non, dit Keredec, Bruno savait, Max le lui avait assez répété, qu'en cas de panne il ne devait jamais s'éloigner de l'avion.

— Alors ? fit Tom.

— Il a pu s'installer ailleurs, en un lieu plus propice. Qu'aurions-nous fait à sa place ?

Ils examinèrent le paysage autour d'eux. Les rives du lac étaient bordées de courtes falaises de granite. La plupart étaient dominées par la forêt de conifères, mais par endroits, au-dessus de celle-ci, quelques dômes rocheux brillaient au soleil.

— Allons voir sur ce dôme, Tom ; il doit constituer un observatoire idéal.

La traversée du lac fut rapidement accomplie. Le vent et la tempête avaient effacé toutes traces, sauf celles plus récentes d'un passage de caribous. Sur la rive qu'ils atteignirent, ils retrouvèrent quelques débris entassés, boîtes de conserve, outils, etc.

— Il est passé par là ! cria Tom. Cherchons !

Le long de la paroi rocheuse, un passage avait été taillé à la machette dans le sous-bois. Ils n'eurent qu'à l'emprunter, enfonçant jusqu'au ventre dans des amas de neige poudreuse, mais ni la fatigue ni le froid ne pouvaient les arrêter. Ils débouchèrent ainsi sur le bord supérieur de la forêt. Devant eux, s'arrondissait la coupole de granite, et l'on y distinguait cette fois des traces gelées bien moulées dans les congères et que le vent avait dégagées : les pas d'un homme.

Comme ils allaient gravir la butte rocheuse, jetant un regard circulaire, ils découvrirent, ensevelis sous la neige, le camp, les réserves de vivres accrochées aux branches, la claie de protection derrière laquelle gisait, enfoui dans son sac de couchage, inconscient, Bruno.

Le feu était éteint. Le père Keredec se pencha sur le moribond.

— Il vit, Tom ! Amène l'avion jusqu'ici, alerte Yellowknife qu'on prépare un autre avion pour le transporter à Fort-Smith, à l'hôpital Grandin. Vite !

Tom était déjà loin, courant sur la glace, soulagé et inquiet : pourraient-ils ranimer Bruno ?

Le moteur était chaud et il n'eut aucune peine à diriger l'avion au plus près du campement ; puis il remonta la forêt à la rencontre du père Keredec, qui tirait Bruno, allongé sur une traîne de branches.

— Il avait tout prévu le gaillard, dit le missionnaire, même la traîne qui devait le ramener. Il a dû s'en servir pour transporter son campement là-haut.

Unissant leurs efforts, ils chargèrent Bruno dans la carlingue.

Le père Keredec surveilla le blessé. Déjà Tom avait alerté Yellowknife.

Une heure plus tard, ils se posaient sur le petit lac où un avion attendait, moteur au ralenti ; ils n'eurent qu'à transborder Bruno, après que l'assistante sociale alertée eut fait au blessé une piqûre d'alcool camphré et vérifié son pouls très faible mais régulier.

— Il devrait s'en tier, dit-elle.

— Il s'en tirera ! répondit Tom

Bien que le nouvel avion fût plus rapide que le lourd Otter de Tom, jamais cette traversée du Grand Lac des Esclaves vers le sud ne parut aussi interminable aux occupants de l'avion. Le paysage, classique pour eux, défilait sous leurs ailes et ils avaient cependant l'impression de ne pas avancer.

— Force sur les gaz ! disait Tom, impatient, à Billie le pilote.

— Suis au maximum ! répondait l'autre.

Enfin ils atteignirent la rive sud, identifièrent les bâtiments sur pilotis de Fort-Resolution, coupèrent au droit les larges méandres de la Slave River, le gigantesque fleuve qui sépare en deux l'immense forêt.

Etait-ce l'effet de la piqûre qu'on lui avait faite ? Il

semblait que Bruno sortait de sa léthargie, remuant vaguement les lèvres.

— Regarde, *father,* dit Tom au père Keredec. On dirait qu'il veut parler.

— Dieu le préserve ! dit le missionnaire. (Puis s'adressant à Billie :) Prends bien ton terrain, évitons-lui toute secousse.

La recommandation était superflue. Jamais atterrissage sur neige ne fut aussi réussi ; le pilote glissa au moteur jusqu'au groupe de personnes qui les attendaient à côté d'une ambulance.

Quand ils descendirent le blessé de l'avion, la poignée du brancard sur lequel il reposait heurta l'une des jambes du train d'atterrissage. Sous le choc, Bruno poussa un gémissement de douleur.

— Il est blessé ? fit Tom.

Dans leur hâte, ils avaient négligé de l'examiner superficiellement, ne l'avaient même pas sorti de son sac de couchage encore à moitié gelé.

— De toute façon, ça n'aurait rien changé, dit le père. Là-haut, il fallait parer au plus pressé.

Une heure passa : elle parut interminable à Tom. On avait transporté Bruno sur la table d'opération et il attendait dans l'un des couloirs de l'hôpital Grandin lorsque Mary l'appela :

— Vous pouvez venir, Tom, il va se réveiller.

— Blessé ?

— Une jambe brisée, quelques gelures superficielles, surtout une grande faiblesse. Il n'aurait pas tenu beaucoup plus longtemps. Vous êtes arrivés à temps !

Ils se penchèrent sur le lit.

Bruno reprenait lentement connaissance ; il avait chaud, il ne souffrait plus, il croyait rêver ; au fait, il rêvait. Tom, le brave Tom était à son chevet, souriait. Une forme blanche, féminine, presque irréelle, posait une main fraîche sur son front fiévreux. Bruno découvrait un visage inquiet qui se précisait. Non !

il ne rêvait pas ! Il voulut se redresser ; on l'en empêcha :

— Mary ! dit-il faiblement.

— Oui, c'est moi, Bruno !

Il eut juste la force de lui sourire, puis se rejeta en arrière.

— Que se passe-t-il ? s'inquiéta Tom.

— Rien, dit Mary, je lui ai administré un calmant, il faut qu'il dorme. Il est sauvé. Il vaut mieux que vous partiez, Tom.

— Je sais qu'il ne manquera de rien ! dit le mécano. Maintenant, le père Keredec peut prévenir Max.

TROISIEME PARTIE

LA NUIT POLAIRE

1

Le mois de juin annonçait les plus longs jours de l'année et, sous ces hautes latitudes, la nuit se résumait à quelques heures d'obscurité après d'interminables crépuscules et d'ardentes aurores.

Le père Brichet, remontant la Nahanni, avait atteint les Portes de l'Infini. Phil Edda l'accompagnait. L'Indien qui avait été le compagnon de Konisenta lors de la première exploration de la rivière, avait accepté avec réticence d'accompagner le missionnaire. Le père Brichet possédait par Tuktu tous les renseignements nécessaires ; ce dernier avait affirmé que, jusqu'au deuxième campement de Max dans la Vallée des Hommes sans tête, il suffisait d'un moteur assez puissant pour remonter le courant et les deux grands rapides du premier canyon.

Ils avaient passé la nuit à l'entrée du premier défilé et, bien qu'au delà tout fût maintenant connu, le père Brichet avait ressenti comme ses prédécesseurs une sourde angoisse s'infiltrer en lui. Il l'avait maîtrisée, car Phil Edda, encore moins que lui, n'était désireux de poursuivre plus amont.

La rivière était forte, grossie par la fonte des neiges sur les hautes cimes des montagnes Rocheuses. Partis le matin de Nahanni-Butte, ils avaient atteint après plusieurs échouages, dus à l'inexpérience, la grotte-abri où subsistaient les traces de bivouac des premiers pionniers. Dès lors, subjugué par la beauté grandiose du canyon, par l'intensité sonore des flots de la Nahanni, par le ruissellement torrentiel de ses eaux sur les blocs arrachés aux rives, le père ne pensa plus qu'à poursuivre sa remontée. A son tour, l'aventure le fascinait. Oui, Max avait eu raison de s'enfoncer plus avant dans sa retraite : c'est au delà des Portes de l'Infini qu'il fallait séjourner, non en deçà. Maintenant qu'il avait atteint les grands rapides, le cours inférieur de la rivière, en comparaison, lui paraissait facile. C'est dans cet état d'esprit qu'il aborda le deuxième rapide du premier canyon et déboucha sur les larges plans d'eau de la Vallée des Hommes sans tête.

Ainsi c'était là, au fond de cet immense amphithéâtre forestier clos par les plus hautes murailles des Rocheuses, qu'il allait retrouver son ami Max. Il tressaillit de joie. Bien qu'on fût au milieu du mois de juin, la température était encore très fraîche, surtout la nuit, mais les neiges ne subsistaient que sur les arêtes les plus élevées, sur les crêtes qu'elles bordaient d'un liséré d'ivoire. Partout ailleurs, c'était une débauche de verts : depuis la pâleur de jade des bourgeons de printemps jusqu'à la violence agressive et presque violette des verts foncés des spruces. La douceur des feuillages de saules et de peupliers, le tremblement argenté des bouleaux, le vert-de-gris des liards composaient un camaïeu dégradé dont les teintes les plus claires se lovaient au centre et sur les rives des torrents et des rivières. Partant de là, les feuillus escaladaient les premières tentes, puis cédaient la place à la forêt sombre et compacte des spruces, couronne funèbre sertissant le pied des murailles calcaires éclatantes de lumière, faites de bronze et de cuivre, répétant à l'infini les arceaux géologiques de la Chaîne des Hommes sans tête ; et ces plissements, ces synclinaux, ces anticlinaux formaient une vaste frise rejoignant en demi-cercle l'interminable paroi nord-sud de la chaîne volcanique des Funérailles. Tout, de ce côté, devenait noir, gris foncé, violet, avec des veinules blanchâtres qui, vues de loin, dessinaient des figures fantastiques. Puis, délimitant la part du ciel et celle de la terre, joignant l'azur à la roche, la ligne blanche et régulière des dernières neiges de l'hiver scintillait sous la lumière d'un ciel tourmenté, barré de stratus, sillonné par les cavales galopantes des cumulus d'orage.

Le père Brichet se tourna vers Edda :

— Qu'en dis-tu, Phil ?

— Là-bas, dit l'autre en pointant l'index au delà de la rive gauche, c'est là-bas qu'étaient les hommes sans tête !

C'était visible, Edda n'était pas sensible à la beauté du paysage.

— Tuktu t'a dit la vérité, reprit le père, il n'y avait pas d'hommes sans tête. Simplement deux pauvres gars morts de faim ou de maladie. Tu le sais bien !

L'autre secouait la tête, peu rassuré.

— Allons ! dit le missionnaire, poussons sur les gaz. Il faut que, ce soir, nous atteignions le campement de Max. On ne doit plus en être loin maintenant. Tuktu m'a dit : Juste à l'entrée du deuxième canyon, sur la rive gauche !

Plus d'un mois s'était écoulé depuis les tragiques événements au cours desquels Konisenta avait trouvé la mort. Bien que cela se fût produit tout en haut, près des chutes, en un coude terrible de la Nahanni que les prédécesseurs avaient baptisé « les Portes de l'Enfer », les Indiens de Nahanni-Butte avaient fait pression sur Phil Edda :

— Ne pars pas ! La rivière est maudite ! Vois, Koni n'est pas revenu. Il l'avait pressenti !

Pourtant, l'Indien, mis en confiance par Tuktu qui lui avait conté par le détail toute l'aventure, hésitait. Pouvait-il laisser partir seul le père Brichet qui devait à tout prix voir Max, lui apprendre l'accident de Bruno ? Un jour, il s'était décidé :

— D'accord, *father,* je vais avec vous !

On n'avait pas retrouvé le corps de Konisenta.

Longtemps, le père avait espéré qu'il resterait accroché à une souche, ou bien qu'il s'échouerait sur un banc de galets. Chaque jour, lui et les Indiens de la Liard avaient parcouru la basse rivière, explorant tous ses bras. Sans succès. La fonte des neiges avait considérablement fait monter les eaux de la Nahanni et ils étaient persuadés que le corps du malheureux avait rejoint les eaux de la Liard, et qu'il descendait maintenant le Mackenzie libre de glaces pour le plus long des voyages sans retour.

Le crépuscule commençait lorsqu'ils abordèrent la dernière courbe de la rivière avant la falaise de la Chaîne des Funérailles. D'un seul coup, celle-ci sembla se fendre en deux, dévoilant la sortie du deuxième canyon. Déjà l'ombre avait envahi les lieux ; un énorme banc de calme collé à la rive rappelait le pack de l'hiver disparu depuis un mois ; déjà commençaient les avalanches du soir, les coulées de terre et le bombardement des pierres. Sur un ressaut rocheux de plusieurs mètres, le père Brichet aperçut enfin — signalée par un filet de fumée grise — la cabane de Max.

Les chiens aussi l'avaient aperçu ou senti et son arrivée fut saluée par l'habituel concert de hurlements et de gémissements.

Max, debout sur la butte de rocher, faisait de grands signes, les invitant à contourner la colline rocheuse pour aborder dans la crique paisible qu'il avait aménagée sur un petit affluent de la Nahanni, où l'amarrage serait aisé, sans danger de casser les amarres. Puis il descendit à leur rencontre, plus ému qu'il ne voulait le paraître. Que venait faire ici le missionnaire ?

— Salut, *father!* Je ne t'attendais pas si tôt !

— Il me semble qu'il y a des années que nous nous sommes séparés, Max !

— C'est vrai, pour moi les heures de solitude comptent triple, et j'ai peine à imaginer qu'il y a seulement un mois que je suis ici.

— L'endroit est magnifique.

— Et tranquille. A propos, pas eu trop de mal dans les rapides du premier canyon ?

— Hum ! On s'y fait... Mais j'ai un bon kicker, et je n'ai jamais été en difficulté. D'abord nous n'étions pas chargés... (Il se tourna vers l'Indien :) Oh ! Phil Edda, décharge tout ce que nous avons apporté. J'ai pensé que quelques vivres frais, des médicaments, des munitions te feraient plaisir, et ça aussi... c'est mon cadeau personnel. Tuktu a besoin de sa Winchester, alors je t'ai apporté celle-ci.

Max émit un sifflement d'admiration.

— Une 303 à répétition ! Juste ce qu'il me fallait !

— Et aussi celle-ci, cadeau du père Keredec et de ton fidèle mécanicien. Elle te sera très utile pour tirer de loin le gibier.

Il retira de sa housse une 22 long rifle à crosse en plastique.

— Avec ça, *father*, je peux passer l'hiver en toute sérénité ! Mais nous n'y sommes pas encore. Pour dire vrai, j'attendais ta visite, certes, mais à la fin de l'automne.

— Ça ne m'empêchera pas de revenir, Max.

— Surtout n'indique pas la route à tout le monde !

— Ne crains rien ! Vois-tu, il fallait que je vienne te prévenir ; il s'est passé pas mal de choses depuis ton départ de Yellowknife.

Max eut un choc au cœur.

— Quelque chose de grave ?

— Qui aurait pu l'être. Mais, rassure-toi, tout va bien, Bruno aussi, car c'est de lui qu'il s'agit : un atterrissage forcé au sud du Grand Lac de l'Ours. Il a été retrouvé après quinze jours de tempête, sain et sauf, à part une jambe brisée et quelques gelures superficielles. Il a eu un cran du tonnerre, il a résisté comme un vieux *bushman,* tu peux être fier de lui !

— Rentrons, dit Max, tu vas me raconter tout cela. J'ai tué un castor ce matin. Avec les pommes de terre et le pain que tu m'as apportés et le vin, dit-il en lorgnant vers la bouteille que Phil Edda rentrait précautionneusement dans la cabane, on va se faire un ragoût du tonnerre.

— Je ne le dirai pas à mon évêque, mais c'est du vin de messe ! Tu sais, Max, tu es installé comme un prince. On dirait que tu es là depuis toujours ; ta cabane est presque plus confortable que la mienne !

— Si tu n'étais pas aussi ascétique, *father,* qui t'empêcherait d'avoir la même ? Celle-ci, c'est Tuktu qui l'a construite pendant notre voyage aux chutes. Depuis, je ne cesse de l'aménager. Je crois que j'y passerai très bien l'hiver.

Depuis le départ de Tuktu, Max avait agencé le coin dortoir et le coin cuisine. Un *stove* à pétrole voisinait avec un fourneau à bois, rustique mais plus efficace ; sur des étagères étaient rangés les ingrédients : sel, farine, sucre, thé, café ; la batterie de cuisine était rudimentaire, mais fonctionnelle. Tuktu avait fabriqué, d'autre part, un banc rustique et deux tabourets.

— Il prévoyait les visiteurs, tu vois ! dit Max.

La couche de Max était faite de baguettes de saules entrecroisées, formant une claie souple tendue sur un châssis de branches de spruces. Il y avait étendu son *bedding-let,* fidèle compagnon de tous ses voyages, et recouvert celui-ci de l'énorme peau de bison rapportée de Yellowknife et de Snowdrift. C'était le seul souvenir se rapportant à son récent passé. Il s'était volontairement séparé de toutes ses photos de famille, même de celles qui lui étaient les plus chères : sa mère, Bruno, sa sœur jumelle. Il se souvenait encore de sa visite à Fort-Reliance, à l'extrémité est du Grand Lac des Esclaves, où vivaient deux M.P. dans un isolement total. Les policiers s'y étaient aménagé un intérieur cent pour cent canadien ; si le sergent était un vieux coureur des bois, son jeune adjoint, en revanche, entretenait sa nostalgie en étalant toutes les photos qui pouvaient lui rappeler sa jeunesse en Alberta : le lycée, les parents, et surtout sa lointaine fiancée. Grâce à quoi, jour après jour, le jeune homme couvait en lui un climat de regrets, un cafard qu'il ne parvenait à dissiper, et encore, qu'au cours de leurs lointaines tournées de police.

Cela, Max ne le voulait pas. Il ne s'était pas fait solitaire pour oublier, mais il avait choisi la solitude comme compagne. Pour aborder cette nouvelle existence, il lui fallait renoncer totalement à l'ancienne. Sinon, il ne lui resterait qu'à redescendre avec le père Brichet, puis à se réintégrer dans la société.

La soirée se prolongea fort tard. Le père Brichet avait apporté un gros paquet de correspondance. Parmi les nombreuses lettres venant de France, Max reconnut l'écriture de sa belle-sœur, de son frère.

— La disparition de Bruno a eu un retentissement considérable, lui dit le missionnaire. La presse s'en est emparée, la nouvelle est parvenue jusqu'en France... On doit sans doute te féliciter...

— J'aurai le temps de lire tout après ton départ.

— Il y a aussi ce paquet, un vrai roman, le récit de l'accident d'après les rapports des sauveteurs, les déclarations de Bruno... Cela confirme ce que je viens de te raconter. Mais parlons de toi : tu ne t'es pas trop ressenti de ton naufrage ?

— J'étais truffé comme une volaille du Périgord, mais sans aucun bobo grave... Le plus mal en point était Blacky. Il recommence à trotter comme avant, mais il ne fera jamais plus un chef de traîne. Il a perdu sa combativité et me suit comme... un chien ! Ce qui n'est pas le propre d'un leader, tu ne crois pas ? Alors, je vais dresser son second, Timmy, pour la traîne, et Blacky m'accompagnera lorsque j'irai à la chasse ou poser des trappes.

— On dirait que tu as commencé ! Si j'en juge par toutes ces peaux qui sèchent.

— Oui ! j'ai pas mal de castors. Tu redescendras les peaux, je te les donne, ça te fera de l'argent pour la mission, moi je n'ai besoin de rien ici.

Ils sortirent.

La nuit était phosphorescente, les étoiles brillaient, l'immense cirque de montagne s'emplissait du chant du fleuve. Cependant, par-delà la Chaîne des Hommes sans tête, une pâle lueur séparait le ciel des montagnes ; opaline au début, linéaire de forme, elle s'élargit vers le haut, formant un éventail ou plutôt une gloire dont les rayons, dardant vers les étoiles, semblaient les éteindre les unes après les autres. Bientôt, la lueur de l'aurore se transforma en lumière du jour, le ciel rosit, le soleil plaqua ses premiers rais sur les crêtes, puis lentement repoussa les ombres vers le fond de la vallée.

Une nouvelle journée naissait, radieuse.

Phil Edda préparait déjà l'arrimage de la barque.

— Je resterais bien, dit le père Brichet, mais je dois aller à Fort-Liard pour la saison des castors. Si je ne suis pas là, les Indiens vont comme d'habitude se faire rouler par ceux de la « Bay ». Mon idée est de monter une coopérative, mais je doute de son succès. La « Bay » les tient par le crédit : toutes les familles de la Liard sont endettées à la « Bay » et ne peuvent s'en dégager. Maudit système ! Tiens, tu as tué un bel élan !

Une très belle peau de *moose* séchait, tendue entre deux spruces. Max expliqua :

— Je l'ai raclée comme Rosa m'avait appris à le faire. Quand elle sera prête, j'ai l'intention de border ma barque avec. Il m'en faudra deux ou trois au total ; je les aurai bien d'ici l'automne. A moins que je construise, comme les Indiens, une armature sur laquelle je tendrai ces peaux. Ce qui me ferait un deuxième canot. Tu vois, je n'ai pas le temps de m'ennuyer.

— Maintenant que je sais où tu vis et comment tu vis, je n'ai plus d'inquiétude, Max. Je crois même que je t'envie. (Comme il se dirigeait vers sa barque :) Tu sais, nous avons fait des recherches, mais nous n'avons pas retrouvé le corps de Konisenta.

— Moi aussi, *father,* j'ai remonté la rivière jusqu'au lieu de l'accident. J'ai fouillé partout, sans succès ; les eaux étaient tellement grosses...

— Cela ne changerait rien, conclut le père. Je prierai pour lui.

Il regardait avec attention la rivière. En aval des gorges, elle formait un plan d'eau régulier, où le courant perdait un peu de sa violence.

— Tu sais, dit-il, on pourrait facilement se poser ici avec un petit hydravion !

— Tais-toi, *father,* je le sais aussi bien que toi, mais surtout ne l'ébruite pas. Je tiens à ma tranquillité.

— Adieu, Max, je reviendrai avant l'hiver si tu m'y autorises.

— Adieu, *father,* merci de ta visite ! Tu enverras un message à Bruno, et tu lui diras que je suis fier de lui, oui, très fier ! Il comprendra. Et mes amitiés à tous, à Snowdrift, à Yellowknife !

— D'accord !

Pour ne pas éterniser les adieux, le père Brichet avait bondi dans sa barque. Maintenant il tirait rageusement sur la cordelette de mise en route. Le moteur ne se décidait pas...

— Veux-tu que je nettoie tes bougies ? dit Max avec une lueur d'ironie.

— Pas la peine, ça y est...

En effet, le moteur se mettait à ronfler et, prenant toute sa puissance, se transformait en un crissement désagréable qui venait s'interposer entre le chant très pur de la rivière et la voix des hommes. Bientôt la barque descendit à vive allure le courant ; le père Brichet, à la barre, était trop occupé à la diriger pour se retourner et adresser à Max un dernier adieu.

Debout sur la butte rocheuse, celui-ci suivit des yeux leur descente jusqu'à ce qu'ils disparaissent dans un tournant de la Nahanni.

Alors, il examina le ciel, les nuages, les vents, comme le font les Indiens quand ils doivent prendre une décision, puis il décrocha sa nouvelle carabine, appela Blacky, et s'enfonça dans la forêt.

— Bruno est sauf, c'est le principal ! J'ai toute la vie pour lire mon courrier. Viens, Blacky ! Avec cette arme, tu n'auras pas à courir beaucoup.

Blacky frétilla de joie. Il avait même perdu l'habitude de hurler chère aux huskies, et il se prenait à aboyer et à gémir comme un vulgaire chien de chasse.

L'homme l'avait sauvé et il était devenu l'esclave et le serviteur de l'homme.

2

Les mois avaient passé. L'été indien tenait ses promesses. Jamais octobre n'avait été aussi beau, aussi chaud. Max, qui était particulièrement sensible au spectacle de la nature, ne se lassait pas de contempler sa vallée, de la voir se transformer jour après jour jusqu'à n'être plus qu'une conque flamboyante, dans laquelle se confondaient les ors, les roux et les pourpres des feuillus dans leur parure d'automne. Il lui semblait qu'une grande paix régnait désormais dans ce qui était avant son arrivée la Vallée des Hommes sans tête. Avait-il, en brûlant la cabane des frères McLeod, en donnant à ces malheureux une sépulture, exorcisé les maléfices ?

Le monde qui l'entourait, cette vallée serrée dans un amphithéâtre de hautes montagnes, c'était maintenant sa vallée. Depuis cinq mois, il en avait pris possession, la parcourant en tous sens, infatigable, utilisant les frayées des animaux sauvages comme sentiers, remontant les affluents de la Nahanni en amont, autant que le permettait le tirant d'eau de sa barque, chassant, construisant même un peu partout de petites cabanes de chasse qui lui permettraient, l'hiver venu, des bivouacs plus confortables.

L'été avait été employé à organiser sa future vie de solitaire. Il avait largement dégagé la forêt et son sous-bois sur quelque cinq cents mètres carrés autour de sa hutte. Ainsi pouvait-il voir venir de loin un visiteur indésirable. Cela lui donnait aussi l'avantage de pouvoir démêler au matin les traces des visiteurs de la nuit : ours, lynx ou loups attirés par ses réserves de viande.

Il avait construit pour celles-ci un échafaudage à la mode indienne, sorte de plate-forme surélevée de trois mètres, montée sur pilotis, pourvue d'une trappe qu'on ne pouvait atteindre qu'à l'aide d'une échelle. Dispositif efficace pour les loups, insuffisant pour les lynx, mais ceux-ci n'étaient pas les plus à craindre. Quant aux ours, ils allaient bientôt s'endormir pour leur longue hibernation.

Il avait également construit des niches pour chacun de ses chiens, Blacky excepté, qui était admis à partager le coin de feu de la cabane. Solidement enchaînés à des piquets, les chiens de traîne attendaient le moment où ils reprendraient leurs activités. Max s'était imposé de les sortir en laisse, et par couple, chacun à son tour, pour de longues marches d'entraînement. Rationnant leur nourriture, il comptait bien les amener à la forme voulue lorsque le temps serait venu de leur passer le collier.

Sur un autre échafaudage séchaient au vent les peaux légèrement tannées, à la façon indienne, des fourrures du printemps. Depuis le départ du père Brichet, il avait surtout piégé des castors, dont les peaux, tendues sur des cercles faits de branches souples de bouleaux, s'entassaient hors de portée des prédateurs. Sur la plate-forme il y avait également deux énormes cuirs d'élan : Max les destinait à revêtir la coque d'un canot indien qu'il se faisait fort de construire durant la longue nuit de trois mois qui bientôt allait commencer.

Occupé par ces préparatifs, Max n'avait guère eu le temps de se replier sur lui-même ; trop de choses étaient indispensables qu'il lui fallait acquérir ou fabriquer sans attendre. Il avait — et cela aurait fait sourire les Indiens qui vont quérir au jour le jour, dans la forêt, ce dont ils ont besoin — fait une énorme provision de bois. Il s'était astreint à couper, à l'aide de la tronçonneuse qu'il avait emportée, les plus gros spruces à sa portée dont les fûts rectilignes pouvaient servir de bois d'œuvre ou bien, débités en courtes bûches, de bois de chauffage. Pour tirer jusqu'à sa cabane ces troncs très lourds, il avait innové. Il avait attelé ses chiens derrière les billons et entassé, de la sorte, contre les parois de sa hutte — survivance des traditions dauphinoises — tout le bois nécessaire. Il avait déjà commencé à en couper une partie.

Ainsi font les montagnards des Alpes.

Possédant suffisamment de réserves, il avait alors exploré méthodiquement son domaine, et même gravi la haute paroi de la Chaîne des Hommes sans tête, par un grand couloir-cheminée, où ses talents d'alpiniste s'étaient exercés sur une roche friable et dangereuse. Parvenu au sommet, il avait découvert les barrières de son vaste horizon : les grands sillons parallèles des montagnes Rocheuses tranchés par les coupures franches des grands canyons ; la Nahanni, utilisant une cluse tectonique, s'y était ouvert un passage vers les plaines. Très loin dans l'ouest, il avait identifié, grâce à leurs calottes de neige éternelle, les plus hauts sommets des Rocheuses de l'Arctique. Le retour avait failli lui être funeste : à la descente, dans une cheminée facile, une pierre s'était détachée sous son pied droit ; il avait boulé sur quelques mètres, se retenant par miracle dans sa chute, et s'était fait une forte entorse de la cheville. Il lui fallut deux jours pour revenir à la cabane, boitant bas, appuyé sur une béquille de fortune, fidèlement accompagné par Blacky.

Il s'était promis de ne plus commettre de pareilles imprudences !

A deux reprises, il avait franchi à nouveau le deuxième canyon et, grâce à sa barque très allégée, atteint les Portes de l'Enfer. Il était resté de longues heures à contempler, du haut de la falaise, les flots rageurs qui avaient englouti Konisenta. Au cours de cette remontée, les eaux ayant baissé, il avait recueilli quelques épaves de leur naufrage et même, ce qui l'avait comblé de joie, retrouvé sa carabine 303, qui gisait toute rouillée sur un banc de sable. Il avait passé des heures à la nettoyer, à la dérouiller, à la frotter, jusqu'au jour où, l'essayant, il avait constaté qu'elle n'avait pas trop perdu de sa précision. Mais qu'avait-il besoin de trois armes ? Si, dans chacune de ses explorations, il emportait une carabine, c'était non pas pour chasser mais surtout pour se défendre en cas de rencontre dangereuse : celle d'un ours grizzli, d'une ourse protégeant ses petits, ou encore pour prévenir la charge d'un élan rendu furieux par l'approche du rut.

Une seule chasse l'intéressait profondément, celle du big-horn, du mouton sauvage : parce qu'elle se déroulait sur des vires impossibles au-dessus d'abîmes vertigineux, et qu'elle lui rappelait les chasses au chamois de sa jeunesse, en Chartreuse ou dans la chaîne des Sept-Laux ! D'ailleurs, de splendides trophées étaient accrochés sur la façade de sa hutte, qui prenait ainsi un air tout à fait « Canadian Club ». Il en souriait comme d'un jeu puéril, mais tous ces exercices l'avaient maintenu en pleine forme physique, et il rayonnait de santé.

Au début, il avait été sérieusement incommodé par la venue quotidienne des ours sur son domaine, mais quelques coups de carabine les avaient rendus circonspects. Maintenant, s'ils se hasardaient encore assez près de la cabane, les hurlements des chiens suffisaient à les en éloigner. Il en allait de même pour les loups. Cependant, une nuit, Nancy, l'une de ses chiennes huskies préférées, au magnifique poitrail gris, à l'œil vif, à la truffe luisante, répondant à l'appel amoureux du seigneur de la forêt, avait tellement tiré sur sa chaîne qu'elle avait réussi à la briser ; Nancy avait rejoint dans les fourrés impénétrables la meute des loups, mais, huit jours après, sale, le poil mouillé, les oreilles basses, elle était revenue d'elle-même auprès de ses congénères et semblait avoir retrouvé avec joie sa niche confortable et une pâtée correcte. Max avait été tout heureux de ces amours fortuites ! Sa traîne était célèbre par les croisements qu'il avait opérés avec des loups, en attachant ses chiennes au cœur de la forêt de Snowdrift. Car un loup, s'il tue un chien, et même le plus fort des chiens, en quelques coups de crocs sur la nuque, ne s'attaque jamais à une chienne. Cela, les Indiens le savent bien.

Ces chasses, ces randonnées à travers la grande forêt inconnue où il laissait des repères, des signes à la façon indienne — branches brisées, entailles sur un tronc — lui avaient apporté une paix intérieure totale. Mais Rosa lui restait constamment présente, d'autant qu'il n'était pas un geste ayant trait à sa nouvelle vie qui ne lui eût été enseigné par l'Indienne : la pose des pièges, l'approche silencieuse d'un élan à travers un marécage bourré de branches mortes et cassantes, l'art et la manière de piéger la wolverine, le terrible glouton. C'était Rosa encore qui, autrefois, lui avait conseillé de toujours se faire suivre de Blacky, capable de sentir un loup embusqué sur son passage, précaution indispensable, l'hiver, lorsque la neige recouvre tout et que la faim se fait sentir.

« Sans les leçons de Rosa, se disait-il, je n'aurais jamais été capable de vivre ici. Rien d'étonnant à ce que mes malheureux prédécesseurs y soient morts de faim ! Il faut être indien ou trappeur blanc à la troisième génération pour tirer sa vie de la forêt arctique ! »

On était à la fin du mois d'octobre. Déjà la neige était tombée sur les plus hauts sommets et les jours raccourcissaient avec une rapidité inquiétante. D'ici à deux semaines, au plus, Max serait plonglé dans l'obscurité la plus totale ; alors à l'épreuve de la solitude s'ajouterait celle de la nuit. Aurait-il la force de les surmonter ? Quand le doute le prenait, il faisait appel à ses souvenirs littéraires. Il avait tout lu sur les découvertes de l'Arctique et, lorsqu'il constatait que des équipages avaient passé plusieurs années à dériver sur les glaces du Pôle, que des explorateurs solitaires avaient résisté à un climat deux fois plus rude que celui qui l'attendait, il pensait : « Ce que d'autres hommes ont fait, je peux, je dois le faire. »

La Nahanni avait baissé de moitié. Son courant restait torrentiel, mais le grand tumulte de la rivière s'était apaisé, le chant qui s'en élevait perdait de son intransigeante brutalité ; il montait dans l'air limpide comme une hymne à la vie. Il s'accordait avec les couleurs flamboyantes de l'automne. Oui, l'été indien était une belle époque.

Le froid, pourtant, s'annonçait. Au matin, Max trouvait les flaques d'eau, dans les laisses de la rivière, entièrement gelées, puis, le long des rives, commencèrent à se former des dentelles de glace qui s'épaissirent de jour en jour ; enfin, signe absolu, les grandes coulées d'éboulis ne dévalaient plus les pentes. C'était l'indice que la terre sur les sommets, déjà gelée à grande profondeur, ne dégèlerait plus jusqu'au mois de mai de l'année suivante.

« Bientôt, se dit Max, je tirerai au sec mon canot, et

j'équiperai ma traîne ! » Il attendait ce moment avec joie. Une chose, cependant, le tourmentait : le père Brichet lui avait promis de revenir avant la nuit polaire et il n'était pas encore arrivé. Oh, ce n'était pas dans l'attente d'un courrier sans intérêt que Max s'impatientait. Non ! Mais cette absence l'inquiétait, et puis il n'aurait pas été fâché d'avoir des nouvelles de Bruno. Le jeune s'était tiré à son honneur d'une situation délicate. Pour avoir fait preuve de tant de volonté, il fallait convenir qu'il était cette fois complètement désintoxiqué ; ce que Tom et ses autres compagnons, les pilotes de Yellowknife, ne cessaient d'affirmer. De ce côté, donc, pas d'inquiétude, mais Max aurait aimé savoir si Bruno avait retrouvé l'usage complet de ses membres, s'il ne traînait pas des séquelles de sa jambe brisée. Pour cela il regrettait de n'avoir pas voulu emporter un poste de radio. Mais il était trop tard !

Ces quelques pensées mélancoliques et qu'il considérait comme une défaillance, ne duraient pas. « Si j'avais un poste émetteur-récepteur, où serait ma solitude ? objectait-il. Bientôt je deviendrais comme tous ces chers pères qui, chaque soir, attendent leur vacation pour débiter sur les ondes, à des milliers de kilomètres de distance, les potins du bush ou de la banquise ! Ou encore ces administrateurs et ces M.P. qui, eux, s'inquiètent de leurs familles et des nouvelles politiques de Vancouver ou de Montréal ! Ou comme ces directeurs de comptoirs de la baie d'Hudson, qui se tiennent chaque jour au courant de la bourse des fourrures pour pouvoir mieux marchander avec les Indiens ignares ! Non ! Pour être un homme libre, il ne faut aucun contact. »

A lui, si un jour il en ressentait le besoin, le libre choix de redescendre la rivière et de se mêler aux hommes.

Mais que rien ni personne n'influençât son choix.

3

En France, c'est la Toussaint. Le paysage en Chartreuse ou dans les hautes vallées de Belledonne n'est guère différent des forêts roussies par l'automne et le gel qui entourent Max. Simplement, ici, à « McLeod Cabin » — il a baptisé ainsi sa hutte — les journées sont beaucoup plus courtes. C'est à peine s'il reste deux ou trois heures de jour par vingt-quatre heures et bientôt tout sombrera dans la pénombre permanente de la nuit polaire.

« Dérision ! songe Max. Rien n'est pareil, et tout paraît se ressembler. Les solitudes du Dauphiné se réduisent à quelques hectares de hautes terres abandonnées l'hiver ; mais, à portée de fusil de ces steppes alpestres, il y a dans la large vallée du Grésivaudan ainsi que dans les combes internes de la montagne, ces anciennes auges glaciaires, des villages, des villes et même une grande métropole qui bouillonne d'animation. Dans la Vallée sans Hommes, je suis seul ! Seul au centre d'un cercle de cinq cents kilomètres de rayon, soit la grandeur de la France. Seul être humain parmi les animaux sauvages de la forêt ou de la rivière. Seul ! Oui, ce nom de « montagnes vides de l'Amérique du Nord », que leur ont donné les géographes, correspond bien à la réalité. »

D'être volontairement seul, Max éprouve une grande fierté. Il arrive pourtant que se glisse en lui comme un doute. N'est-il pas misanthrope ? Un égoïsme forcené ne guide-t-il pas ses actes ? Il cherche à se rassurer : « Je ne fais ni ne veux de mal à personne ! Et personne ne souffre de mon absence ! Volontairement retranché du monde, je n'en aime pas moins mes semblables, alors ? »

Durant de longues heures, rêvant au coin du feu dès la nuit tombée, Blacky couché à ses côtés qu'il caresse affectueusement — ce geste même n'implique-t-il pas la recherche d'un ami ? — il soliloque, développant des arguments pour justifier sa décision, puis les réfutant sur l'heure. C'est en lui un combat permanent, et cette dualité de sentiments le maintient dans un état de réceptivité et d'émotivité constant.

Ce 1er novembre, jour de la Toussaint, Max décida de le consacrer à la méditation. Les longues conversations qu'il avait eues avec le père Keredec, tant à Yellowknife qu'à Snowdrift, avaient peu à peu et sans qu'il s'en doutât orienté ses pensées vers Dieu. Il en venait à regretter d'avoir perdu la foi de son enfance ; mais, comme il était foncièrement honnête avec lui-même, il s'était toujours refusé à tricher, à réciter des prières dont les paroles n'avaient plus pour lui aucun sens. Peut-être cette recherche de la solitude était-elle, à son insu, motivée par le désir de retrouver une croyance évanouie. C'est ainsi que, depuis son arrivée dans la Vallée sans Hommes, il réservait un jour par semaine, le dimanche, à une intense méditation qui confinait presque au recueillement. Il y gagnait une forte vie intérieure, indispensable pour contrebalancer ce qu'il y avait de primaire dans son existence active, tout entière mobilisée pour sa survie.

Son poste préféré était le sommet de la butte rocheuse sur laquelle était bâtie McLeod Cabin. Il y avait aménagé une plate-forme qui constituait un observatoire idéal sur la basse vallée, sur la Chaîne des Hommes sans tête et sur la grande entaille, toute proche, du deuxième canyon.

Sa contemplation du paysage fait d'eaux vives, de forêts, de montagnes et de neiges lui apportait un profond apaisement, à tel point qu'il ne discernait plus très bien ce qui lui était le plus bénéfique, de sa méditation intérieure ou de cette contemplation d'une nature magiquement belle qu'il ne se lassait pas de détailler, comme on enregistre les moindres détails de la chose qu'on aime. Sentiments païens, retour à la nature primitive ? Il ne savait. Bien sûr, tous les phénomènes naturels qu'il observait : orages, éclairs, inondations, avalanches, tremblements de terre, n'étaient que des modulations physiques, des réactions chimiques de gaz et de vapeurs. Mais avant ? se demandait-il. Avant, s'il y avait Dieu ?... Pourquoi pas ? Les hommes, depuis toujours, n'ont-ils pas eu besoin d'expliquer ces manifestations terrestres par l'existence d'êtres suprêmes ? Et les Indiens n'adorent-ils pas le Dieu unique : le Grand Manitou ?...

Il pouvait être midi ; dans deux heures la nuit serait là. Le soleil oblique parvenait jusqu'à lui par la large échancrure de la vallée. Max remarqua que l'astre se traînait déjà sur l'horizon et ne s'élevait guère au-dessus de celui-ci. Son disque éclatant roulait sur la crête des montagnes les plus lointaines, disparaissant parfois quelques minutes derrière une cime plus élevée ; alors Max frissonnait, saisi par le froid incisif qui montait de la rivière. Le ciel était d'une clarté unique : d'un bleu profond au zénith, il pâlissait en se courbant vers la terre jusqu'à prendre une teinte diaphane et irréelle. Venant de l'Ouest, par-dessus la Chaîne des Funérailles, de longs nuages effilés comme des poissons voguaient au-dessus de la Vallée sans Hommes ; avec leur ventre éclairé par le soleil, on eût dit des fuseaux incandescents. Ils traversaient en nombre de plus en plus grand la vallée, puis disparaissaient sur l'horizon de l'Est.

« Pas fameux ! pensa Max, le mauvais temps est pour demain ! » ce qui signifiait la fin de l'été indien, la venue brutale de l'hiver, de la neige et du froid.

Ses pensées furent interrompues par un bruit tout nouveau dans le ciel de la Vallée sans Hommes. C'était un ronronnement discret, encore lointain, et qui provenait du ciel ; il était assourdi par le bruit de la Nahanni qui chantait doucement en contrebas. Max douta, puis convint, malgré l'invraisemblance de la déduction, que ce bruit était celui d'un avion et même d'un petit avion. « Un pilote audacieux qui traverse les Rocheuses pour se rendre au Klondyke ! » songea-t-il. Un vol hasardeux, en tout cas, et que lui-même n'eût jamais entrepris à cette époque de l'année. Qui donc était assez fou pour cela ?

Bientôt, il distingua l'avion : il planait à basse altitude, survolant le lit sinueux de la rivière, comme si le pilote avait voulu se poser. Pourtant, son moteur tournait rond ! Il était assez près pour que Max pût l'identifier. Un Cessna ! Et de couleur orange ! Il n'osait y croire. Si seulement il avait pu lire l'immatriculation ! Afin de signaler sa présence, il entassa des fagots de bois, jeta dessus un bidon d'essence, mit le feu. Une grande flamme jaillit, puis une haute colonne de fumée noire s'éleva au-dessus des sapins. Impossible pour le visiteur de s'y méprendre. Mais qui pouvait être ce visiteur, sinon le père Brichet, venu sans doute avec Tom ?

Le pilote avait aperçu la fumée. Il décrivait maintenant un cercle à basse altitude au-dessus de la cabane et faisait de la main un grand signe d'amitié. Il cherchait visiblement à se poser sur la rivière, car il allait et venait, semblant étudier le courant, les vents. Il fallait l'aider. Max bondit jusqu'à la rive et, bras levés, signala au pilote le meilleur axe d'amerrissage. C'était, malgré les apparences, en plein milieu du courant de la Nahanni, car la vitesse du flot freinerait le petit hydravion et lui permettrait de se poser au plus court.

Le Cessna s'éloigna, puis revint, volant cette fois au ras des eaux. Ses gros flotteurs touchèrent la rivière, faisant jaillir deux gerbes d'eau, rebondirent, puis l'appareil, enfin posé, continua sur sa lancée, moteur au ralenti.

« Pourvu qu'il ne coupe pas trop les gaz ! pensa Max. Il faut qu'il puisse neutraliser le courant. » Il fut tout de suite rassuré. Le pilote avait simplement réduit et cherchait à accoster la rive gauche où se tenait Max. Par gestes, celui-ci lui désigna l'embouchure du torrent conduisant au lagon, petite anse paisible aménagée en port, mais invisible de la rivière. Ayant compris ce qu'on attendait de lui, le pilote, agissant à petits coups sur la manette des gaz, corrigeant la dérive, fit pénétrer son hydravion dans la zone calme, découvrit le lagon, la plage et sur celle-ci Max qui l'attendait et à qui il n'eut qu'à lancer un bout de cordage dont l'autre se saisit. Alors seulement le pilote releva ses lunettes de vol, se débarrassa de son casque et découvrit son visage barré d'un large sourire.

— Bruno ! fit Max surpris, joyeux, presque incrédule.

Il fallait, avant toute chose, amarrer solidement l'appareil.

— Cale ton ancre, je vais t'apporter des cordages. Ici, ton zinc ne risque rien, même en cas de crue !

Un peu plus tard, tout était paré. Le Cessna se balançait sur les flots avec une légèreté incomparable et Bruno sautait à terre, embrassait son oncle.

— Tout seul ? En entendant le bruit de l'avion, j'ai pensé d'abord à Tom, qui m'aurait amené le père Brichet. Tu n'es donc pas passé par Nahanni-Butte ?

— Non ! J'avais quelques jours devant moi avant de repartir en mission. C'est mon quatrième vol depuis mon accident. Au fait, tu as su ?

— Je suis au courant de tout, et je te félicite, tu t'en es bien tiré. Un vieux blédard n'aurait pas mieux agi.

Bruno rougit, sensible au compliment.

— Mon Cessna venait d'être réparé et, après quelques petits vols d'essai, j'ai résolu de l'éprouver par un raid plus important, et de m'éprouver aussi, voir si je n'avais pas perdu la main. Oh, tu sais, Tom n'était pas absolument d'accord ; il aurait voulu m'accompagner, mais il devait faire une liaison avec Resolute, et comme là-haut c'est déjà la nuit, il fallait se hâter. Je suis donc parti sans lui demander la permission. J'espère qu'il ne m'en voudra pas trop !

Max ne se sentait pas le courage ni le droit de le blâmer. Bruno avait fait preuve d'une maîtrise d'adulte et cet avion était le sien. Cependant il s'inquiéta : Bruno tirait encore la jambe.

— Tu boites ?

— Faudra que je me fasse une raison, j'ai trois centimètres de raccourcissement. Mais ça ne gêne pas pour piloter. Seule, une longue marche serait éprouvante.

— Et tu es venu de Yellowknife jusqu'ici sans escale ? Le Cessna n'a pas un rayon d'action aussi grand !

— Non ! J'ai d'abord fait Yellowknife - Fort-Simpson, passé la nuit chez le père Pochet, puis, suivant les précisions communiquées par le père Brichet au père Pochet qui signalait ton implantation dans cette vallée, j'ai rejoint la Nahanni au nord de la Butte. Là, j'ai suivi son cours, franchissant la première chaîne de montagnes, celle que vous appelez la Chaîne des Funérailles. Si tu voyais, Max ! D'en haut, ce canyon procure une vision dantesque de la terre ; c'est une crevasse si profonde qu'on voit à peine briller au fond les eaux de la Nahanni. Puis j'ai débouché dans ta vallée (il insista sur le « ta ») et, dès lors, il ne me restait plus qu'à suivre à basse altitude le lit de la rivière pour arriver chez toi ! Ce qui s'est produit. Merci quand même pour la fumée de signalisation, cela m'a permis plus de précision dans l'approche.

— Et tu comptes rester...

— Tu sais, Max, je resterais bien une semaine ou deux, mais Tom a trop de travail et il faut que j'aille le seconder. Tout cet été, il a travaillé jour et nuit pour compenser mon absence. Je lui dois bien ça.

— Je comprends ! Tu peux imaginer la joie que j'ai de te revoir. Tu es bien le fils que j'aurais aimé avoir !

Ils allaient s'attendrir et Bruno coupa court :

— Je remonte dans le cockpit. Il faut que je signale mon arrivée à Yellowknife et à Simpson. As-tu un messsage à transmettre ?

— Rien de spécial, sinon qu'ici tout va bien, comme tu pourras le constater. Au retour, j'aimerais que tu ailles à Snowdrift, voir Tuktu, lui raconter... Il a été si courageux au moment de notre accident, là-haut, aux Portes de l'Enfer.

Les préparatifs d'amerrissage, l'amarrage de l'avion, le déchargement des vivres apportés par Bruno, en même temps que quelques livres et revues, une conversation par radiophonie avec Fort-Simpson et Yellowknife avaient rempli le peu de jour de l'après-midi. Le soleil était couché et seuls quelques nuages brûlaient encore dans le ciel d'acier quand ils rentrèrent dans la cabane, heureux de retrouver le feu bien garni dans la cheminée d'angle de la hutte.

— Ça doit commencer à cailler là-haut ! dit Max. Ici j'ai eu de la chance : un mois d'octobre délirant de couleurs et de chaleur. Mais, depuis quelques jours, les soirées et les nuits sont froides : dix à quinze degrés centigrades sous zéro ! Maintenant, Bruno, parlons un peu de tout : de toi, des amis, de ton travail !

— A condition que toi aussi, Max, tu me racontes ta vie ici.

Il examinait l'intérieur assez confortable, jetait un regard discret sur la peau de bison qui recouvrait le lit de Max. Il en connaissait l'histoire. Puis ses yeux se posèrent sur l'arsenal accroché au râtelier d'armes :

— Beaucoup de gibier par ici ?

— Suffisamment pour vivre. La viande n'est pas rare ; moutons sauvages, castors, élans, et les fourrures non plus.

— Et les fauves ?

— Ça ne manque pas. Cet hiver, si le froid devient terrible, je présume que les loups me poseront quelques problèmes. Heureusement, j'ai les chiens. Hein, Blacky ? Tu les sens à distance, les loups !

Le chien s'étira en poussant un bref gémissement qui voulait être une approbation.

— Je ne le reconnais plus ! dit Bruno.

— Son accident l'a ramené à de plus modestes ambitions. Tu vois, fini la traîne. C'est Timmy le caïd ; lui, c'est le majordome. Mais c'est bizarre : bien qu'il ne les attaque plus, les autres chiens le laissent tranquille ; il est trop imprégné de mon odeur d'homme !

Ils avaient pris un confortable repas de viande grillée et ils continuèrent leur veillée, fumant paisiblement leur pipe.

Au fil des heures, Bruno goûtait ce calme fait de détachement : plus rien ne comptait que ce qui était vie ou forme de vie. Il était attentif aux rares bruits qui venaient de l'extérieur et que Max commentait : un chien qui rêvait, l'appel assez lointain d'un loup, auquel répondaient aussitôt les chiens, hurlant, tirant sur leurs chaînes, furieux et peureux. Comme Bruno semblait s'inquiéter :

— C'est comme ça toute l'année, mais ça ne va pas plus loin ! Pour le moment, les loups n'ont pas faim ; ils peuvent encore chasser. Ça changera avec l'hiver et la neige.

Un grand coup de vent secoua soudain la cabane. Malgré l'étanchéité des parois de spruces, les occupants sentirent s'infiltrer jusqu'à eux la brise glaciale.

— On dirait que ça se gâte, constata Max. Allons voir si les amarres de l'avion tiennent ! Au besoin, on renforcera celles des bouts d'aile.

Dehors, ils furent saisis par une puissante rafale qui faillit les jeter à terre. La nuit était dense, mais il restait des plages plus claires dans le ciel, comme des puits au fond desquels palpitaient quelques étoiles. Puis tout se boucha, et de la Chaîne des Funérailles toute proche descendit un énorme rouleau de nuages gris précédé par un grand courant d'air. A travers le deuxième canyon, devenu une véritable soufflerie, le vent des steppes se frayait un passage, et sa voix couvrait le bruit de la rivière. Comme ils atteignaient la plage, de larges rafales de neige se mirent à tomber, que le blizzard chassait à l'horizontale. Ils avaient négligé de revêtir parkas et gants fourrés, et bientôt ils eurent beaucoup de peine, avec leurs doigts gelés à raccourcir les nœuds des amarres, à tendre d'autres filins. Fort heureusement, la crique où était abrité l'avion constituait une zone d'accalmie et l'hydravion ne semblait pas en danger.

— Rentrons, Bruno ! Nous avons fait ce qu'il y avait à faire, et nous commençons à nous geler.

Ils étaient en effet couverts de givre de la tête aux pieds, et leurs doigts gourds étaient devenus insensibles.

Ils mirent longtemps à se réchauffer, puis la circulation revint lentement dans leurs mains. Comme ni l'un ni l'autre ne voulait laisser échapper un cri de douleur, ils prirent le parti de rire très fort.

— La Vallée sans Hommes te réserve un foutu accueil, Bruno !

— Qu'importe, puisque je suis avec toi.

Ils se rapprochèrent du feu. Ils n'avaient plus envie de parler, l'heure présente suffisait. La tempête, dehors, se déchaînait ; ils écoutaient ses cris de colère, sursautaient aux coups de boutoir du vent qui s'amplifiait d'heure en heure.

Max était inquiet. Ce soir, l'hiver pénétrait dans la Vallée sans Hommes. Après cette tempête qui allait durer plusieurs jours, Bruno pourrait-il repartir ?

Il résolut de cacher ses angoisses.

— Dresse ton *bedding-let* près du feu, Bruno, et ne t'inquiète pas. Dors, demain je préparerai le café ! Salut et ne fais pas de mauvais rêves.

Bruno, exténué de fatigue, ronflait déjà à poings fermés, insouciant. Son visage trahissait un intense bonheur, une émouvante joie de vivre.

4

La tempête dura plus d'une semaine, pendant laquelle ils ne purent que rarement sortir de la cabane. La température descendit jusqu'à — 20 ° C, puis remonta, provoquant d'abondantes chutes de neige. Il n'était pas question pour Bruno de tenter un vol : le plafond des nuages était si bas qu'il reposait sur la cime des arbres. Chaque jour, les deux hommes s'imposaient de descendre jusqu'à la crique où était amarré l'hydravion ; ils déchargeaient les ailes du poids de la neige fraîche, puis Bruno entrait en liaison avec Simpson, qu'il captait difficilement. Là-bas on s'inquiétait et on annonçait une recrudescence du mauvais temps. « Ne pas partir, attendre ! » telle était la consigne que lui transmettait Tom.

Max, pessimiste, le lui confirmait :

— N'essaye pas de partir, il faut que tu passes au-dessus des chaînons montagneux à plus de trois mille mètres ! Ensuite, comment feras-tu pour retrouver ton cap, découvrir Snowdrift ou Simpson, cachés sous leur chape hermétique ? Non ! Tout est Q.G.O. Ne tentons pas le destin.

— Tu sais, Max, j'ai été échaudé, ça m'a appris à réfléchir. Et puis je suis bien ici avec toi. C'est comme un renouveau. Déjà, j'avais amorcé une seconde vie en arrivant dans les Territoires du Nord, mais c'était l'enfance. Maintenant, je me sens adulte !

— Et tu l'es.

Max se gardait bien de détruire l'enthousiasme juvénile de son neveu. Ce qu'il redoutait, il le gardait pour lui. Il fallait d'abord attendre la fin du mauvais temps, ensuite voir ce que signifierait le retour au beau. Il savait d'expérience qu'ils venaient d'entrer dans l'hiver.

Bruno devrait peut-être passer ce long hivernage avec lui. Mais il n'en parlait pas. Leurs longues heures d'inaction se passaient à deviser au coin du feu. Bruno se confiait volontiers. Il ne cacha pas à Max l'amour qu'il portait à Mary, la petite Indienne, infirmière à l'hôpital de Fort-Smith. Il la lui décrivit avec tant d'enthousiasme que Max, souriant, ne put s'empêcher de lui poser la question :

— Ton amour est-il partagé ?

Bruno hésita, bafouilla, expliqua mal, mais Max, très grave, lui dit :

— Je te comprends, Bruno, et tu sais bien pourquoi. Mais, vois-tu, entre Rosa et moi il n'y a jamais eu de doute : pour elle j'étais devenu indien. Elle n'aurait jamais accepté d'être une fausse « Blanche ». Elle avait raison ! Nous avons été parfaitement heureux.

— C'est aussi ce que pense Mary. J'ignore si elle m'aime vraiment, mais elle m'a marqué tant d'intérêt, elle m'a si bien soigné, je pourrais dire avec tant d'amour, lors de mon accident, que je ne sais plus où j'en suis. Je crois qu'elle m'aime et qu'elle craint de faire mon malheur. En cela elle se trompe, Max, elle se trompe ! S'il le faut, j'agirai comme toi ; c'était merveilleux, ta décision, merveilleux ! Et elle n'a pas peu contribué à notre entente. Tu étais pour moi le héros, un peu rebelle, et cela me changeait tellement du cadre étroit de ma vie familiale.

— Que t'a-t-elle dit exactement ?

— Elle m'a fait comprendre qu'elle n'épouserait qu'un homme de sa race, et que tout ce que nous lui avions appris (elle est une infirmière remarquable, capable de diriger un hôpital), elle le mettrait au service de ses frères. Elle me disait que mon amour passerait, que je devais faire ma vie dans les traditions de ma race... Mais tout cela, Max, c'était avant mon accident. Quand on m'a transporté à l'hôpital, la première personne qui s'est penchée sur moi, c'était elle, et j'ai bien lu dans ses yeux qu'elle avait été très inquiète et qu'elle était désormais rassurée... C'est de l'amour, ça, ou je ne m'y connais pas...

— Tu n'y connais pas grand-chose, en effet, dit Max en souriant. Mais tu as l'intuition des jeunes, et peut-être ne te trompes-tu pas. En tout cas, c'est une affaire entre vous deux. D'avance, si vous êtes d'accord, vous avez ma bénédiction.

— Oh, Max...

Il allait s'élancer pour l'embrasser, il se retint. L'heure n'était pas aux enfantillages. Dehors, la tempête rugissait, le vent plaquait de grands accords sur les parois de la cabane. Puis tout à coup c'était le calme. Cette alternance des rafales et des accalmies provoquait une étrange sensation d'insécurité.

A diverses reprises, ils entendirent les loups, et chaque fois ceux-ci semblaient se rapprocher.

— Ils ont du mal à trouver leur nourriture, dit Max. Ils ne peuvent atteindre les moutons sauvages sur les corniches gelées, ni les castors dans leurs huttes noyées, ni les élans réfugiés dans les eaux libres et les marécages. Ce sera comme ça tout l'hiver !

Un peu effrayé au début, angoissé plutôt, lorsqu'il entendait le hululement lugubre s'élever dans la forêt proche, Bruno, prenant exemple sur Max, n'y accordait plus aucune attention. Cependant, lorsqu'il sortait pour visiter la meute, la nourrir et vérifier la solidité des chaînes individuelles, ou encore pour descendre jusqu'à l'avion afin d'établir un contact radio avec Simpson, plus rarement avec Snowdrift, il prenait une carabine et sifflait Blacky.

Une fois, manipulant son poste, Bruno eut la chance d'attraper Fort-Smith. Le radio, un jeune qu'il connaissait, engagea la conversation et la fit durer plus que de coutume, débitant des banalités. Comme Bruno s'apprêtait à couper, l'autre lui dit d'un ton légèrement ironique :

— Pardonne ce bavardage, mais je voulais te faire attendre. On a prévenu quelqu'un qui voulait te parler.

Alors sur les ondes passa la voix un peu rauque, l'anglais classique de Mary.

Le cœur battant, Bruno resta un bon moment sans répondre aux appels de la jeune Indienne ; enfin il se décida, vaincu par l'émotion. Mais c'est elle qui parla presque tout le temps : elle avait été terriblement inquiète ; bien sûr, elle le savait en sécurité auprès de Max, mais elle avait très peur qu'il ne s'entêtât à vouloir repartir ; il ne le fallait pas.

— Ne décolle que lorsque Fort-Smith t'en aura donné l'autorisation, car le temps n'est pas le même dans les montagnes et sur la grande forêt. (Elle avait eu si peur la première fois !) Promets-moi ! Ne pars que lorsque Tom t'en aura donné la permission.

Il bredouillait son impatience de la retrouver au plus tôt. Il voulait aussi aider Tom, partager ses missions. Alors, devant son obstination, Mary l'Indienne dit simplement :

— Obéis, fais-le pour moi... (Puis d'une voix presque inaudible, elle ajouta :) *I love you, Bruno !*

Il poussa un hurlement de joie, essaya de renouer le dialogue, mais il eut beau manipuler son poste, il ne put rétablir la communication.

C'est dans cet état d'exaltation extrême qu'il revint vers Max, criant dès qu'il eut ouvert la porte :

— Elle m'aime, Max, elle m'aime !... Tu vois bien que j'avais raison !

— Dans ce cas, dit Max, ne commets pas d'imprudence pour la rejoindre plus vite. (Puis, goguenard :) Tout ça est très intéressant, mais as-tu demandé les prévisions de la météo ?

Penaud, Bruno convint qu'il avait oublié de le faire, puis il rendit compte de sa conversation, souligna ce qu'on lui avait dit : la différence de conditions climatiques entre la forêt arctique des grands lacs, cette taïga d'épinettes couvrant l'immense pénéplaine du bouclier canadien, et les montagnes Rocheuses dont chaque vallée porte en elle son microclimat...

Le 9 novembre, le vent cessa de souffler, mais le plafond des nuages resta très bas et la nuit bascula sur les deux heures du jour.

Une épaisse couche de neige recouvrait ce qu'ils pouvaient apercevoir du paysage. La rivière coulait presque sans bruit et les franges de glace qui bordaient ses rives se rejoignaient parfois, là où d'énormes congères avaient été formées par le vent.

La crique où le petit hydravion avait été ancré était gelée sur plusieurs décimètres d'épaisseur et l'appareil, pris par ses flotteurs comme ces canards qui, sur un étang, se laissent surprendre par le gel et ne peuvent plus se dégager, était désormais inutilisable, figé pour l'hiver.

— On aura du mal à le dégager! dit Bruno, inconscient de la situation.

Max jugea opportun de détourner la conversation.

Lui seul avait remarqué l'état de la rivière. L'embâcle avait commencé, le beau temps allait ramener le grand froid polaire.

— Sens-tu ce courant d'air, Max ?

C'était comme une brise glaciale qui parvenait jusqu'à eux. Non pas la puissante clameur de la tempête, le souffle de forge du vent à travers le deuxième canyon, non ; c'était plutôt comme une caresse glacée, un déplacement discret de l'air ambiant, sans tourbillons, sans bruits, la respiration même de la terre qui se refroidissait.

— Je crois que la tempête s'est apaisée. Rentrons, on verra demain ! dit Max.

Cette nuit-là, malgré le feu qui brûlait, ils sentirent pour la première fois le froid envahir la cabane. Le givre obturait complètement les deux petites fenêtres et avait brodé sur les vitres de délicats motifs. Plus tard, Max se réveilla, s'habilla chaudement, revêtit son parka, ses gants à crispin en peau de wolverine, son bonnet de fourrure de rat musqué, ouvrit la porte, sortit, la referma aussitôt. Dehors, il sentit la peau de son visage brûler sous la morsure du froid.

« Allons, se dit-il, cette fois ça y est ! »

L'hiver était là. Quelques nuages bas traînaient aux cimes des arbres, se déchirant, s'effilochant, puis disparaissant. Au-dessus du cours de la Nahanni, une buée givrante sinuait, léger brouillard stagnant comme des brumes sur un marais. La nuit était lumineuse, une vraie nuit d'hiver avec un ciel crépitant d'étoiles, d'innombrables étoiles, et Max se remémora les vers de son enfance : « Cette obscure clarté... » Du ciel tombait sur la terre un froid sans mesure, pénétrant, mordant, qui rétrécissait la peau du visage, gonflait le nez et les muqueuses, faisait pleurer les yeux. Max avait fixé sur la porte de sa cabane un thermomètre français (vieille habitude, il trouvait trop long de transposer chaque fois les degrés Fahrenheit en degrés centigrades). Pointant sa torche électrique, il vérifia la température extérieure à l'abri du vent, poussa un sifflement d'admiration : — 38 °. Ça commençait bien. « Mon vieux Bruno, tu es bon pour passer l'hiver avec moi ! A moins que... la Nahanni entièrement gelée... » Mais non ! Même en glissant sur ses flotteurs faisant office de skis, il n'arriverait pas à décoller, la résistance serait trop forte ; de plus, des flotteurs ne comportaient aucun amortisseur !

Soucieux, il rentra, alimenta le foyer. Dès maintenant, il faudrait mieux se couvrir, préparer du bois à l'avance et maintenir le feu en permanence.

Dès que Bruno fut éveillé, il le mit au courant. Le jeune homme refusa d'admettre qu'il ne pourrait repartir, rejeta toutes les objections :

— La Nahanni n'est pas entièrement gelée, Max. Je peux décoller en deux cents mètres, poussé par le courant. Au besoin, on cassera la glace ! Ne l'as-tu pas fait une fois sur le lac des Esclaves, le jour où vous reveniez des Barren Lands ?

— Il s'agissait alors d'une mince pellicule de glace que le poids seul de l'avion suffisait à briser. Attends qu'il fasse jour et tu comprendras.

Le jour, en ce matin du 10 novembre, se leva vers 11 heures. Un jour pâle, lunaire, qui pénétra lentement par les vitres givrées. Les deux hommes s'équipèrent soigneusement.

— Il faisait — 38 °cette nuit et je ne pense pas que la température ait remonté, indiqua Max.

Le termomètre lui donna raison : il marquait — 42 ° C. Le moment le plus froid de la journée est celui qui précède l'arrivée du soleil.

Ils n'eurent qu'à examiner la rivière pour être fixés sur leur sort. Max ne dit rien, Bruno constata, puis, un peu désemparé, se tourna vers son oncle :

— Tu avais raison, Max. Je suis bon pour l'hivernage.

La Nahanni était entièrement prise par l'embâcle et, sur cette glace qui épousait jusqu'aux vagues du courant, une couche de neige s'étendait irrégulière, formant en certains endroits d'énormes congères sculptées par le vent. Même un avion muni de skis n'aurait pu décoller, sinon après un très long et très pénible travail de planification.

— Allons voir ton avion ! dit Max.

Il était définitivement figé dans la glace de la crique ; comme le courant y était presque nul, l'épaisseur de celle-ci dépassait trente centimètres.

— Tout ce qu'on peut faire, dit Max, c'est balayer une fois de plus la neige qui recouvre la carlingue et les ailes. Puis tu essaieras une liaison radio. Il vaut mieux avertir Snowdrift pendant que nous pouvons encore communiquer.

— Quoi ! Mon poste est en bon état de marche.

— Compte avec le froid. — 42 ° aujourd'hui, et nous

aurons dans les mois qui suivront jusqu'à — 60°. Je ne connais aucun poste qui puisse résister à cette température ! Aucun accu, aucune batterie !

Max avait raison. Bruno eut beaucoup de mal à établir la liaison avec Simpson, le poste le plus rapproché. La voix du radio qui lui répondit était presque inaudible. Elle disait qu'à Simpson le Mackenzie s'était pris et que l'embâcle était totale sur le district. Ils avaient enregistré de très basses températures : — 50° à Good Hope (sous le cercle polaire). On signalait à peu près autant au Lac de l'Ours, et — 45 à Snowdrift !

— L'hiver est là, mon vieux, faut se faire une raison, conclut le radio.

— Tu en parles à ton aise, bougonna Bruno.

— Laisse-moi lui parler, dit Max d'un ton bref.

Il se saisit du micro.

— Allô, Simpson, ici Max ! A transmettre à mon mécanicien Tom à Yellowknife, aux pères Keredec, Pochet et Brichet et, si possible, à Mary l'infirmière de Fort-Smith : Bruno est bloqué à McLeod Cabin... oui, c'est le nom de ma hutte dans la Vallée des Hommes sans tête. Fini, d'ailleurs, cette dénomination : il s'agit désormais de la Vallée sans Hommes ! Nous avons largement de quoi passer l'hiver, car j'avais naturellement prévu cet hivernage et pris mes précautions. Donc, aucune inquiétude à avoir. Seul inconvénient : le poste de radio de l'avion commence à faiblir... oui, le froid... Nous allons le démonter et le transporter dans la cabane ; j'appelerai dans huit jours afin d'économiser l'énergie, mais, si vous ne recevez rien, pas d'inquiétude ! Adieu, *boys*, et au printemps prochain ! D'ici là, j'aurai bien trouvé le moyen de descendre en traîne à chiens jusqu'à Nahanni-Butte. Salut !

Il se tourna vers Bruno :

— Comme ça, tout le monde est averti... même Mary... et personne ne s'inquiétera de nous. Maintenant, mon vieux, organisons-nous... Nous avons deux heures de jour, nous allons en profiter pour atteler les chiens et faire une petite randonnée jusqu'au deuxième canyon, cela pour entraîner les huskies, relever les traces et nous mettre dans le bain...

— Un bain froid, tonton !

Max rit de bon cœur. Bruno l'avait appelé ainsi lorsque Max l'avait recueilli à Anvers, décharné, hagard, mauvais. Mais cette fois, il avait devant lui un homme, et au fond il se réjouissait du contretemps qui lui donnait un compagnon pour son premier hivernage. « Un peu contraire à mes principes », se dit-il. Puis, comme pour s'excuser : « Bah ! j'aurai le temps d'apprécier ma solitude les prochains hivers. »

Déjà Bruno descendait la traîne de l'échafaudage où Max l'avait rangée au début de l'été. Il faudrait tout vérifier, le bois du toboggan, les attaches, les cuirs, les poignées, la plate-forme arrière où se tient le conducteur. Pour Bruno, c'était une initiation. Il aida de son mieux à harnacher les chiens, mais ceux-ci étaient hargneux et méchants. Il ne parvenait pas à les approcher ; par deux fois, il faillit se faire mordre cruellement.

— Attention ! dit Max. N'oublie pas : ils sont dangereux, ce sont des fauves, ils ne connaissent que moi et encore ! Et ne craignent que les coups. C'est pénible à dire, mais leur atavisme est tel qu'ils refusent même les caresses, et les plus méchants sont les plus endurants : Timmy, Nancy la chienne grise, Timex. Tiens ! sais-tu pourquoi ce chien s'appelle ainsi ? Un jour, poussé par la manie du troc qu'ont les Indiens, Tuktu a échangé sa montre, une Timex de pacotille qu'il avait achetée à la « Bay », contre ce chien. N'ayant plus de montre, il l'a baptisé Timex !

Max allait d'un chien à l'autre, passant le collier, bouclant la sous-ventrière, fixant les plumets rouges et blancs faits avec des queues de wolverine, la grelottière qui égayerait les longues randonnées. Tout cela effectué dans un concert de jappements, de hurlements, d'aboiements brefs comme des appels, qui témoignaient de la joie des chiens.

— Tu vois, ils sont impatients de tirer. Ils croient que nous allons chasser et ils savent qu'ils auront alors de la bonne viande fraîche à se partager. Bien sûr, si je peux leur procurer ce plaisir...

Maintenant, l'attelage était prêt.

— Saute dans la traîne ! Plus loin, je te ferai conduire, mais ça ne s'apprend pas en un jour, et encore faut-il que les chiens t'admettent.

Bruno prit place dans le toboggan bordé de hautes toiles qui lui donnaient l'allure d'un cercueil. Max saisit les mancherons, claqua de la langue. Les chiens s'élancèrent au galop, avec un tel entrain que Max eut juste le temps de sauter sur la plate-forme.

— Tiens, tiens, dit-il, j'ai perdu mon entraînement ! C'est ma faute, j'ai trop laissé faire Tuktu ! Les chiens ne me reconnaissent plus. Va falloir réagir !

5

La dernière tempête de l'automne semblait avoir fixé définitivement le beau temps sur les montagnes Rocheuses. Le froid se maintenait à des températures très basses, oscillant entre —40° et —50° C, et les deux hommes avaient assisté, non sans un serrement de cœur, à la disparition définitive du soleil. Ce jour-là, c'est à peine si sa boule d'or en fusion était apparue dix minutes sur la crête de l'horizon ; pendant une heure encore, son rayonnement s'était étendu sur le ciel, puis tout était devenu gris avec des reflets bleutés sur la neige et cette neige semblait être désormais la seule source de clarté, sa brillance compensant l'obscurité des longues nuits polaires.

Quand tout se fut éteint, ils rentrèrent dans la cabane :

— En voici pour trois mois, Bruno !

— Tu sais, à Yellowknife c'est comme ici !

— Mais vous vivez en société, il y a une agglomération, des boutiques, des hommes, des femmes, des distractions... Tu ne peux pas comparer.

— Ne t'inquiète pas, Max, je m'y ferai très bien.

— L'important, c'est de mener une vie active, de sortir, de travailler, d'aménager, et nous allons nous y mettre sur-le-champ. J'ai tout un programme : démonter le poste radio, le remonter à l'intérieur de notre cabane ; agrandir celle-ci en lui adjoignant une aile qui servira d'entrepôt et nous libérera de la place. Tu ne peux pas coucher par terre pendant trois mois ! On bâtira un bat-flanc.

Ils eurent la plus grande peine à démonter et remonter le poste. Cela fait, Max se rendit compte qu'il ne leur serait plus de grande utilité : c'est à peine s'il put saisir quelques bribes de conversation entre deux postes inconnus. Et aucune station ne répondit à ses appels.

— Terminé ! Nous sommes maintenant seuls. Je n'en suis pas mécontent, au fond : ce poste aurait été un lien encombrant ; nous aurions toujours voulu savoir ce qui se passait ailleurs. Désormais, nous ne nous disperserons plus, nous sommes deux à penser pour deux ; le problème est simplifié. Allons poser des trappes ! Comme ça, tu auras des fourrures à rapporter à Mary !

C'était chaque fois le même bonheur d'atteler les chiens, puis de partir dans la nuit polaire à travers la forêt silencieuse que Max connaissait superficiellement mais suffisamment pour ne pas s'y égarer. En outre, les petites cabanes-relais qu'il avait aménagées durant la belle saison leur procuraient des abris non négligeables : ils y pouvaient faire un feu à la manière indienne, se réchauffer, se nourrir, alors que les plus basses températures faisaient craquer les arbres alentour.

Ils avaient quitté McLeod Cabin à la faveur d'une belle aurore boréale qui illuminait le cirque de la Vallée sans Hommes. Les draperies, les franges mystérieuses entraînées par les courants cosmiques se faisaient et se défaisaient dans une profusion de teintes roses, améthyste, bleues, s'éteignant pour se rallumer plus loin ; le rideau flamboyant qui barrait le ciel semblait égrener des perles de lumière, comme s'il s'en détachait des constellations. Au-delà de cette irradiation, les étoiles brillaient, immuables, glaciales.

Quand ils pénétrèrent dans la forêt, toute cette fantasmagorie ne les atteignit plus que par quelques faisceaux de lueur froide distillée à travers les clairières. Les chiens allaient bon train, tirés infatigablement par Timmy ; leur halètement, dégageant une buée glaciale, se mêlait au crissement du toboggan sur la neige gelée. Bruno, souvent, précédait les chiens dans les passages escarpés et leur faisait avec ses raquettes une trace moins pénible. A diverses reprises, il s'était essayé à la conduite de la traîne. Ses efforts n'avaient pas été couronnés de succès. Timmy faisait obstinément la sourde oreille, malgré les encouragements, les commandements, les cris et même les coups ; il suffisait au contraire que Max s'approchât en faisant claquer son fouet pour qu'il obéît instantanément.

— Patience, Bruno. Il ne te connaît pas assez, et puis tu fais quelques erreurs. Les chiens sont malins, ils n'acceptent la correction que s'ils la méritent ; trop souvent tu corriges Timmy qui n'est pas responsable — il le sait — sans voir que, derrière lui, Snowy ou Timex ou Nancy se refusent à tirer. C'est eux que tu dois battre et non pas lui ! Tout ça viendra en son temps.

Ils allaient atteindre l'une des cabanes-relais de la forêt, lorsque les chiens se mirent à hurler d'un commun accord et démarrèrent au galop, malgré les vociférations de Max.

— Prends ta carabine, Bruno, ils ont senti quelque chose !

En effet, ils s'étaient arrêtés aussi brusquement qu'ils étaient partis. Emmêlés dans les harnais, hurlant de rage, bavant de colère, ils entouraient maintenant une bête longue, épaisse et basse sur ses pattes qui, babines retroussées, découvrant une mâchoires aux canines inquiétantes, grondait de fureur, une patte arrière prise au piège.

— Attention, Bruno ! N'approche pas, c'est une wolverine.

Le fauve faisait front avec une violence terrifiante : véritable incarnation du mal, toutes griffes dehors, se dressant dans les limites permises par la chaîne qui reliait la trappe à un piquet fortement pris dans le sol gelé.

Blacky, qui n'était pas attelé, avait retrouvé ses instincts belliqueux ; la wolverine était son ennemie mortelle, pire que le lynx ! Oubliant sa boiterie, le chien s'élança pour crocheter son adversaire à la gorge, mais la bête fauve s'était retournée d'un bloc et, d'un coup de crocs, lui avait arraché un large pan de fourrure et de peau sur les reins, puis à coups de griffes elle cherchait à l'aveugler.

— Ici, Blacky ! Ici ! hurla Max.

Bruno avait épaulé, mais il ne pouvait tirer sans crainte de blesser ou de tuer le chien. En effet, Blacky, rendu furieux par les morsures, était en plein corps à corps avec son adversaire.

— Ne tire pas, Bruno, laisse-moi faire !

Max saisit la hache d'abattage qu'il tenait toujours à portée de la main sur la caisse arrière de la traîne, s'approcha, attendit le moment où Blacky avait le dessous, pour asséner un violent coup avec le talon de la hache sur la nuque du fauve. Etourdi, celui-ci lâcha prise, boula dans la neige. Comme Blacky s'écartait, couvert de sang, Max acheva la wolverine d'un second coup bien porté sur le crâne.

— Ouf ! J'ai bien cru qu'elle tuerait Blacky.

Le chien léchait ses plaies en gémissant. Elles étaient heureusement superficielles, à l'exception d'une grande entaille qui avait atteint le muscle de la cuisse et ouvert celle-ci jusqu'à l'os.

— Porte-le dans la hutte, on va lui faire un pansement. C'est la première fois que je vois une wolverine se laisser prendre à une trappe faite pour les martres ! En général, celle-ci est trop faible et les gloutons s'en débarrassent assez facilement. Sale animal !

Bruno examinait avec curiosité le cadavre du glouton. Les pattes de devant étaient digitigrades, celles de derrière plantigrades.

— Moitié ours, moitié blaireau ! Mais quelle rage de tuer !

— Fais toujours très attention quand tu en croises un ! Il attaque sans prévenir et ne craint rien : ni loup, ni ours, ni homme ! D'ailleurs celui-ci n'est certainement pas seul, la femelle doit rôder dans les environs. On va lui préparer une réception.

Un piège à wolverine (pour les Canadiens anglais), à carcajou (pour les Canadiens français) ou à glouton (pour les zoologistes) est assez long à établir. Max s'y mit sur l'heure. Il coupa plusieurs épinettes, construisit entre deux arbres une sorte de bascule, sur laquelle il posa comme appât un énorme morceau de la chair de l'animal abattu. Un système de levier posé en équilibre instable permettait, dès qu'on touchait à l'appât, de libérer un gros tronc effilé en biseau, véritable guillotine qui écraserait la tête de la wolverine.

— Visitons nos trappes, dit-il quand il eut terminé son piège. J'ai bien peur que nous ayons été devancés. Tiens, regarde !

Déblayant la neige aux endroits où il avait posé ses

trappes quelques semaines auparavant, Max ne retirait que des cadavres déchiquetés de martres, d'écureuils gris, de visons. Le glouton, avant de se prendre lui-même à un piège, avait détruit toutes les prises...

— Tu comprends pourquoi les Indiens le détestent.

Ce combat les avait attardés. Quand ils revinrent, le froid piquait atrocement la peau, mais grâce à leur équipement ils n'en souffraient pas trop ; le vent, il est vrai, était nul, qui décuple la corrosion de la peau par le froid. Dans la traîne, Blacky, couché sur une fourrure, la cuisse sommairement pansée, rêvait en grommelant de son dernier combat. Bruno marchait en tête, très habile à se servir des raquettes, machette au côté, carabine en bandoulière, suivi des chiens tirant la traîne que guidait Max, tantôt debout sur la plate-forme arrière, tantôt sautant dans la neige pour soulager l'attelage, brassant celle-ci pour dégager un chien prisonnier de son harnais et tout entortillé dans les traits ! Leurs yeux s'étaient, au fil des heures, accoutumés à l'obscurité et, sans être nyctalopes, ils y voyaient suffisamment pour se diriger. A vrai dire, la nuit polaire est toujours lumineuse. Si les aurores boréales l'éclairent parfois d'une lumière de rêve, la plupart du temps la clarté stellaire suffit à transformer la nuit en une pénombre diluée où chaque relief s'accuse sur la neige. Un arbre encapuchonné de neige fraîche et semblable à un pèlerin, un rocher brillant de verglas, les stries laissées par une traîne dans la neige gelée, et surtout les traces, les innombrables traces de la forêt arctique (le piètement triangulaire du lièvre variable, les griffure du lagopède débouchant de sous le tapis végétal, le pointillé d'un renard, la large empreinte du loup, celle dissymétrique de la wolverine, les danses, les rondes des martres, des écureuils, des visons, des fouines, des hermines), tout cela prend une apparence d'irréalité.

Max lisait à livre ouvert l'histoire de la neige.

Pour revenir à leur cabane, ils durent traverser la

Nahanni gelée. Dans cet espace découvert, le vent avait buriné la neige et les congères et parfois la glace vive des eaux endormies : c'était une glace bleue que le pic n'entamait pas, transparente malgré son épaisseur et sous laquelle on pouvait voir couler de faibles filets d'eau.

Des élans avaient traversé en cet endroit, et leurs larges empreintes se dirigeaient vers l'aval, là où un maquis de saules et les herbes jaunies d'un marécage d'été leur procureraient quelque nourriture. A la manière des caribous, qui ne fréquentent pas ces montagnes, les élans dégagent la neige avec leurs sabots pour trouver dessous : mousses, lichens, herbes gelées ou feuilles séchées dont ils se nourrissent.

— Ils ne sont pas seuls ! dit Max. Regarde ! Deux loups.

Deux traces de loups se mêlaient aux traces des « mooses ». Ils suivaient sans doute à distance les puissants cervidés, dont ils redoutent les coups de sabot meurtriers ; en revanche, ils sont prompts à égorger un jeune élan qui commettrait la sottise de s'écarter de sa mère.

A McLeod Cabin, Max et Bruno s'adonnaient aux divers travaux d'aménagement de leur maison. Il y avait aussi les corvées, le sciage du bois, l'entretien du trou d'eau. Celui-ci, Max l'avait creusé sur la petite crique où était amarré l'hydravion ; c'était, à la manière indienne, un trou circulaire par lequel on allait puiser de l'eau à quelque soixante centimètres sous la glace. Chaque jour, on brisait la nouvelle couche de glace qui se formait ; on disposait ainsi d'une eau très pure, courante et oxygénée, supérieure à la neige fondue. Max avait appris à Bruno comment ramener les seaux à la cabane, sans verser le trop-plein, en saupoudrant la surface de l'eau d'une petite couche de neige fraîche.

— Tu sais tout, Max ! disait parfois Bruno.

— Rosa m'a tout appris. A mon tour de t'initier !

Ils atteignirent ainsi les derniers jours de décembre. La lune était pleine et, dans la nuit polaire, sa présence renversait l'ordre des choses : la nuit était le jour et le jour la nuit. Un jour pâle, où tout prenait une teinte d'ivoire, où le silence semblait encore approfondi par cette lumière froide et diffuse, qui permettait de longues randonnées et des tournées de chasse fructueuses. Profitant du clair de lune, Max et Bruno étaient allés chasser le mouton sauvage. Ils avaient repéré les traces des *big-horns* dans les falaises inférieures du deuxième canyon ; le froid et la neige avaient obligé les ovidés à descendre des sommets. Pour ne pas effrayer les animaux, ils avaient renoncé à la traîne et même à la protection de Blacky.

Ils avaient ressenti une curieuse impression de majesté en entrant dans ce gouffre vertical où la lune pénétrait de biais, éclairant toute une rive du canyon, laissant l'autre dans l'obscurité. Des stalactites de glace pendaient en cascatelles le long des parois ; partout, la roche était recouverte d'une gangue de glace sur laquelle la neige n'avait pas tenu. C'est entre ces deux murailles vitrifiées qu'ils avançaient, évitant les pièges de la glace vive des rapides où la Nahanni, figée dans sa course, gardait encore son ancienne forme vivante : c'était un fleuve sculpté avec ses remous, ses vagues, ses courants solidifiés en plein mouvement.

Les chasseurs, suivant des traces de moutons sauvages, avaient accompli trois heures de marche en raquettes lorsqu'ils aperçurent deux *big-horns* à quelque trois cents mètres de là, fouillant la neige sur une pente herbeuse très redressée.

— Inutile d'aller plus loin, ils sont trop farouches ! dit Max. On n'en tirera qu'un pour avoir de la viande fraîche ; prenons tous les deux la même cible, celui du bas. Vise bien, c'est loin trois cents mètres. Prends ton temps, le vent nous est favorable.

Ils s'étaient couchés dans la neige, avaient appuyé leurs carabines sur une pierre, séché leurs yeux larmoyants d'un revers de main, puis visé longuement. Les deux détonations se suivirent à quelques centièmes de seconde près.

— Touché ! cria Max.

Un des *big-horns* déboulait, cul par-dessus tête, la pente herbeuse gelée, cependant que son congénère s'enfuyait, bondissant avec une aisance déconcertante sur les parois gelées de la montagne.

Ils dépecèrent l'animal sur place, puis reprirent, lourdement chargés — Bruno avait tenu à conserver le massacre — le chemin de McLeod Cabin. La pleine lune les éclairait. Ils marchaient en silence, accompagnés par le crissement des raquettes sur la neige gelée, évitant les toboggans de glace vive des rapides, trébuchant parfois sous le poids de leurs charges. Mis à part leurs armes modernes, ils refaisaient d'instinct les gestes des premiers peuples de la préhistoire, et pourtant ils parcouraient une terre qui, selon l'avis des spécialistes, n'avait jamais été habitée par les hommes, pas même aux temps les plus reculés.

« Ironie ! songea Max. Nous sommes les seuls humains dans ces montagnes, cela à une époque où l'homme connaît toute la terre dans ses plus infimes détails, où l'avion parcourt et survole toute notre planète, où les vols sur la lune se précisent... Et nous voici portant sur notre dos le produit de notre chasse, comme l'homme de Cro-Magnon ! N'avons-nous pas brisé le pacte évident qui pousse l'homme à aller toujours de l'avant dans la connaissance des choses ? N'est-ce pas une sorte de parjure, ce retour en arrière que j'accomplis, une immense et orgueilleuse faute contre l'humanité ? »

Leur chasse les avait entraînés fort loin dans le canyon. Vers la fin du voyage de retour, ils furent tout à coup saisis par le froid. La température venait de baisser et un chant irréel troublait le silence hivernal : celui du vent dans les branches gelées des spruces ; et ce vent, venu de l'Est et dépouillant la neige des parois, enveloppait les deux hommes dans un linceul de neige poudreuse qui les asphyxiait.

— Remonte la fourrure de ton parka ! ordonna Max. Baisse les oreillettes de ton bonnet et rentrons. Ce vent ne promet rien de bon ; c'est une tempête sèche, une sorte de tornade d'hiver. Bientôt, nos traces de l'aller auront disparu.

Ils allongèrent leurs foulées, courbés en deux, recevant de biais le blizzard ; pour Max, c'était un peu comme autrefois, lorsque, au cours de longues randonnées à skis dans les hauts massifs des Alpes, il essuyait une tempête de vent du Nord.

Ils atteignirent l'entrée du canyon dans une obscurité presque totale. Les tourbillons de neige en suspens voilaient la lune et les étoiles et ils eurent toutes les peines du monde à conserver leur direction. Heureusement, le canyon, dans son étroitesse, était un fil conducteur idéal ; sitôt sortis des gorges, ils n'auraient plus qu'à regagner la rive gauche pour retrouver la hutte.

Quand ils y parvinrent, le blizzard soufflait avec rage en tourbillons glaçants qui recouvraient tout d'une forte épaisseur de neige poudreuse. Les chiens, ensevelis sous la couche nouvelle, lovés, le nez dans leur arrière-train, ne se manifestèrent pas comme ils en avaient l'habitude.

Ils poussèrent la porte de la cabane, entrèrent et, sans tarder, jetèrent du bois sur les braises encore vives du foyer.

— Fais voir, dit Max, montre-moi ton visage.

— Je dois avoir une bonne gueule avec ce sacré vent de face !

— Tu as tout simplement la gueule gelée, Bruno, constata Max. Vite, enlève ton bonnet !

Il frotta énergiquement le visage de Bruno avec une poignée de neige, sans résultat apparent ; en revanche, les gelures se précisaient. Bruno avait le côté droit du visage, particulièrement les pommettes, plus ou moins gelé. Max essaya vainement une friction à l'alcool. Si le reste de la figure reprit peu à peu sa coloration normale, il fallut bien se rendre à l'évidence : la joue droite était gelée.

— Gravement ? demanda Bruno. Tu sais, je ne sens rien.

— C'est bien ce qui m'ennuie ! Je vais te passer un corps gras. Espérons que tu t'en tireras avec une peau de rechange !

Les jours qui suivirent, Bruno arracha de sa joue des lambeaux de peau gelée. Il avait les chairs à vif et Max dut lui faire un pansement. La fin de l'année se passa ainsi, sans qu'il pût sortir, ni aider Max, se confinant dans des tâches domestiques : cuisine, nettoyage, entretien... regrettant les merveilleuses sorties dans la grande vallée endormie sous les neiges et la nuit.

Puis, vint le moment où la plaie commença à se cicatriser, sauf en quelques places, larges comme des pièces de cent sous, qui saignaient au moindre heurt et qui mettaient du temps à se refermer. Comme Bruno bouillait d'impatience, Max convint qu'en protégeant la joue par un pansement, il pourrait l'accompagner. Il avait même besoin de son aide pour ramener une poutre faîtière destinée à la nouvelle aile de la cabane, dont les parois étaient presque achevées.

Le 15 janvier, profitant de la lune, ils partirent à la recherche d'un spruce convenable.

Le froid était moins vif ; la température moyenne oscillant entre -30° et -35° leur paraissait douce à côté des -50° qu'ils avaient dû supporter au mois de décembre. Il n'était pas encore possible de discerner le jour de la nuit — cette pâle lueur qui frange l'horizon de l'Est et disparaît aussitôt. « Pas avant le 15 février ! avait dit Max. Dans un mois, on commencera à espérer, dans deux mois on reverra le soleil ! »

Il jeta un coup d'œil sur le paysage lunaire qui l'entourait :

— Ça ne pourra pas être plus beau que maintenant, Bruno.

Le jeune acquiesça d'un sourire.

6

L'accalmie ne dura pas. Une forte baisse du baromètre entraîna une nouvelle chute de neige plus violente que la précédente. Elle dura plusieurs jours, durant lesquels il leur fut impossible de sortir. Puis, comme cela se produit dans ces régions après la neige, le blizzard s'établit, bousculant l'épais tapis qui recouvrait les montagnes, formant des congères, des plaques à vent. Le grand silence extra-terrestre de l'hiver et du froid fut troublé régulièrement par le roulement des avalanches qui coulaient un peu partout dans les couloirs et le long des falaises... Ils ne pouvaient qu'en percevoir le bruit, car la vallée baignait dans une brume suffisamment opaque pour masquer le paysage, assez translucide pour que la lumière des aurores boréales pût y jouer dans un déploiement fastueux de toutes les couleurs du prisme.

Une nuit, ou un jour (ils n'auraient pu le dire qu'en consultant le carnet sur lequel Max s'imposait de noter les jours, les heures et les événements importants), le vent cessa. Le silence qui suivit fut si profond qu'ils se réveillèrent en sursaut, heureux d'écouter des bruits paisibles et rassurants : le pétillement des bûches dans l'âtre, le jappement plaintif d'un chien au-dehors rêvant de chasses pantagruéliques, et même leur propre voix, calme, articulée, humaine, cette voix qui leur permettait à nouveau de converser sans être obligés de hurler pour se faire entendre.

Il leur sembla qu'une vague lueur pénétrait par les petites fenêtres aux vitres givrées. Le jour commencerait-il à poindre ? Ils sortirent et furent serrés comme dans un étau par un froid épouvantable.

La nuit était claire, le ciel clouté d'étoiles ; la lune à son dernier quartier caressait la terre d'une lueur très faible, mais suffisante pour les avoir intrigués. Jamais ils n'avaient ressenti un froid aussi terrible, un froid qui les dénudait malgré leurs épaisses fourrures :

— Rentre ! dit Max à Bruno. Ça n'est pas fait pour arranger les plaies de ta figure !

Lui-même rabattit sur son nez la visière fourrée du bonnet, les oreillettes. Comme le col du parka remontait très haut, il avait pratiquement tout le visage à l'abri. Son premier soin fut de visiter les chiens. Il eut du mal à les retrouver ; ils s'étaient laissés volontairement recouvrir par la neige, et sous ce manteau isolant ils dormaient profondément. Aucun d'eux ne se manifesta, preuve de la rigueur de la température. « Je vais leur cuire du riz, se dit Max, ils n'ont pas mangé depuis trois jours ! » Il arrive souvent aux Indiens de les laisser beaucoup plus longtemps sans les nourrir afin qu'ils chassent mieux, mais tel n'était pas le cas : Max ne les avait attelés que pour les travaux forestiers et, depuis l'aventure avec la wolverine, ils n'avaient pas reçu de viande fraîche. « Je vais leur cuire du riz, ils l'ont bien mérité. »

Avant de rentrer, il examina par routine son thermomètre. Il marquait — 60°! « Pas étonnant ! Fin janvier, début février, c'est toujours la période la plus froide. »

La température était trop basse pour continuer à charrier des troncs d'arbre avec les chiens. Max en avertit Bruno :

— Pas surprenant qu'on ait été suffoqués. Moins 60 °, ça commence à faire ! Aussi on va rester bien sagement au chaud. Prépare une pâtée pour les chiens : du riz, de la farine... des morceaux de viande séchée... Je vais fendre quelques bûches pour que nous ayons une réserve de bois suffisante. On la rentrera et on attendra que ça remonte... Ça ne dure jamais bien longtemps, un froid pareil !

Il sortit, la hache à la main.

Les troncs de spruces étaient entassés en vrac à proximité de la cabane. Il ne restait plus qu'à les couper à la longueur pratique pour la cheminée, puis à les refendre. Il disposait pour cela d'un chevalet rustique, sorte de trépied en forme d'X, sur lequel il coucha un tronc. Au premier coup de hache, le bois se brisa net, gelé jusqu'au plus profond de ses fibres.

« Je n'aurai pas à me fatiguer beaucoup si tout est comme cette branche », constata-t-il. Il continua son travail, revenant se réchauffer de quart d'heure en quart d'heure dans la hutte. Bruno proposa de l'aider. Il le rabroua énergiquement :

— Tiens-tu à perdre la moitié de ta figure ? Laisse ! Dans une heure j'en aurai terminé. Nous pourrons alors tenir jusqu'à la fin du grand froid.

Le dernier tronc de spruce qu'il coucha sur le chevalet était le plus gros ; il l'attaqua d'un solide coup de hache. Il y eut comme un bruit de verre brisé. Le fer de la hache avait éclaté, projetant des débris tranchants dans toutes les directions. Au même instant, il chancela : l'un des éclats l'avait atteint à la rotule du genou droit, l'entaillant profondément, brisant l'os. Il tomba dans la neige, eut la force de crier : « Bruno ! » puis s'évanouit.

Celui-ci n'avait pas entendu l'appel. Un peu plus tard, ne voyant pas revenir son oncle, il s'inquiéta, décida d'aller voir. Il le retrouva, gisant sur la neige dans une flaque de sang.

— Max ! qu'est-il arrivé ? (Il le secouait, s'affolait, appelait :) Max, réponds-moi !

Enfin l'autre ouvrit les yeux. Il était livide et paraissait souffrir énormément. Il fit un effort pour parler :

— Dans la cabane, vite, vite ! Avant que ma jambe ne gèle ! Traîne-moi !

Recouvrant son sang-froid, Bruno le saisit sous les aisselles, le tira sur la neige, lui arrachant des cris de souffrance, entrecoupés de supplications :

— Vite! Plus vite! haletait Max. De la chaleur... rentre-moi !

Bruno poussa la porte de la cabane, la referma en hâte, bascula le blessé sur la peau de bison, examina la plaie.

Le tranchant de la hache brisée avait ricoché et atteint Max en plein genou. Il avait entaillé celui-ci, coupant net la rotule, tranchant une artère, provoquant une forte hémorragie.

Bruno, plus pâle que Max, essaya de dissimuler ses sentiments : la blessure était grave. Il fallait d'abord arrêter l'hémorragie. Sur ce point, il était assez calé ; il avait suivi comme tous les pilotes du Grand Nord les leçons de premiers secours aux blessés, il savait faire un garrot compressif. Une grande chance, songea-t-il, la boîte à pharmacie de l'avion était remisée dans la cabane. Elle contenait de l'alcool, des antibiotiques, des pansements, des bandes. Il s'affaira, un peu surpris que Max ne réagît pas à son intervention brutale ; le blessé s'était évanoui à nouveau. Il fallait maintenant le réanimer, car Bruno craignait une congestion consécutive au froid et au choc. Il lui desserra les dents, glissa dans la bouche de Max quelques gouttes de whisky, frictionna le visage, les mains qui étaient glacées. Enfin Max rouvrit les yeux, reconnut Bruno, essaya de parler :

— Je suis bien attifé, hein ?

Et, comme l'autre voulait minimiser l'affaire :

— Te fatigue pas, je sais que mon genou est perdu ! Et encore, s'il n'y a que ça...

— Ça ira, Max, pour l'instant j'ai arrêté l'hémorragie, nettoyé la plaie. Je vais confectionner une attelle pour immobiliser l'articulation. Tu m'as dit que dans un mois il ferait jour à nouveau ; à ce moment tu seras transportable, je te descendrai en traîneau. Tu verras, Max, tout se passera bien. Maintenant, je vais te réchauffer.

Epuisé, Max avait fermé les yeux. Il voulait cacher son angoisse, car il était conscient de l'extrême gravité de son état. Certes, sa coupure lui faisait mal, très mal, pourtant il éprouvait une sensation bizarre : à part la plaie du genou, sa jambe était comme anesthésiée. Il la palpa, inquiet ; il lui fallait savoir.

— Bruno ?

— J'arrive ! dit le jeune. Voilà qui va te réchauffer.

Il avait rempli deux bouteilles d'eau bouillante, les avait enveloppées dans des peaux de castors et il les glissait de part et d'autre de la jambe blessée. Une douce chaleur s'épandit sous les fourrures. Max en ressentit les premiers bienfaits. Il oublia ses craintes.

— J'en prépare deux autres pour la poitrine ; ensuite tu vas boire un bouillon chaud, prendre deux ou trois cachets, et t'endormir...

— Merci, prends garde à toi si tu sors, protège-toi, ce froid est meurtrier ! Tout est de ma faute. J'aurais dû me souvenir qu'à 60 ° sous zéro, l'acier des outils, le bois se brisent comme du verre. Ma hache a tout simplement éclaté sous le choc...

— Repose-toi, Max, ne dis plus rien. Je suis là, je m'occupe de tout.

— Tu... penseras aux chiens... ils n'ont...

Il n'acheva pas sa phrase. Sous l'effet des cachets, il s'était endormi.

Bruno resta seul avec ses pensées. C'était comme si, d'un coup, tout ce qui était chaleur, espoir, apaisement, amitié, avait disparu. Il se sentait plus isolé du monde qu'il ne l'avait été, le printemps précédent, lors de son atterrissage forcé dans la taïga. Là-haut, dans la forêt arctique, il vivait soutenu par l'espoir, il savait qu'on le recherchait. Il ne lui fallait qu'une grande patience et la volonté de survivre jusqu'à la fin de la tempête. Ici, tout dépendait de lui. Max était gravement atteint et il n'avait aucun moyen de communiquer avec le reste du monde. Personne ne s'inquiéterait d'eux avant la fin de la nuit polaire ; on attendrait, pour venir aux nouvelles, la débâcle de la Nahanni. Fin mai ! Max tiendrait-il jusque-là ? Bruno eut un instant l'idée d'atteler les chiens, de forcer les canyons, de rejoindre Nahanni-Butte, mais il ne pouvait le faire qu'en abandonnant Max, et c'était impossible : le blessé était totalement immobilisé, incapable de se chauffer, de se nourrir. Fichue situation ! Puis, comme il fallait bien que le train-train de la vie continue, il alimenta le feu, prépara un bouillon, puis, s'étant chaudement couvert, il porta la pâtée aux chiens, subissant avec stoïcisme le froid violent qui le suffoquait. Avaler de l'air par une température aussi basse conduit à se geler les voies respiratoires ; il était donc obligé de respirer à travers la triple épaisseur d'un mouchoir plié sur la bouche et le nez... solution de fortune car il n'avait pas de masque, comme en portent les explorateurs polaires.

Tout d'abord il ne trouva pas les chiens, ensevelis sous une couche de neige fraîche d'un mètre d'épaisseur. Le vent l'avait, par places, accumulée en congères dont certaines arrivaient à hauteur du toit de la cabane. En revanche — Bruno nota l'ingéniosité du dispositif — les échafaudages pour les provisions de viande séchée, du fait qu'ils reposaient sur quatre pieux de plusieurs mètres de haut, ne retenaient pas la neige ; il se produisait, au contraire, sous la plate-forme un appel d'air qui dégageait ce magasin à provisions et le mettait à l'abri des fauves.

— Les chiens ? Où sont passés les chiens ?

Il exprimait tout haut son étonnement. Là où la traîne était attachée, il ne voyait qu'une épaisse et uniforme couche de neige. A douter que les chiens fussent engloutis dessous. Pourtant ils y étaient ! C'est à peine si de vagues protubérances signalaient leur présence. Cependant, le fumet de la pâtée devait être bien puissant pour qu'ils consentissent à se dégager de leur position de défense contre le froid — couchés le corps en cercle, le museau enfoui dans la tiédeur des cuisses, protégés par l'épaisseur de leur fourrure et la couche de neige isolante qui les recouvrait. L'un après l'autre ils se redressaient, s'ébrouaient, secouant la neige poudreuse, hérissant leur poil d'hiver plein d'une épaisse bourre de laine. Comme Bruno déversait dans chaque auge la ration préparée, ils entonnèrent leur chant de triomphe qui brisa le froid et la nuit ; c'était un véritable hymne où leur joie et leur faim s'exprimaient par les habituels hurlements et gémissements, leurs voix passant du grave à l'aigu, allant decrescendo, repartant de plus belle. Seul entre tous, Timmy montra les dents lorsque Bruno voulut l'approcher ; il grondait férocement, prêt à bondir, ce qu'il aurait fait sans la chaîne qui le retenait solidement. Rien n'y fit, ni les paroles ni les commandements ; Timmy, visiblement, ne reconnaissait pas et ne voulait pas reconnaître Bruno pour son maître. « Peut-être, se dit le jeune homme, peut-être a-t-il cru que j'avais tué Max lorsque je l'ai traîné dans la neige pour le rentrer ! » Que se passait-il dans cette intelligence ? Il jugea inutile d'insister. Pourtant, il fallait nourrir Timmy sous peine de le voir devenir enragé ! Bien qu'il répugnât à employer les grands moyens, il se saisit du fouet de traîne, en allongea à distance des coups bien appliqués sur l'échine du husky. Peu à peu, celui-ci recula, recula, puis se coucha dans la neige, maintenu en respect par le manche du fouet pointé vers lui. Cela permit à Bruno de déverser la nourriture dans l'auge, puis de se replier.

« Un fameux problème lorsque je serai obligé de l'atteler ! Il ne connaît que Max. »

Les heures qui suivirent furent décourageantes à souhait. Max délirait et, dans son délire, revenaient sans cesse les noms de Rosa, de Bruno, parfois aussi celui de

Danièle, sa sœur jumelle. En entendant le nom de sa mère, Bruno, perdant toute retenue, pleurait en silence.

Dehors, le temps restait au beau fixe.

La température se maintint entre 55° et 60° sous zéro durant quatre fois vingt-quatre heures. Pendant ce laps de temps, Bruno s'abstint de sortir autrement que pour amasser du bois — que, fort de la malheureuse expérience de son oncle, il coupait et refendait dans la cabane — ou escalader, à l'aide de l'échelle de perroquet fabriquée de façon rustique par Max, la plate-forme aux provisions d'où il rapportait un morceau de viande séchée, tellement gelée qu'il était obligé de la découper à la hache.

Loin de s'améliorer, l'état de Max empirait. Il passait la plus grande partie du temps dans une prostration profonde, nourrie par une fièvre constante. Tantôt il était baigné de sueur, tantôt il grelottait malgré la chaleur de fournaise du foyer où brûlaient sans arrêt d'énormes amas de bois. L'insomnie survint, maintenue par une souffrance aiguë. Très amaigri, Max tournait parfois ses yeux fiévreux vers Bruno, faisait un effort pour parler, puis s'abstenait, épuisé.

— Il faut que je change ton pansement, Max. Comment te sens-tu ?

— Mal, très mal. Mais tu as raison, il vaut mieux voir les choses en face...

— Que veux-tu dire ?

— Défais le pansement et tu comprendras...

En prononçant ces mots, Max avait presque un sourire désabusé...

— Tu as compris ? reprit-il lorsque les bandes et les compresses furent retirées, pleines de sang et de pus.

Une odeur fétide emplit la cabane... Max se souleva sur ses coudes afin de constater lui-même l'état de sa jambe. Ce qu'il avait pressenti se réalisait : le genou n'était plus qu'une énorme masse aux os nécrosés, un véritable cylindre de chairs molles pleines de puanteur gazeuse, dégouttant de pus et de sang noirâtre. Non seulement la blessure ne s'était pas refermée, mais tout l'entourage de la plaie était atteint ; les gelures superficielles s'étaient aggravées, approfondies, et maintenant la gangrène — ni l'un ni l'autre n'avait osé prononcer ce mot, mais ils l'avaient sur les lèvres — accomplissait son rapide travail de destruction.

Bruno était atterré.

— Tu vois, Bruno, c'est pire que ce que je pensais... Il faudrait m'amputer, et encore je crains que ce ne soit trop tard...

— Jamais je ne pourrai le faire, Max. Ce serait t'achever ! Non, il y a d'autres moyens, des antibiotiques, des sulfamides... que sais-je ?

— Essaye ! dit Max d'un ton désabusé.

Max fouilla vainement la caisse pharmaceutique qu'il avait retirée de son avion. Elle ne comprenait qu'une trousse de premier secours : alcool, mercurochrome, quelques antibiotiques, quelques instruments de petite chirurgie, ciseaux, bistouris, pinces, garrots. En revanche, elle était généreuse en bandages, compresses de gaze, pansements adhésifs. Rien de tout cela n'était suffisant pour enrayer une gangrène dans un état aussi avancé. Il était manifestement trop tard, et Bruno fit un effort surhumain pour retenir ses larmes : Max était perdu. Si au moins il avait pu atténuer ses souffrances, mais, conscient de sa défaillance lors de l'atterrissage forcé du printemps, Bruno avait enlevé de sa trousse tout ce qui aurait pu l'inciter à se droguer de nouveau ; il n'avait ni cocaïne ni morphine. Rien !

Il revint vers Max. Celui-ci, complètement épuisé, geignait doucement, le visage en sueur, les yeux fermés.

Essayer quand même !

Il débrida la plaie, incisa les chairs gonflées, recula et faillit vomir, surpris par l'infection des gaz pourris qui s'en dégageaient. La gangrène avait progressé d'une façon fulgurante. Le membre atteint avait doublé de volume, la plaie du genou, d'un violet rouge au centre, était cernée d'une lisière grise et brunâtre ; puis la coloration devenait uniformément grise avec des taches violettes. Pour arrêter le développement de l'infection, il aurait fallu de la pénicilline ! En désespoir de cause, Bruno vida sur la jambe atteinte le contenu d'un flacon d'eau oxygénée, saupoudra la plaie de sulfamides, tentant l'impossible, affolé, impuissant.

Il ne lui restait plus qu'à emmailloter à nouveau la jambe, à dissimuler au malade l'étendue de son mal et à attendre.

Désemparé, incapable de mettre de l'ordre dans ses pensées, il se répétait : « Il faut faire quelque chose, il faut tenter... » Mais tenter quoi ? A l'idée d'amputer Max, il frémissait de peur. Quoi ? Tailler à vif dans la chair de son oncle, de son ami, de son sauveur ? Plutôt mourir avec lui.

Tombant dans une sorte de torpeur, il restait des heures accroupi auprès du lit de fortune où gisait Max, couché sur la couverture en peau de bison. Parfois le feu diminuait, alors le froid entrait insidieusement dans la cabane et le réveillait ; il jetait au hasard des bûches sur les braises dormantes, sans souci de l'énorme flamme qui montait jusqu'au toit de rondins et qui aurait pu faire flamber la maison en quelques minutes...

Le cinquième jour après l'accident, Max connut une sorte de trêve dans son agonie. Ouvrant les yeux, il chercha Bruno qui dormait accroupi à même le sol, la tête appuyée sur le rebord du lit. D'un geste las mais affectueux, il caressa la chevelure du jeune homme, l'appelant d'une voix faible :

— Bruno... Bruno...

Celui-ci sortit lentement de sa torpeur.

— Max, Max, tu me parlais... et moi je dormais.

— Comme tu dois être las, mon fils, mon petit Bruno. Mais bientôt tu n'auras plus le souci de me veiller... Si ! Si ! cette accalmie subite, je le devine, c'est le coup de grâce... Ne proteste pas, je connais mon état, je suis perdu à très brève échéance, car, une fois déclarée, la gangrène va vite. Tu ne peux rien pour moi ; peut-être, si cela s'était produit ailleurs, aurais-je pu être sauvé grâce à une amputation... Encore aurait-il fallu me transporter vers le sud, et avec le froid... Bref, mon destin s'est accompli, je vais mourir, Bruno, et je voudrais te dire ceci : depuis la mort de ta chère maman, je te considérais comme mon fils, ce fils que je n'ai pas pu avoir avec Rosa. J'étais fier de cette sorte de résurrection que tu avais accomplie ; tu étais devenu un homme et, parmi les hommes, quelqu'un à part, un pilote du Grand Nord, un homme libre... Tu m'as rendu à nouveau heureux, Bruno, et je te remercie pour ce bonheur et cet apaisement auquel tu as contribué. Maintenant, je vais rejoindre Rosa, Danièle, ton père, mes parents... Ne pleure pas, c'est tellement naturel de mourir ! Est-ce une merveilleuse aventure ou un néant total ? Je vais bientôt le savoir. Rosa avait la ferveur des primitifs, et j'ai le sentiment aujourd'hui d'avoir partagé ses convictions, sans le savoir peut-être. Je veux donc croire que je la retrouverai... Mais assez épilogué sur moi. C'est à toi, Bruno, que je pense... Après ma mort, tu vas rester seul. Dans un mois, le jour reviendra avec le premier et court passage du soleil. Le froid ne sera plus aussi vif. Tu pourras alors essayer de conduire la traîne afin que peu à peu les chiens s'habituent à ton commandement ; profites-en pour chasser, relever les trappes, mène cette vie de trappeur qui était la mienne. Je n'ai guère eu le temps de te conseiller, Bruno, et tu connaîtras bien des déboires... Notre provision de viande a dû fortement baisser, tâche de tuer un élan ; les moutons sauvages sont trop difficiles à chasser sur les hautes parois rocheuses où ils se réfugient... Il te faudra aussi de la viande pour les chiens. N'attends pas qu'ils deviennent furieux... Dès aujourd'hui, visite-les quotidiennement, fais-toi un allié de Nancy, la chienne, et maîtrise Timmy ; il ne connaît que la force et les coups, celui-là, mais il commande aux autres. Si tu sors sans attelage, emmène toujours Blacky ; avec le froid terrible que nous avons, les loups vont devenir audacieux... Rappelle-toi : un loup blessé revient sur ses traces par les fourrés qui bordent sa piste, et attend le chasseur à son passage. Blacky te signalera ce danger... Quoi encore ? J'avais tant de choses à te dire...

— Repose-toi, Max, tu es en sueur.

Très doucement, Bruno essuyait le visage fiévreux, donnait à boire au malade, secoué brusquement de terribles frissons...

— J'ai froid... Bruno... C'est la fin...

— Non, Max ! Je ne veux pas, je te soignerai... Max...

— Inutile, Bruno. Ah ! Bientôt je ne pourrai plus parler... Que disais-je ?... Ah oui ! attendre la fin de la nuit polaire et des grands froids, puis, une fois l'attelage en main, redescendre la Nahanni... Attention ! Il y a toujours des trous d'eau, même si la rivière te paraît complètement gelée ; mais les chiens se méfieront, eux seuls sauront te guider. Suis tous les méandres, ne cherche pas à couper au plus court : tu te perdrais ! Si le blizzard survient, campe sur place, construis une hutte, ménage tes provisions... Adieu, Bruno ! je m'en vais. Dis au père Brichet que je crois en Dieu, comme au temps où j'étais petit enfant, là-bas sur les bords de l'Isère... Que c'est loin, tout ça ! Comme c'est long, une vie d'homme, mais comme elle devient courte lorsqu'elle s'achève plus tôt qu'on ne le pensait... Comme l'enfance est lointaine ! Pourtant, maintenant, c'est de mon enfance que je me souviens... Comme si j'avais aboli tout le reste... la guerre, les drames, les larmes, les épreuves... C'est merveilleux, l'enfance, mer.. vei... lleux...

Il avait encore tant de choses à dire. La mort lui en laisserait-elle le temps ? Il reprenait :

— Bruno, approche-toi ! C'est la fin. Promets-moi de

vivre ; Mary l'Indienne t'attend, je le sais, vous vous épouserez... Soyez heureux comme Rosa et moi l'avons été...

— Max ! Max !

Bruno se pencha sur le lit. Le malade s'était rejeté en arrière, les yeux fermés, le souffle haletant, syncopé. La respiration brève, précipitée, semblait parfois s'arrêter, puis reprenait, gonflant sa poitrine comme un soufflet de forge.

Maintenant Max délirait. Des mots sans suite s'échappaient de ses lèvres, son teint devenait cendré, ses mains crispées sur le rebord de la couverture remontaient celle-ci jusqu'à son visage, puis la relâchaient, sans une seconde de répit...

Bruno se jeta à genoux. Il ne savait plus prier, il se souvenait vaguement des mots prononcés autrefois... au catéchisme... Puis tout à coup les premières phrases si simples et si belles du *Pater* lui revinrent en mémoire et il les répéta avec ferveur, les recommençant indéfiniment, comme ces voyageurs tibétains qui usent des moulins à prière pour répéter mille fois, deux mille fois la même incantation à Bouddha : *Omne Hom, padme Hom...* « Notre Père qui êtes aux Cieux », « Notre Père qui êtes aux Cieux », disait Bruno.

Il priait toujours quand un hurlement terrifiant s'éleva. Assis sur son arrière-train, museau dressé, Blacky hurlait à la mort... et, au-dehors, les sept chiens de la traîne reprenaient son cri lugubre sans jamais s'interrompre, l'un relayant l'autre.

— Assez ! Assez ! cria Bruno, se bouchant les oreilles... Blacky, tais-toi !... tais-toi !...

Blacky, continuant de plus belle, s'était approché de la couche où gisait Max. Une fois là, il se tut subitement, posa son museau sur la fourrure de bison, puis resta immobile, veillant son maître. Bruno voulut l'approcher, mais le chien gronda sourdement.

— Toi aussi, Blacky, tu as perdu l'être que tu aimais

le plus au monde. Ne crains rien, nous le veillerons tous deux. Regarde comme il est devenu beau.

Les traits de Max s'étaient détendus. On aurait dit qu'un vague sourire se dessinait aux commissures des lèvres.

Comme les hurlements des chiens s'étaient tus, Bruno se réfugia dans le coin le plus éloigné de la hutte, d'où il pouvait à peine distinguer, dans la pénombre, le visage de Max. Alors il sanglota sans retenue, prostré, sans mouvement.

Il fut tiré de sa torpeur par une sensation de chaleur et d'humidité sur sa main nue. Blacky était venu jusqu'à lui, léchait sa main, le regardait. « Je suis avec toi... que crains-tu ? » semblait-il dire.

7

Rassuré par cette présence, épuisé par ses nuits de veille, Bruno s'était endormi à même le sol, devant l'âtre où se consumaient les derniers tisons. Comme chaque fois, ce fut le froid qui le réveilla.

Le froid et une odeur pestilentielle qui envahissait la pièce : la gangrène continuait son œuvre, décomposant les tissus. Il aurait fallu enterrer Max au plus vite, mais il était impossible de creuser le sol, gelé à plus de deux mètres de profondeur.

Bruno songea à porter le corps de son ami sur le toit de la hutte, mais il se dit qu'au printemps un ours affamé réussirait à y grimper ; et il ne voulait pas que la dépouille de Max subît le sort de celles des frères McLeod. Il n'avait plus qu'une solution : la hisser sur l'échafaudage où séchaient les réserves de viande. Montée sur quatre pilotis qu'elle surplombait légèrement, la plate-forme, à laquelle on accédait par une sorte de trappe intérieure, était un refuge inviolable.

Bruno enroula le corps de Max dans la peau de bison, qu'il lia solidement. Cette fourrure, il ne se reconnaissait pas le droit de la garder. Elle était le symbole de l'amour qui avait uni Max à Rosa. Elle serait son linceul dès que le dégel du sol permettrait de l'ensevelir chrétiennement. Porté dehors, le cadavre gela instantanément et devint un bloc aussi dur que du marbre.

Bruno attendit que le froid eût fait son œuvre, puis, installant l'échelle de perroquet, il enleva de l'échafaudage les quelques réserves de viande qui restaient. Elles avaient, d'ailleurs, considérablement baissé ; c'est tout juste s'il arriverait à nourrir les chiens. Son premier soin serait donc de chasser, comme le lui avait conseillé Max.

Hisser à l'aide d'une corde sur la plate-forme haute de trois mètres le corps enveloppé dans la lourde fourrure de bison constitua un travail exténuant. Enfin Max reposa à l'abri des fauves. Bruno redescendit, bloqua solidement la trappe, enleva l'échelle, salué à son passage par le concert des chiens.

L'odeur de la mort stagnait encore dans la hutte. Il laissa la porte et les fenêtres ouvertes, se contentant d'alimenter le feu, puis, lorsque toute effluve malsaine se fut dissipée, il rentra et se barricada. Il avait accompli ce geste sans réfléchir, comme si le départ de Max le laissait exposé à un danger permanent. Il eut honte de sa faiblesse, résolut d'agir comme aurait agi son oncle : les dernières paroles du mourant restaient gravées en lui et la pensée de Mary lui insufflait un salutaire désir de vivre.

Chaudement couvert, il se constitua une bonne réserve de bois de chauffage, puis décida d'aller chasser et relever les trappes. Il fallait d'abord atteler les chiens !

Lorsqu'il se présenta devant Timmy, celui-ci, grondeur et menaçant, lui fit face, mâchoires serrées, babines retroussées. Un premier essai pour lui passer le collier échoua de justesse ; Bruno y laissa un bon morceau de la manche de fourrure de son parka. Que faire ? Il avait besoin de Timmy. Chien de tête, lui seul savait se faire obéir des autres chiens, qui adoptaient déjà les réflexes de défense de leur seigneur et maître.

Bruno s'avança doucement vers la chienne, l'appelant par son nom : « Nancy, Nancy », lui jetant un petit morceau de viande. L'étonnant est qu'elle se laissa approcher, enjamber par Bruno, qui la maintint dans cette position, la seule convenable pour lui passer le collier de traîne.

Nancy harnachée, les autres chiens, ayant compris qu'on allait partir pour la chasse, se laissèrent plus ou moins bien équiper. Certes, Bruno récolta quelques coups de crocs supplémentaires, auxquels il répondit aussitôt par une correction sévère, correction contestée par les jappements, les aboiements, les hurlements des chiens confondus dans la même impatience de partir.

Il ne restait plus que Timmy.

Attaché à l'écart — comme Blacky, il était capable de tuer un chien et il fallait le séparer de la meute —, il regardait venir celui qui prétendait se faire passer pour le maître et qu'il ne reconnaissait pas comme tel. « Il faut que je gagne ! se dit Bruno. Sinon, sans meute, je suis perdu ! » Faisant tournoyer son gourdin et criant plus fort que les chiens, le jeune homme s'approcha pas à pas, le collier à la main. Comme le chien se couchait dans la neige, oreilles allongées, grondant toujours, prêt à s'élancer, il bondit le premier, le serra entre ses jambes jusqu'à l'étouffer, puis, le genou fortement appuyé sur la nuque de la bête, il glissa le collier en force. Timmy mordait avec rage tout ce qui était à sa portée, mais comme l'étau des jambes se resserrait de plus en plus, tandis que l'homme pesait sur ses reins de tout son poids, ses cris désordonnés de colère et d'impuissance diminuèrent d'intensité, puis se turent. Timmy était dompté !

Bruno se sentit soulagé et fier, comme d'un grand exploit.

La traîne gisait dressée et retournée contre un arbre, afin que sa surface de glissement ne fût pas soudée au sol par le gel : précaution élémentaire que Max lui avait indiquée. Bruno y attela les chiens qui maintenant frétillaient de satisfaction, poussant des cris plaintifs ; puis il y déposa deux jours de vivres, une paire de raquettes, sa hache d'abattage, sa machette et des munitions suffisantes pour alimenter la 303 de Max. Tout était prêt. Il fit claquer le fouet à manche court, donnant ainsi le signal du départ. D'un seul galop, les chiens s'élancèrent vers la rivière, la traversèrent d'un même élan, puis s'engouffèrent dans la forêt. Bruno avait eu juste le temps de sauter sur la plate-forme arrière et de se cramponner aux mancherons.

Devant lui, les chiens tiraient toujours reprenant les anciennes traces, durcies par le gel, sur lesquelles ils pouvaient trotter tout à l'aise. La nuit était suffisamment claire pour qu'on pût se diriger. On devait être vers le matin, car les teintes étaient plus légères à l'est, prélude à la future remontée du soleil sur l'horizon. Guidé par les chiens plutôt que les guidant, Bruno atteignit l'une des cabanes de chasse dues à la prévoyance de Max. C'était dans ces parages qu'il avait assisté au combat de la wolverine et de Blacky. Les chiens s'étaient arrêtés d'eux-mêmes devant la cabane et, couchés dans la neige, mangeant celle-ci à pleine bouche pour se désaltérer, ils reposaient, les flancs haletants, la fourrure givrée ; de leurs corps en transpiration se dégageait une épaisse buée.

Bruno détacha Nancy de l'attelage et l'enchaîna au tronc d'un jeune spruce. Les autres chiens de la traîne resteraient ainsi auprès d'elle sans désir de fuite. Puis, sifflant Blacky, il fit la tournée des trappes. Dans la pénombre nocturne et bien que la lumière stellaire fût suffisante pour se diriger, il eut du mal à retrouver les pièges. La plupart étaient vides ; ils avaient fonctionné, mais l'appât avait été dévoré. Lynx ? Loup ? Bruno opina plutôt pour le glouton. Il avait raison, car il découvrit, prise au piège imposant que Max avait construit, une wolverine dont la nuque et le crâne avaient été brisés par la chute brutale de la lourde pièce de bois équilibrée au-dessus de l'appât.

« Allons, se dit Bruno, voici au moins de la viande pour les chiens ! Il ne me reste plus qu'à en trouver pour moi. » Brusquement, il réalisa son inexpérience. Avec Max tout semblait facile. Max savait lire dans les traces presque aussi bien qu'un Indien ; Tuktu et Rosa lui avaient tout appris. Mais Bruno était ignorant de l'art de la chasse comme de l'art du pisteur. Tout ce qui s'entrecroisait sur la neige et que les Indiens lisent à livre ouvert, il savait à peine le déchiffrer. Il ne voyait ici que des traces de loups, plus larges et plus grandes que celles des chiens, et la piste unique du renard : la seule trace qu'il connût vraiment avec celle du lièvre variable. Les ours hibernaient — ce dont il se réjouissait ! Les *big-horns* étaient inaccessibles sur les vires acrobatiques où ils se réfugiaient. Il ne restait que les élans. Encore fallait-il relever leurs traces de long de la Nahanni, dans les marécages gelés où, le vent ayant dégagé la neige, ils pouvaient trouver les herbes et les mousses dont ils se nourrissent.

Il était temps de rentrer.

Le cadavre de la wolverine jeté dans la traîne, Bruno fit tant bien que mal faire demi-tour aux chiens. Ceux-ci semblaient déçus de leur aventure. Parfois, l'un d'eux se roulait dans la neige, emmêlant ses traits, refusant d'avancer ; il fallait le corriger, redresser les harnais, faire claquer le fouet au-dessus des oreilles de Timmy, puis, brassant la neige poudreuse jusqu'à mi-ventre, reprendre les mancherons de la traîne, sauter sur la plate-forme, crier ses ordres aux chiens...

Hélas ! Bruno ne connaissait pas les mots indiens, les

onomatopées qui servent à diriger les attelages, et il n'avait guère prêté attention aux cris que poussait Max pour aller à droite, à gauche...

Avec Bruno, les chiens allaient tout droit, et il était difficile de les arrêter. Il n'avait qu'une possibilité : renverser la traîne sur le flanc pour qu'elle s'enfonce profondément dans la couche de neige et freine l'élan des huskies. Cela lui permettait de se reposer un peu ; il finissait par avoir des crampes aux avant-bras. Puis, redressant la traîne, il redémarrait son étrange attelage. C'était toujours un départ foudroyant, qui le laissait sur place. Il n'avait que la ressource de s'accrocher à la corde que chaque Indien, chaque trappeur laisse toujours traîner dans la neige, en cas... Il se faisait tirer comme un poids mort, jusqu'à ce que les chiens, épuisés, lui accordent suffisamment de répit pour qu'il pût se mettre debout et reprendre sa place sur la plate-forme, les mains crispées sur les mancherons.

A la suite de cette première tentative, il fut tellement exténué qu'il renonça à explorer la rivière à la recherche des élans. Regagnant McLeod Cabin, il dételа les chiens, raviva le feu, puis se mit en devoir de dépouiller le glouton. Il fut vite écœuré ; alors, négligeant la fourrure, il découpa à la hache des portions à peu près égales et les jeta aux chiens qui tiraient sur leur chaîne.

Faisant le bilan de cette expérience, plutôt désastreuse, il mesura combien sa situation était précaire. Jusque-là il n'avait pas eu le loisir d'y penser. Le terrible accident, la lente agonie de Max avaient suffisamment occupé son esprit. Désormais, tout était changé. Là-haut, sur son impressionnant échafaudage, victime allongée sur l'autel d'un culte mystérieux, Max reposait, changé par le froid en statue de pierre, gisant plus dur que le marbre. Avec lui était mort le seul homme capable de vivre dans cette vallée ! Bruno, lui, n'était qu'un homme de son siècle, prisonnier de la technique et du progrès, incapable de revenir à l'âge de la pierre taillée. Il avait des armes modernes et des munitions, mais le gibier, qui abondait dans les fourrés, dans les taillis, ce gibier fuyait à son approche : il se sentait incapable de l'atteindre. Mourrait-il de faim comme les frères McLeod ?

Il fit l'inventaire de ses provisions. Il avait de quoi tenir un mois, quitte à manger le riz des chiens. Pour ceux-ci, peut-être réussirait-il à abattre un renard, un lynx, un glouton, une martre. Il n'était plus tenté de renouveler l'expérience de la traîne. Sinon pour suivre la même piste !

Il sombrait, heure après heure, dans une passivité destructrice. Son seul espoir était de voir enfin se terminer cette impossible nuit. Retrouver le soleil, la lumière du jour ! Il lui semblait qu'alors ses forces, sa volonté lui reviendraient. Mais le jour n'était pas encore là et il fallait tenir.

Heureusement, dans ces moments de réelle détresse, la pensée de Mary, l'Indienne de Fort-Smith, lui apportait réconfort et courage. Car il voulait la revoir, la retrouver ; il l'aimait et son amour serait plus fort que la mort.

Une nuit, alors que la lune à son deuxième quartier éclairait suffisamment la vallée et les montagnes, il résolut d'aller à la recherche des élans. Sans chiens, sans traîne, en raquettes, la carabine en bandoulière et avec Blacky comme compagnon. Gagnant le cours de la Nahanni, il descendit la rivière, examinant toutes les traces marquées sur la neige, surpris par leur abondance et leur variété. La plupart étaient celles de petits carnassiers, les autres de loups, de gloutons. Dans un tournant, il releva l'empreinte d'un sabot, plus loin celle d'une petite compagnie d'élans ; d'après les traces, il y avait un couple d'adultes et un jeune de six mois. Ces traces venaient du nord et se dirigeaient vers le sud, coupant la rivière. Où le conduiraient-elles ? Il décida de les suivre quelque temps, quitte à revenir sur ses pas si elles s'éloignaient trop du campement.

Il allait à grandes foulées, accompagné par le crissement des raquettes sur la neige gelée, et cette marche nocturne dans la légère clarté lunaire, à travers les spruces enneigés comme autant de capucins blancs, avait quelque chose de fantastique. Il eût voulu marcher ainsi jusqu'au bout de sa fatigue, jusqu'au bout de son bonheur présent, car il se sentait tout à coup l'âme et le corps dégagés, apaisés, heureux, ayant refoulé les phantasmes de son imagination apeurée, les souvenirs cruels des jours précédents...

Bruno marchait donc aux étoiles et rêvait, lorsque Blacky se mit à hurler, puis se jeta dans ses jambes, le poil hérissé, tremblant de tous ses membres. Immédiatement, Bruno songea au loup. Il était là, tout près ! Il se souvint des derniers conseils de Max, apaisa Blacky, lui parla doucement, le flattant :

— Bien, Blacky ! N'aie pas peur ! Où est-il, ce loup ?

Puis il dégagea son rifle qu'il portait en bandoulière, engagea un chargeur. Ainsi paré, l'arme à la hanche, il examina les traces. Comment n'y avait-il pas fait attention plus tôt ? Depuis un certain temps déjà, les loups — il en compta deux — étaient comme lui sur la piste des élans. L'avertissement de Blacky les avait-il fait fuir ? Il fallait continuer. Il se dit que c'était presque une chance, cette rencontre, car les loups étaient meilleurs chasseurs que lui et peut-être allait-il en bénéficier. Pour une fois !

Blacky s'était calmé, mais il marchait timidement derrière son maître ; l'odeur qu'il reniflait dans la neige n'était pas faite pour le calmer. Dans la crainte qu'il ne s'enfuît, Bruno lui parlait à voix basse. Ils parcoururent ainsi plusieurs kilomètres, utilisant la large frayée laissée par les élans. S'il avait eu l'expérience de Max, Bruno se serait douté de l'imminence du dénouement, car la piste était celle prise régulièrement par les grands cervidés pour aller d'une zone à l'autre de leur terrain de parcours. Aussi fut-il surpris lorsque le silence de la nuit d'hiver fut troublé par un bruit de galop et par des hurlements, brefs comme des appels. D'un seul coup il déboucha dans le drame. Au loin, deux énormes formes sombres disparaissaient dans la nuit ; tout près, deux loups s'acharnaient sur le corps palpitant d'un jeune élan qui, égorgé et les reins brisés, remuait encore faiblement. Surpris dans leur repas, les loups s'arrêtèrent, firent face. Blacky se terra à plat ventre derrière Bruno. Ce qui suivit fut rapide ; Bruno agit presque machinalement. Epaulant son arme, il tira, vidant son chargeur, faisant basculer un loup qui accomplit une pirouette sur lui-même, puis retomba sur la neige et ne bougea plus, cependant que l'autre, certainement touché, s'enfuyait en hurlant dans les fourrés.

Perplexe, Bruno contempla la fourrure merveilleuse du grand loup gris qu'il avait abattu ; elle avait plus de deux mètres de longueur et son poil d'hiver était garni d'une épaisse bourre. Allait-il abandonner ce trophée ? Il fut tout à coup très fier de son coup de fusil. Ensuite il s'inquiéta. Comment pourrait-il ramener la viande du jeune élan ? Celui-ci avait déjà la taille d'un génisson et il aurait fallu la meute pour le tirer. Et puis il se rappela qu'il avait blessé le deuxième loup ; devenu un fauve très dangereux, celui-ci l'attendait peut-être sur le chemin du retour, embusqué dans un fourré. Il fallait prendre une décision, faire un choix.

Il détacha un cuissot d'élan d'un coup de machette : c'était à peu près tout ce qu'il pouvait porter ; puis il découpa de larges morceaux qu'il donna à Blacky. Il abandonna le reste avec regret.

Deux heures plus tard, ayant fait rôtir et mangé une tranche de filet, il revint sur ses pas. Blacky, repu, gonflé par sa ventrée de viande fraîche, suivait en somnolant ; Bruno lui-même était rompu de fatigue. L'homme et le chien avaient cheminé un bon bout de temps lorsqu'il remarqua des traces de sang sur la neige ; dès lors, brusquement tiré de sa torpeur, le cœur serré à l'annonce d'un danger qui pouvait surgir de toute part, la carabine chargée à la main, Bruno avança pas à pas, scrutant les fourrés. Le quartier de lune qui l'éclairait disparut derrière la Chaîne des Hommes sans tête et il lui sembla que la nuit était devenue d'encre. Il ferma les yeux, les rouvrit, les referma, s'habituant à la pénombre. Heureusement, deux mois de nuit polaire avaient aiguisé sa vue, et il était devenu, comme tous ceux qui vivent dans le Grand Nord, suffisamment nyctalope pour pouvoir se diriger.

Cependant, une chose l'intriguait : Blacky n'avait pas manifesté de crainte, lui pour qui la peur du loup était le commencement de la méfiance. Blacky marchait à ses côtés, poussant de petits cris. Soudain, sans prévenir, il bondit devant lui et s'arrêta pile, flairant une masse sombre étendue en travers de la piste des élans. C'était le cadavre du deuxième loup ou, plutôt, de la louve. Blessée grièvement au ventre, elle avait accompli tout ce parcours avec l'espoir de se venger, mais elle était morte avant d'avoir pu tendre son embuscade.

Infiniment soulagé, Bruno prit cette fois le temps de dépouiller la splendide bête, puis Blacky et lui, harassés de fatigue, regagnèrent McLeod Cabin.

Comme l'homme et le chien arrivaient sur la butte où se dressait la cabane, Bruno, se tournant vers l'est, observa qu'une imperceptible lueur séparait, dans la gigantesque entaille du deuxième canyon, le ciel de la terre. Les montagnes se silhouettaient en plus sombre, mais une vague teinte argentée se diluait dans la masse grise du ciel, où brillaient peu d'étoiles. C'était comme un présage. Désormais, par la légère faille où passait la lumière des au-delà terrestres, le jour allait peu à peu pénétrer, combattre les ombres, préparer le retour du soleil.

8

Bruno renouvela à deux reprises ses tentatives de conduite de la traîne. Timmy semblait s'habituer à sa présence, obéissait mieux, manifestant cependant des velléités d'indépendance qui le faisaient partir au galop, aboyant furieusement, entraînant à sa suite les autres chiens. Dans ces courts moments de révolte, Bruno était incapable de le freiner, de le diriger ; le husky allait droit devant lui, et généralement ne s'arrêtait que lorsque les longues lanières de l'attelage s'emmêlaient dans une branche ou autour d'un tronc d'arbre.

Heureusement, le temps qui passait préparait l'avènement du soleil. On pouvait distinguer déjà le milieu de la journée qui se traduisait par un ciel beaucoup plus clair d'où disparaissaient presque toutes les constellations, et surtout par cette mince bande presque phosphorescente qui cernait l'horizon, s'élargissait, puis se rétrécissait, disparaissait enfin après une heure ou deux. Ce faux jour apportait avec lui l'espoir. En revanche, le milieu de ce qui était véritablement la nuit semblait plus obscur, comme si l'œil, habitué depuis des mois à une égale pénombre, était redevenu sensible au moindre signe de lumière.

Bruno, conscient de ses faiblesses, savait que d'ici peu de temps il n'aurait plus de vivres, qu'il était incapable d'y suppléer par la chasse, et qu'il serait condamné à plus ou moins brève échéance à mourir de faim. Là-bas, à Nahanni-Butte, on attendrait sans doute les longs jours du printemps pour s'inquiéter de leur sort. Il serait trop tard. Il fallait agir.

Ce mois de février se révélait très dur. Le thermomètre se maintenait entre 35° et 40° sous zéro, ce qui autorisait cependant les sorties.

Bruno mûrit longtemps sa décision ; il devait tenter sa chance. Dans quelques jours, la lune serait pleine. Coïncidant avec la faible lueur qui découvrait la terre aux heures de la méridienne, il pourrait ainsi disposer de suffisamment d'éclairage pour se diriger à coup sûr parmi les innombrables pièges de la Nahanni prise par l'embâcle.

Triant ce qui restait de vivres, il les entassa dans la traîne, fit un rouleau de ses fourrures et de son sac de couchage, arrima solidement sa hache, sa machette, ses armes, ses raquettes, vérifia les harnais des chiens, distribua à ceux-ci de bonnes rations de riz, gardant en réserve pour eux le restant de la viande séchée.

Vint le moment du départ.

La lune éclairait doucement l'immense vallée enfouie sous la neige ; aucun bruit ne troublait la quiétude apparente de la grande forêt. Sous ses yeux, la Nahanni, dont il allait suivre le cours, brillait par endroits de toutes ses glaces décapées par le blizzard. Le froid, très vif, était supportable.

« Toutes les conditions sont requises », se dit Bruno. Il détacha un à un les chiens, Timmy en dernier, et déjà tous, sentant l'aventure qui commençait, hurlaient de joie à l'idée de s'élancer sur la piste. Puis, la longue chaîne vivante attelée en file indienne, il écouta le bruit joyeux et insolite des grelottières agitées par les chiens qui, sagement couchés dans la neige, attendaient le signe du maître.

Une dernière fois, Bruno se retourna. A côté de la hutte, le haut échafaudage se dressait à contre-jour ; la lune, éclairant la plate-forme, silhouettait la masse confuse et allongée du corps de Max. Un dernier scrupule retint Bruno. Devait-il abandonner ainsi celui qui avait été pour lui le meilleur des guides ? La plate-forme sur pilotis résisterait-elle aux futures tempêtes ? Il ne put s'empêcher d'aller constater une dernière fois que les pieux figés par le gel étaient plus solidement fichés en terre que s'ils avaient été cimentés. Allons! Il serait temps de revenir avant le dégel, puisque d'ici là aucune sépulture convenable ne pouvait être donnée.

Le départ de la cabane lui était désormais familier. Les chiens se projetaient dans la pente, galopant à vive allure, car, derrière eux, la traîne les gagnait de vitesse, et parfois Silver, le dernier de la meute, rattrapé par la lourde masse, disparaissait sous le toboggan, hurlait sa peur, puis se relevait et se secouait. Eternel chien martyr.

Jusqu'à l'entrée du premier canyon, tout se passa convenablement. Le large espace où coulait la Nahanni était comparable à une belle route enneigée sans obstacle, et les chiens y produisaient le maximum d'efforts. Bruno pouvait se reposer, debout sur la plate-forme arrière, les mains sur les mancherons, le fouet à sa portée dans l'étui où étaient également arrimées l'indispensable hache et la machette. Profitant de la lune à son plein, Bruno atteignit, ce jour-là, l'entrée de la terrible gorge par laquelle la Nahanni franchissait la Chaîne des Hommes sans tête. Il avait acquis suffisamment d'expérience pour choisir ses lieux de bivouac. Il établit le sien sur une terrasse de la rive droite, à l'orée de l'épaisse forêt de spruces. Attacher chaque chien à un jeune spruce, abattre assez de perches pour se constituer un auvent de protection contre les vents dominants, construire un bûcher pyramidal qui brûlerait jusqu'au départ, décharger la traîne, la retourner, la disposer sur deux caisses, au-dessus de la neige, afin que sa surface de glissement ne gèle pas, c'étaient autant de gestes devenus instinctifs. Il en allait tout autrement de la chasse ou de la conduite des chiens, science difficile à acquérir, impossible en tout cas sans bénéficier de l'expérience d'un trappeur indien.

Quand il eut nourri les chiens, fait bouillir pour lui une grande casserolée de pâtes et de viande, préparé la couche isolante faite de ramures de spruces sur lesquelles il étendrait son sac de couchage, il put enfin prendre un peu de repos. Allongé sous l'auvent, très près du feu, Blacky couché sur ses jambes et lui transmettant sa douce chaleur, il connut un rare instant de félicité. Le fait d'avoir quitté la cabane maudite semblait l'avoir soulagé ; sa peine était trop profonde pour qu'il l'oubliât, mais le sentiment d'être vivant, et de pouvoir échapper au piège mortel qui l'attendait s'il avait persisté à demeurer sur place, compensait sa tristesse. Ce soir-là, tout seul, il constata qu'il n'avait jamais autant aimé vivre ! Alors que, durant son séjour forcé dans la taïga arctique, il n'avait pensé qu'à survivre, ce soir-là il vivait, tout simplement. C'était merveilleux ! Dès lors, son esprit pouvait s'évader vers Mary. Il ferait ce que lui avait conseillé Max ; il l'épouserait, envers et contre tous s'il le fallait ; il saurait lui accorder une existence digne d'elle et de ceux de sa race. Ce qui manquait dans le Grand Nord canadien, c'était, en somme, une équipe médicale qui visiterait les tribus et les familles éparpillées dans le bush au moment de la chasse. Pourquoi n'agiraient-ils pas en tandem : lui avec son avion, elle avec sa science de la médecine et son dévouement ? Il découvrait un avenir merveilleux ! Il sombra dans ses rêves, et ne se réveilla que bien plus tard, lorsque les chiens, confondus dans un même hymne de reconnaissance à la lune qui chevauchait l'horizon des montagnes, entonnèrent leur concert de hurlements sur tous les tons, des plus graves aux plus aigus, véritable lamentation, hymne puissant accordé à ces solitudes, à ces neiges, à ces montagnes vides.

De longues traînées rougeâtres striaient le ciel. Bruno ne s'inquiéta pas de ces signes de mauvais augure ; il était trop occupé à lever le camp, à défaire ce qu'il avait construit, à recharger la barque des neiges, à atteler ses chiens.

Il allait maintenant pénétrer dans le premier canyon.

Max lui avait dit qu'il fallait deux jours pour le

franchir, mais qu'à son débouché vers l'aval se trouvait une excellente cabane qu'il avait lui-même construite lors de sa découverte du fleuve. Si Max et Tuktu avaient mis deux jours pour remonter jusqu'au point où lui se trouvait, il fallait préciser qu'ils étaient en barque et qu'ils avaient dû, par endroits, haler leur embarcation le long de la rive, attendre Konisenta, etc. Donc, si les chiens tiraient bien, Bruno se dit qu'à la descente il pouvait franchir le premier canyon en vingt-quatre heures de marche. Fort de cet espoir, il lança son attelage dans la gorge.

Il comprit tout de suite son erreur.

Cent mètres à peine après le début du canyon, commençait un imposant rapide. Les eaux furieuses de l'été y avaient été figées par le froid qui avait modelé et immobilisé leur relief fait de vagues, de creux et de rouleaux : la Nahanni n'était plus désormais qu'une énorme glissoire d'où la neige avait été soufflée par les vents dominants qui parcouraient la gorge. Certes, sur les bas-côtés, les culots de neige des avalanches offraient un cheminement régulier, mais dans sa lancée, dans son inexpérience, Bruno n'avait pas prévu ce qui l'attendait. Quand il aperçut la glace bleue et verte qui brillait dans toute la largeur du canyon, il était trop tard : les chiens lancés à grande allure, talonnés par le poids de la traîne, dévalaient dans un désordre total la pente de glace. Aucune force humaine n'aurait pu les arrêter. Déjà, ils boulaient, s'emmêlaient dans les traits, hurlaient, gémissaient ; quant à Bruno, vidé de la traîne à la première secousse, il essayait vainement de se raccrocher à la longue corde de sécurité qui serpentait derrière le toboggan.

Trop tard ! Lui-même dévalait la rivière sur le dos, sur le ventre, sans pouvoir se retenir ni se freiner. Son corps suivait les méandres de la glace comme un billon de bois projeté dans une rise de montagne. Bruno vit avec terreur se rapprocher sur la rive droite la falaise rocheuse tombant verticalement dans la rivière. Alors qu'il allait s'y écraser la tête la première, un ressaut de la glace le projeta à nouveau vers le milieu de l'immobile courant. Plus bas, la pente s'atténuant, la neige recouvrant la glace, sa vitesse décrut rapidement et il put enfin s'arrêter, meurtri, mais sans blessure, et se relever, étourdi par sa longue glissade.

Il était sain et sauf, mais les dégâts étaient considérables : la traîne avait éclaté contre la paroi de rocher sur laquelle il avait failli s'écraser, projetant ses débris un peu partout ; prisonniers de leurs traits, trois chiens, dont Silver, gisaient tués sur le coup ; les trois autres avaient dû s'enfuir, emmenés par Timmy. Pas tous, cependant : deux cents mètres plus bas, Bruno découvrit, à moitié coincé dans une crevasse de la glace, Fox, le husky à la robe de feu ; il geignait, deux pattes brisées, tournant la tête vers Bruno, le fixant de son regard apeuré, plein de supplication.

La situation était grave. Bruno n'avait plus de traîne. Il ne lui restait que Blacky, sauvé par son infirmité qui le laissait libre de ses mouvements ; il avait savamment évité la pente de glace et descendu le rapide en empruntant les rebords neigeux des rives.

La lune éclaira en plein le canyon, et celui-ci prit des dimensions irréelles. Ses parois exposées au nord n'étaient plus qu'un immense glacis reflétant la pâle lumière ; les roches nues étaient serties de glace et, dans leurs anfractuosités, auvents, grottes, brillaient des perles de neige accrochées aux murailles. Les quelques spruces qui veillaient sur les vires, encapuchonnés jusqu'au faîte, devinrent d'immobiles sentinelles, veillant l'entrée de la caverne du Dragon.

Ce décor romantique eût, en tout autre temps, enthousiasmé Bruno. Il ne faisait qu'accentuer sa détresse et son désespoir.

Pourtant, sa défaillance ne dura pas. Chaque épreuve

le trempait davantage, confirmait sa résolution de vivre. Son premier travail fut de récupérer ce qui pouvait servir : la planche du toboggan, en partie intacte, dont il espérait faire un petit traîneau pour son indispensable bagage, les courroies cassées ou intactes des harnais, les cordes et les amarres, sa carabine, ses munitions, sa hache, sa machette, les sacs de provisions. Bref, tout ce qui avait voltigé sur la glace, quand la traîne s'était renversée, et qui n'avait presque pas souffert.

Il lui fallut plus de deux heures pour confectionner, de façon hâtive, une luge sur laquelle il put placer ce qu'il emportait. A la rigueur, il se ferait aider par Blacky qui, couché sur la neige, suivait ses moindres gestes d'un œil intelligent. Puis, comme le cours de la Nahanni semblait désormais plus régulier, il chaussa ses raquettes, passa la corde de sa luge sur l'épaule, et siffla Blacky.

Comme ils allaient partir, une longue plainte s'éleva dans le canyon. Bruno se retourna, le cœur serré. Plus haut, dans la crevasse de glace, Fox se lamentait ; le laisser ainsi, blessé et immobilisé, c'était le vouer à une mort atroce : la faim, le froid, pis encore : les loups ! Bruno remonta vers la pauvre bête, abaissa sa carabine. Comme s'il avait compris, Fox lança un appel déchirant, une plainte hurlée qui se répercuta sur les falaises et qui ne s'acheva qu'avec la détonation sèche du coup de feu.

Bruno revint lentement vers la luge. Son geste, qui n'était pourtant qu'un geste de charité, l'avait éprouvé : il avait lu dans le dernier regard de Fox que la bête savait qu'elle allait mourir de la main de son maître...

— Viens, Blacky, viens, mon vieux chien ! Nous ne sommes plus que deux maintenant...

Leur marche se continua sans histoire à travers le canyon. Celui-ci parfois s'élargissait, laissant place à de petites îles boisées autour desquelles les traces des loups, venus à l'affût des moutons sauvages, étaient nombreuses. Comme il l'avait prévu, quand la lune acheva son parcours, une mince bande lumineuse fragmenta en deux l'horizon de l'est, et sa clarté fut suffisante pour qu'ils pussent progresser.

Soudain, alors qu'il avait abordé un large cirque et qu'il croyait être sorti des gorges, il se heurta de front à une falaise importante, infranchissable et qui, apparemment, ne présentait aucune faille. Il y en avait une, pourtant, où la rivière se glissait entre deux murailles hautes de plusieurs centaines de mètres et tellement resserrées qu'elles paraissaient se rejoindre par le haut. De chacune d'elles pendaient d'énormes stalactites de glace dont les débris, éparpillés par le vent, gisaient sur un plan d'eau parfaitement horizontal, aussi lisse qu'une patinoire. Bruno reconnut en ce paysage la description, tant de fois faite par Max, du passage baptisé « La Porte ». Il se souvint que, au delà des étroits, son oncle avait aménagé un lieu de bivouac très sûr et que, tout de suite après, un nouveau rapide précipitait les eaux vers l'aval.

Il sortit des défilés alors que la lueur indécise de la première lumière de l'hiver venait de s'éteindre. Comme la lune n'atteignait pas encore la profondeur des gorges, il fut tout à coup plongé dans une obscurité totale.

Escaladant la rive gauche, il se glissa sous un auvent rocheux, où il établit son second bivouac. Il n'avait plus le souci de nourrir les chiens, ce qui écartait le risque d'une chasse problématique et lui permettrait, en outre, de tenir plus longtemps avec les rations qu'il leur destinait. Il estima qu'il lui faudrait encore de nombreux jours pour atteindre Nahanni-Butte, à condition que le temps beau et froid se maintînt. Enfoncé au cœur de l'immense gorge, il n'avait pu consulter ni le ciel ni les étoiles et, comme aucun souffle de vent ne parvenait jusqu'à lui, il s'endormit confiant, un grand feu allumé pour écarter les loups, Blacky étendu sur ses jambes pour le réchauffer. Sa fatigue était telle qu'il fut vite terrassé par le sommeil.

9

Au milieu de la nuit, le vent d'est se leva. Très faible au départ, puis prenant de l'amplitude, il ricocha en ondes sonores sur les flancs rocheux du défilé. Suivi un torrent d'air glacial qui, canalisé dans l'étroit passage faisant office de soufflerie, y acquit une force tourbillonnante extraordinaire. L'air comprimé, cherchant à s'échapper du défilé, fouillait les moindres recoins des falaises, récurait les terrasses naturelles de toute leur neige et projetait celle-ci sous le surplomb où dormait Bruno. Réveillé à la fois par le bruit du vent et par une sensation de froid glacial, Bruno, se dépêtrant de son sac de couchage, constata qu'il était recouvert d'une épaisse couche de neige soufflée. Il s'en dégagea, s'ébrouant comme Blacky. Le chien, à ses pieds, hérissait sa fourrure, secouait sa crinière frangée de glaçons.

La tempête s'annonçait.

Elle n'avait pas encore acquis toute sa puissance. Par moments, la clameur du vent se réduisait à un bruissement aigu comme un jet de vapeur, puis le chant grave et profond reprenait avec des accents de violence terrifiants. La gorge étroite n'était plus qu'une « poudrerie » de neige, rendant l'air presque irrespirable. Il fallait fuir à tout prix.

Jamais bivouac ne fut levé aussi prestement !

Ayant chaussé ses raquettes, Bruno s'attela sa luge de fortune et repartit vers l'aval.

Un rapide commençait à l'issue du plan d'eau. Grâce à un éclairage favorable de la lune, Bruno fut alerté à temps par la brillance de la glace vive opposée à la matité d'ivoire des neiges. Il put ainsi choisir sa route, éviter les pièges de la rivière. D'autant qu'il n'était plus, cette fois, lié aux caprices des chiens ni tributaire de l'inexorable loi de la pesanteur qui avait précipité, la veille, sa traîne dans la glissoire vertigineuse de la Nahanni.

Il pouvait marcher à sa guise, utilisant au mieux ses raquettes sur les pentes favorables, oubliant sa fatigue, sa faim, mû par une idée fixe : atteindre la cabane et les Portes de l'Infini qui étaient pour lui désormais les portes du salut.

Le blizzard dans toute sa force fut sur lui plus tôt que prévu. Il se déchaînait dans le canyon, rugissait, claquait les parois rocheuses de gifles gigantesques. Bruno avançait difficilement, tantôt protégé de la violence du vent par une courbe de la rivière, tantôt au contraire se découvrant tout à fait dans une autre boucle et recevant en pleine figure les embruns glacés. Sous la morsure du froid, les gelures de son visage mises à vif le faisaient à nouveau souffrir.

Au fil des heures, sa marche devint hésitante. La brume de neige soulevée à une grande hauteur obturant la clarté lunaire, il avançait dans une semi-obscurité blafarde où les ombres portées se décomposaient en monstres et fantômes sur les écrans des nuages ; mais il continuait sa longue marche au pas alterné des raquettes, avançait comme si ses jambes étaient mues par une énergie indépendante de son corps et de sa volonté. C'est ainsi qu'il dépassa sans la voir la grande combe forestière où les montagnes s'élèvent à des hauteurs démesurées. Au bout de combien d'heures atteignit-il une nouvelle partie étroite du canyon ? Il n'aurait pu le dire. Il y avait trop longtemps qu'il n'était plus qu'un automate, et que rien, plus rien ne l'intéressait, hormis le temps qui s'écoulait et dont chaque minute le rapprochait de la sortie des gorges.

Le blizzard se mua en véritable tempête. Dans les gorges de la Nahanni se précipitèrent des tornades de neige qui remontaient le courant figé de la rivière, bousculaient Bruno, le renversaient parfois. A ces coups de boutoir succédait l'inévitable accalmie. Alors le jeune homme se relevait, ajustait son harnais et repartait, tirant sa luge qui lui semblait s'alourdir au fur et à mesure que s'écoulaient les heures.

Il eut encore à affronter un rapide. Le flot gelé y formait un courant immobile arrêté par l'embâcle dans l'instant où il se brisait sur la paroi de rocher, et celle-ci était rutilante de reflets bleutés, couverte d'un caparaçon de glace transparente. Puis les montagnes s'élargirent, s'évasèrent et ce fut comme si tout à coup elles avaient déchaîné les plus grandes violences. Le plus fort de la tempête l'accueillit, en effet, comme il débouchait dans une combe infernale où les éléments en fureur se ruaient les uns contre les autres, vent et neige accouplés pour briser, abattre les hauts arbres de la forêt qui maintenant — il le devinait plus qu'il ne l'apercevait — emplissait sur toute sa largeur une immense vallée.

Des montagnes, il ne voyait que la base. A grande distance, une brume impénétrable abaissée du ciel ne laissait qu'un étroit passage entre son plafond et le thalweg où coulait la Nahanni. Juste derrière lui, la sortie du premier canyon, sur l'aval, se découpait comme un gigantesque portail, élevant sur les deux rives deux murailles verticales qui se perdaient elles aussi dans les nuées.

Il était arrivé aux Portes de l'Infini.

C'était comme s'il sortait d'un long, d'un très long voyage dans la nuit.

Il laissait derrière lui la Chaîne des Hommes sans tête, la Vallée sans Hommes, la Chaîne des Funérailles et tous les sortilèges, toutes les morts, tous les drames accomplis dans ces sinistres montagnes, sur cette rivière du diable ! Pour lui, elle ne serait pas la rivière sans retour ! D'ici à Nahanni-Butte, il fallait compter encore plusieurs jours de trajet, mais il savait que les Indiens de Phil Edda s'aventuraient parfois jusqu'à mi-parcours des Portes de l'Infini, jusqu'à la Grotte « Source de tous les Vents », gardienne des légendes du fleuve. Avec un peu de chance, il risquait de rencontrer des chasseurs, de croiser d'anciennes traces qui lui faciliteraient son retour, lui éviteraient de tripler son parcours en épousant chaque méandre de la Nahanni jusqu'à son confluent avec la Liard.

Alors, dépouillé de ses soucis majeurs, il chanta sa joie ! Criant plus fort que la tourmente, insultant la montagne, la rivière, titubant de fatigue, ivre de soulagement.

Bien qu'il subît l'euphorie consécutive à une longue période où sa tension nerveuse avait été portée au maximum, euphorie qui commençait à saper dangereusement sa volonté de vaincre, il reprit suffisamment conscience des dangers qui l'attendaient encore. Premier objectif : atteindre la cabane des Portes de l'Infini ! Max lui avait expliqué qu'elle se trouvait sur la rive droite, à quelques centaines de mètres de la sortie des gorges, sur une haute terrasse argileuse dominant la rivière. S'il la manquait, il était voué au bivouac incertain dans la tempête. Trop affaibli par sa longue marche, résisterait-il au froid, à la faim ? Il fallait absolument retrouver la hutte !

Le plus simple pour cela était d'escalader la rive abrupte dès sa sortie du canyon et de parcourir l'étroite corniche entre la forêt et la rivière. Ce qu'il fit, risquant à plusieurs reprises d'être basculé dans le vide par la violence du vent. Puis il eut à franchir la crevasse où coulait en temps normal un ruisseau, affluent de la Nahanni, profondément encaissé entre deux murs de terre gelée de plusieurs mètres de haut, se glisser au fond de la crevasse, trouver un passage acceptable pour escalader la rive opposée, rechausser les raquettes, continuer. Tout cela, il le fit machinalement ; il avait atteint la limite de l'épuisement et de la souffrance au-delà desquels l'homme ne commande plus son corps, mais se laisse guider par son instinct.

Soudain, Blacky, qui jusqu'à présent suivait dans les traces de la luge, poussa un aboiement joyeux, bondit en avant. Un peu plus loin, vision floue dans la brume de neige, la silhouette d'une cabane de rondins se dessina, se rapprocha, et ce qui jusque-là n'avait été qu'un mirage devint une maison, un abri, un toit !

Bruno s'y précipita, hurla sa joie, la fit partager à son chien :

— Viens, Blacky ! Ça y est ! Cette fois, nous sommes sauvés !

Il se mit à rire comme un dément.

Qu'importaient désormais les coups de boutoir de la tempête sur les parois de la cabane, le hurlement du vent dans la forêt, le craquement des grands spruces s'abattant sous sa violence et se brisant comme du verre sous l'effet du gel. Il était à l'abri, en un lieu connu.

Il était sorti du monde interdit.

Il coupa les lanières de ses raquettes, trop gelées pour qu'il pût les dénouer, édifia un bûcher, y mit le feu, remplit de neige une bouilloire trouvée dans la cabane, fit fondre l'eau, puis, en attendant qu'elle vînt en ébullition, fit le compte de ses vivres : il lui restait quelques rations de riz des chiens, quelques lanières de viande séchée, un peu de sucre et de café. Il pourrait tenir huit jours.

Ayant déployé son sac de couchage et ses fourrures, posté à portée de sa main la carabine et les cartouches, préparé une pile de bois pour entretenir le feu, il se lova dans ses fourrures et s'endormit comme une brute, bercé par le chant terrifiant des éléments déchaînés.

Quand il se réveilla à la pâle lueur qui annonçait le début du jour après la nuit polaire, il constata qu'il avait dormi près de soixante-douze heures d'affilée. Blacky, couché sur son corps, avait entretenu une douce chaleur. Il était las. Tout son influx nerveux dissipé, et tout danger écarté, il restait sans volonté, avec des réflexes qui jouaient mal. Son visage gelé au deuxième degré le faisait cruellement souffrir ; il en arrachait des lambeaux de peau, les chairs de ses pommettes étaient à vif. Il avait également un doigt partiellement atteint, déjà noir jusqu'au bout de la première phalange. Mais il était vivant. Le bilan était positif.

Il regretta la disparition de sa traîne. D'ici à Nahanni-Butte, la rivière déroulait, en effet, de nombreux méandres dans une sorte de large vallée où, même en temps de crue, il n'y avait que des rapides insignifiants ; en hiver, son lit devenait une magnifique route enneigée sur laquelle les chiens auraient tiré à vivre allure. En deux jours au plus, il aurait atteint les campements de Phil Edda.

Il ne fallait pas y songer. Pour l'instant, la tempête continuait, toujours aussi violente. Si elle ne faiblissait pas cette nuit, elle reprendrait pour une nouvelle période de six ou neuf jours. C'est une loi classique que connaissent bien les météos et les aviateurs.

Blacky poussait de petits cris plaintifs. Bruno comprit :

— Tu as faim, mon vieux ! Attends, on va se faire une bonne casserolée de riz pour nous deux. Patiente.

Le chien approuva, suivant chacun de ses mouvements.

Enfin la pâtée fut prête. Bruno la partagea équitablement : deux tiers pour Blacky, un tiers pour lui. Puis, comble de luxe, il se fit un café fort et sucré. Il se sentait revivre ; si la tempête cessait, il se promettait bien de partir immédiatement.

Il n'eut pas cette chance. Vers ce qui devait être 8 ou 9 heures du soir, la lune déclina sur le troisième quartier, tout en jetant encore une clarté suffisante, puis disparut, masquée par de longs nuages gris qui, sortis de la nuit, s'effilaient dans la vallée au ras de la cime des arbres. Ensuite, le vent plaqua ses accords sur la harpe des spruces, poussa quelques arpèges d'essai, se déchaîna à nouveau dans une symphonie vrombissante qui ne laissait aucun espoir d'accalmie.

« On est bon pour une semaine encore », pensa mélancoliquement Bruno.

Il avait tant souffert depuis huit jours que plus rien ne pouvait l'éprouver.

Il subit passivement la nouvelle épreuve, las de sa lutte toujours recommencée, enfoui dans ses couvertures et cherchant l'oubli dans le sommeil : un sommeil agité de rêves, où intervenaient, comme autant de monstres, toutes les puissances naturelles de la forêt et de la montagne.

Le grondement rageur d'un chien le réveilla. Il découvrit Blacky, dressé, le poil hérissé, les babines retroussées sur ses crocs, grondant en direction de la porte ; il perçut nettement des grattements et des cris plaintifs. Blacky, tout à coup, aboya furieusement, prêt à s'élancer.

Bruno se leva d'un bond, arma sa carabine, ouvrit brusquement la porte et n'eut que le temps de se reculer : une boule blanche et grise fonçait entre ses jambes, se précipitait dans la hutte, gémissait, puis aboyait joyeusement.

— Nancy ! fit-il.

Blacky se précipita sur la nouvelle venue, décidé à la corriger de sa fugue. Bruno s'interposa : « Paix, Blacky ! » Mais le chien s'était arrêté, faisant face à la porte ; dehors, très près, un long hululement s'éleva. Un loup appelait !

Malgré le froid et le vent, Bruno sortit. A quelques mètres de la hutte, assis sur la neige, la tête dressée à la verticale dans une position hiératique, un grand loup gris lançait son appel. C'était comme un chant désespéré, qui montait, s'amplifiait, se faisait doux, puis repartait furieusement pour se terminer par des hurlements féroces. Bruno comprit la menace ! Il eut juste le temps de refermer la porte, car Nancy, bondissant à l'appel de son seigneur et maître, tentait à nouveau de le rejoindre. Il était temps ! Elle portait encore le collier de servitude et, attachée à celui-ci, une lanière de trois mètres, vestige de ses traits déchirés. Sa robe salie, ébouriffée, ses yeux brillants, ses chatteries inattendues témoignaient de sa fugue. Nancy avait fait une escapade amoureuse, puis, le mariage consommé, elle avait décidé son nouveau maître à la suivre jusqu'à la maison des hommes. Peut-être regrettait-elle la pâtée quotidienne, la sécurité, les joies de la traîne au milieu des chiens. Le loup l'avait suivie.

Bruno fut tout ragaillardi par cette aventure. Elle lui apportait comme une bouffée d'espérance, d'humour, de joie. Il gronda familièrement Nancy, qui, semblant comprendre, se lovait au coin du feu, n'osant s'approcher d'un Blacky revêche et grondeur et qui, lui, ne semblait pas dut tout, mais pas du tout, apprécier son comportement.

Il y eut, à l'extérieur, un long appel du grand loup gris. Nancy y répondit par une plainte amoureuse, puis se tut, obéissante, sous la menace du fouet que Bruno brandit pour l'effrayer :

— Finie l'école buissonnière, Nancy ! Demain, tu viendras avec nous !

Il lui parlait comme à un être humain ; il aurait tant voulu savoir :

— Qu'as-tu fait de Timmy ? Vous êtes pourtant partis ensemble. Ah, c'est du joli de m'avoir abandonné ! Enfin, puisque tu es revenue !...

Il s'approcha de la chienne et celle-ci, vaincue, poussant de petits cris plaintifs, laissa Bruno passer ses doigts dans sa crinière bien garnie, puis refermer sa main sur son museau, enfin, suprême jouissance, caresser la truffe de son nez.

Une heure plus tard, il entendit encore un appel du loup, mais cela venait déjà de loin. Ce serait sans doute le dernier. Nancy était revenue chez les hommes, le loup gris regagnait le plus secret de ses gîtes sous le couvert de la grande forêt.

Tout était calme à présent dans la hutte. Les deux chiens allaient et venaient, Bruno n'était plus seul : ils étaient trois désormais, trois amis. Et, comme Nancy paraissait affamée, il fit chauffer encore une grosse ration de riz, que tous les trois mangèrent avidement.

« Désormais, se dit-il, je devrai faire attention ! Je n'ai plus que deux jours de vivres en ration normale ; il faudra tenir une semaine avec ça. »

Puis, comme il était dépassé par les événements, il se réfugia à nouveau dans le sommeil. La tempête berçait ses rêves et il savait que le grand silence qui lui succéderait le réveillerait à l'heure choisie.

10

Les enfants de Nahanni-Butte jouaient au ballon sur un bras gelé et calme de la rivière. Leur jeu était éclairé par les derniers reflets d'une aurore boréale qui larguait ses voiles sur la coupole chauve de la Butte. Insensibles à la beauté du spectacle, ils se donnaient entièrement à leur partie, se roulaient dans la neige sans souci du froid polaire, transformés en autant de petits gnomes encapuchonnés de blanc. C'était devenu un combat de farfadets, de lutins, et leurs cris, leurs exclamations de joie portaient loin et clair dans l'atmosphère silencieuse de la longue nuit de l'hivernage.

Tout à coup, Rudy, le plus agile des enfants, le chef de la bande, arrêta le jeu, puis poussa un cri d'alarme :

— Vite, fuyons, rentrons chez nous ! dit-il. Regardez là-bas, vous autres, sur la rivière... Un loup ! A moins que ce soit un fantôme...

Rudy n'avait pas peur : il savait que le loup n'attaque

jamais l'homme, surtout dans son village. Mais qui sait ? Il y a des exceptions, et il avait fait tellement froid !

Comme pour justifier ses craintes, la bête fonçait droit sur eux, marchant d'une allure curieuse, d'un petit trot déhanché, comme si elle avait les reins tordus.

— Un loup blessé, dit Rudy, il est dangereux. Fuyons !

Toute la bande se précipita sur la rive, escalada le talus d'argile gelé et s'engouffra en criant dans la première cabane rencontrée.

Intrigués par la panique subite des enfants, les hommes sortaient déjà de leurs maisons, s'interpellaient d'une cabane à l'autre, quand Mattews, le fils aîné de Konisenta, qui avait maintenant charge de famille, ne put retenir une exclamation étonnée :

— Un loup ? Un loup blessé ?... Non ! Ce n'est pas un loup, mais un chien. Et dans quel état !...

La bête suivait l'allée déneigée qui traversait la double rangée de huttes en rondins. C'était bien un chien, un chien énorme, à l'encolure puissante. Il était en piteux état, trottant de biais, sa fourrure d'hiver laissant apparaître sur les reins une grave blessure, comme une morsure qui aurait emporté le cuir et une partie de la chair, découvrant une plaie large comme la main. Il allait les oreilles basses, la robe souillée de sang et de sueur, la gueule ouverte d'où pendaient des glaçons.

Ce chien savait où il allait. Les Indiens le suivirent à distance. Subitement, la centaine de chiens de traîne du village, enchaînés à leur niche individuelle, sentirent l'arrivant et se mirent à hurler de concert. Le chien fou traversa tout le village, indifférent à ces hurlements comme à l'appel des hommes. Il se dirigea un peu à l'écart de l'agglomération, là où Max avait construit sa maison, jouxtant la hutte du père Brichet.

Mattews, qui le suivait à distance, fit signe aux hommes du village de venir. Les enfants se glissèrent à leur suite, toujours intrigués, mais cette fois rassurés.

— Peuh ! Un chien ! dit Rudy, fanfaron.

Il s'était pourtant armé d'un solide gourdin.

Arrivé devant la hutte inhabitée de Max, le chien se coucha ou plutôt s'abattit comme une masse, mordant la neige à pleines dents pour se désaltérer. Mattews s'approcha, mais, comme le chien grondait, menaçant, il s'arrêta, intrigué. Phil Edda, qui habitait à l'autre bout du village et de ce fait était arrivé le dernier, se fraya un passage parmi les hommes et, de loin, examina le chien. Il eut un sursaut. Malgré ses blessures, malgré son allure piteuse et qui ne lui ressemblait guère, n'était-ce pas Timmy, le chien de tête de Max ? Celui qui avait remplacé Blacky après leur naufrage aux Portes de l'Enfer.

Il s'approcha avec précaution et, chose curieuse, le chien ne gronda pas en le voyant.

— Timmy ! dit-il. Timmy !...

A l'appel de son nom, le chien tenta de se relever, puis s'affaissa, vaincu par la fatigue, la faim, les blessures.

— C'est le chien de Max ! Il m'a reconnu, il est sûrement arrivé quelque chose à ceux d'en haut, regardez !

Timmy portait encore son collier d'attelage, d'où pendaient deux bouts de harnais aux extrémités déchiquetées.

— Il a rongé ses traits pour se libérer, fit Phil Edda sourdement. Un accident est arrivé...

— A moins qu'il ne se soit enfui du parc ?

— Non ! Il était attelé quand cela s'est produit. Peut-être a-t-il voulu s'emballer, qui sait ? C'était peut-être le jeune qui conduisait. Alors on sait ce qui s'est produit : il a foncé dans le bush jusqu'à ce que le traîneau se coince dans un fourré, puis il s'est dégagé en rongeant ses traits... Et il est venu jusqu'ici.

— Cette blessure sur les reins...

— Il s'est battu avec un loup, regardez ! C'est le coup classique, le fauve qui bondit pour briser les reins !

Mais, cette fois, il avait affaire à forte partie, Timmy, le plus fort de tous nos huskies ! Il s'est échappé ! Comment ? Nous ne le saurons jamais. C'est sans doute le premier chien qui échappe à l'étreinte du loup gris ! Maintenant il faut avertir le père Brichet.

— Il est allé visiter la vieille Sofia, qui vit seule sur l'autre rive et qui était malade, dit Mattews. Il ne va pas tarder à rentrer. D'ailleurs, le voici.

Le missionnaire traversait la rivière gelée à grandes foulées de ses raquettes de course. Il avait entendu les cris du village, aperçu de loin les gens qui se groupaient, les enfants qui avaient cessé leur jeu. Il se passait quelque chose, et sans doute un événement rare pour justifier ce remue-ménage.

Quand il arriva devant la porte de la mission, Phil Edda était à genoux auprès de Timmy. Il essayait de lui faire avaler une pâtée chaude que le chien refusait, regardant l'homme de ses yeux tristes, émettant de brefs gémissements.

— Que se passe-t-il, Phil ?

— *Look, father!* Timmy est revenu !... Tout seul et blessé !

— A ton avis...

— Il y a eu un accident dans la Vallée des Morts ! Un de plus...

— Nous devons agir, Phil. J'ai la liaison radio avec Yellowknife dans une heure. Je vais appeler Tom ; on pourrait peut-être faire un vol de reconnaissance...

— De nuit !

— Il y a la lune.

— Tu ne pourras pas te poser, *father,* la rivière est trop tourmentée et la surface des eaux recouverte de congères et d'obstacles !

— On serait au moins fixé...

— C'est toi qui décides...

Déjà Phil Edda retournait à sa résignation naturelle... Ce qui devait arriver arrivait, et il savait bien, lui, que rien de bon ne pouvait advenir pour ceux qui s'aventurent dans la Nahanni supérieure.

Le père Brichet obtint rapidement la liaison avec Tom.

— J'arrive ! dit l'autre. Préparez l'atterrissage dans la clairière. S'il y a une ou deux congères, faites-les niveler, une simple bande de quelques mètres de largeur me suffit. La lune se maintient, mais jalonnez la piste comme d'habitude avec des boîtes d'essence enflammée. Ça ira ! Vous avez, je crois, une réserve d'essence ?

— Quatre fûts de cent litres... Mais ne fais pas d'imprudences, Tom.

— Rassurez-vous, *father,* ce n'est pas mon premier vol de nuit dans ce foutu pays... Et je suis diablement inquiet...

Le père Brichet réunit les hommes du village :

— Tom sera là avec son Otter d'ici à trois ou quatre heures. Préparez la piste, je vais vous distribuer l'essence et les boîtes. Quand on entendra le moteur, chacun prendra son poste et allumera le balisage... Peut-être restera-t-il encore suffisamment de lune pour décoller !

— Regarde, *father!*

L'un des Indiens lui indiquait la direction de l'Est où d'énormes rouleaux de nuages se propulsaient sur le manteau glacial de la haute atmosphère. Eclairés par la lune, ils découvraient leurs formes étranges qui se diluaient en longs fuseaux blanchâtres...

— Un blizzard se prépare, père Brichet !

En temps normal, le missionnaire n'y eût pas prêté attention. Une tempête de plus ou de moins... C'était le lot de ces contrées hostiles. Mais, cette fois, il s'agissait de partir au plus vite ! Nul ne doutait plus, à Nahanni-Butte, qu'un accident fût arrivé là-haut, dans la Vallée des Hommes sans tête. Si Timmy s'était dégagé seul des harnais, c'était la preuve qu'il n'y avait plus d'hommes à ses côtés quand il s'était enfui...

Tom se posa vers midi, profitant des quelques heures

où la nuit n'était plus qu'une pénombre. Son petit avion glissa sans encombre sur la piste bien préparée. Il n'était pas seul ; Mary l'accompagnait.

— Mary ! fit le père Brichet, à peine surpris.

Il savait qu'une idylle s'était ébauchée entre l'Indienne et Bruno ; sa présence dans l'avion trahissait et justifiait son amour et son inquiétude.

— Je suis venue vous aider, père. J'étais en tournée quand j'ai appris par la radio ce qui arrivait à Max. Tom m'a prise au passage à Simpson et me voilà. On aura peut-être besoin de mes talents d'infirmière.

— C'est bien, Mary... Je te remercie. Rentre et réchauffe-toi.

Le vent se levait tout à coup, comme s'il précédait la cohorte des nuages...

— Mauvais, tout ça ! dit Tom. (Puis, s'adressant à Mattews :) Viens m'aider à amarrer l'avion. Je crains une tempête.

Il avait jusque-là dissimulé son inquiétude, car tout au long du vol il avait précédé le mauvais temps. Celui-ci, qui n'avait cessé de le poursuivre, le rattrapait enfin.

— Je crains qu'on ne puisse décoller aujourd'hui ! fit-il en hochant la tête.

— Attendons les précisions de la météo, dit sobrement Brichet.

La météo était pessimiste. La tempête pourrait durer aussi bien trois que six ou neuf jours. En tout cas, le mauvais temps s'était établi sur la grande forêt de l'Est et tous les vols avaient été annulés. Le radio météo recommandait la prudence...

Ils ne purent décoller ni ce jour ni le lendemain. Tom maîtrisait difficilement son impatience. Il logeait chez le père Brichet et, à longueur de journée, échafaudait des hypothèses qui toutes se ramenaient à cette évidence : Max et Bruno sont en danger, il faut les secourir... Mais comment ?

— Comprenez-moi, *father*, disait-il, s'il y avait une

seule chance sur mille de réussir, je la tenterais. Hélas, comment piloter dans cette tempête, et franchir les canyons ?... Non, impossible !

— Je sais, Tom. Prendre l'air serait une folie qui ne pourrait qu'ajouter au drame que nous vivons... Peut-être pourrions-nous tenter autre chose...

— Quoi ? Dites, *father,* et je vous accompagne...

Mary arriva en pleine discussion. Elle était suivie de Phil Edda. Sans même prendre le temps de s'excuser, elle lança :

— *Father,* il faut partir ! Aucun vol n'est possible, mais il y a une autre manière... D'ailleurs, j'ai décidé Phil Edda à m'accompagner. Nous avons préparé notre traîne...

— Mary ! Tu ferais cela ? Tu nous donnes une grande leçon... Mais crois-tu la chose possible ?... Les risques de s'égarer...

— J'ai questionné Phil. Au début, il ne voulait pas. La mort de Koni est encore trop récente. Mais j'ai souligné qu'il était le seul à connaître la haute Nahanni en hiver. Il m'a parlé des légendes, des superstitions ! Mais j'ai objecté que tous les fantômes de la Nahanni, tous ses mystères avaient été détruits. Alors, il s'est décidé et nous voilà !

Elle regardait le missionnaire bien en face. « Faut-il qu'elle l'aime pour agir ainsi ! » songea le père Brichet. Puis il se reprit :

— Je pars avec vous, je prends ma traîne. A deux nous pourrons nous entraider. Phil et toi, prendrez la tête ; je suivrai.

— Tout seul ?

— Je ne pense pas. Mattews est en âge de venir avec nous. Ce sera pour lui une revanche sur le destin, comme s'il vengeait son père en triomphant de la rivière.

De ce fait, Mattews, pressenti, avait acquiescé sans manifester ses sentiments. On le devinait résolu, durci par les épreuves.

Les deux traînes furent minutieusement préparées.

Mary avait constitué une petite caisse de médicaments et d'instruments de premier secours qu'elle amarra solidement sur l'avant, bien abritée dans la partie courbe du toboggan. Ils avaient tous des raquettes. Les chiens étaient en pleine forme et capables de doubler les étapes, car leur chargement était faible : à peine vingt-cinq kilos par chien, la moitié du poids normal.

Dans la fièvre des péparatifs, ils avaient oublié la tempête. Elle se rappelait à leur souvenir par un vent très fort qui rasait la cime des arbres, empruntait le lit de la rivière qu'il balayait, entraînant force tourbillons de neige pourdreuse.

— Nous aurons le vent dans le dos ! On pourra tenir ! fit Brichet.

— Huugh ! répondit Phil Edda (et son grognement était comme une acceptation).

Tom les accompagna jusqu'au bord de la Nahanni.

Du paysage, on ne distinguait plus que la base des arbres dont la cime était noyée dans la brume de neige ; c'est dans ce couloir entre ciel et terre qu'ils allaient s'élancer.

— Que pourrais-je faire durant tout ce temps ? s'inquiéta le pilote.

— Beaucoup de choses, Tom. D'abord assurer les liaisons radio avec Simpson et Yellowknife, les tenir au courant, puis, si tu en as la possibilité, décoller et entreprendre des recherches. Si, d'aventure, elles étaient couronnées de succès, tu pourrais nous survoler dans les canyons et nous lancer un message lesté... Puis tu reviendrais, sans courir le risque d'un atterrissage dangereux...

— D'accord, dit Tom. Et que Dieu vous garde !

— On y va ! dit le missionnaire. A toi Phil, passe devant.

Comme l'Indien faisait claquer son fouet, les chiens de la traîne s'arrêtèrent subitement et se mirent à hurler.

De tous les côtés, derrière toutes les cabanes, la centaine de chiens du village gémissait, hurlait, aboyait...

— Que signifie ? s'inquiéta Brichet.

— Timmy vient de mourir, et les chiens le savent... C'est tout.

Déjà Phil Edda avait lancé ses chiens ; le missionnaire fit de même. Tom entendit longtemps le carillon joyeux des grelottières, dont la musique lui parvint encore après que les deux traînes eurent disparu au premier tournant de la Nahanni.

11

Ainsi que l'avait prévu Phil, ils eurent le vent dans le dos durant la première partie du voyage.

Grâce à la grande connaissance que l'Indien avait des lieux, ils atteignirent, le premier jour, la grotte « Source de tous les Vents », en coupant à travers le bush par des creeks ignorés, des bras morts de la rivière. N'ayant pas à supporter le vent de face, ils n'avaient pas trop souffert, bien que la tempête, loin de se calmer, eût redoublé de violence. Ils en ressentirent les effets au bivouac, sommairement aménagé. Aussi ne s'attardèrent-ils pas ; ils repartirent sans même attendre un faible clair de lune, à vrai dire presque inexistant puisqu'il leur parvenait filtré à travers les nuages et les brumes de neige.

Le deuxième jour, ils entrèrent dans les premiers défilés annonciateurs des grands canyons. De ceux-ci, des montagnes qui les formaient, ils ne voyaient rien ; rien non plus de la Grotte des Vents, car les nuages traînaient bien au-dessous de son ouverture. Et ces nuages pesaient sur eux comme une menace, les oppressaient. Ils avançaient dans une sorte de soufflerie géante, qui parfois, au hasard d'une nouvelle orientation de la rivière, se rabattait sur eux, renversait les traînes, emmêlait les traits des chiens. Pour tout remettre en ordre, ils s'accordaient une halte, faisaient un feu, mangeaient. Puis ils rechaussaient les raquettes et reprenaient la route. Ils n'échangeaient que les paroles indispensables à la marche et à la conduite des traînes. A tour de rôle, Mary et Phil Edda se remplaçaient au mancheron de leur traîneau et le père Brichet constata que, en vraie Indienne, Mary savait se faire obéir des chiens.

Le père confiait souvent la conduite des siens au jeune Mattews qui, fier de cette confiance, tenait à la justifier. « Il vaudra Konisenta ! se dit le missionnaire. Dans quelques années, Phil Edda sera vieux ; alors je le proposerai au gouvernement comme chef de la tribu... Il le mérite ! »

Pour l'heure, ce qui importait c'était d'avancer, avancer toujours, malgré le froid, malgré le vent...

Leur première étape avait été de vingt heures. Depuis le dernier bivouac, ils avaient marché vingt-quatre heures sans répit et les chiens manifestaient leur fatigue, encore qu'ils les eussent soulagés en cheminant à leur côté au lieu de se laisser porter.

Brichet envisagea de faire une nouvelle halte. Phil n'était pas de cet avis :

— Voici les premières falaises, *father.* Dans deux heures, trois heures au plus, nous serons à la première cabane, à l'entrée du premier canyon. On y trouvera du bois, on pourra reprendre des forces. Il vaut mieux poursuivre.

Ils continuèrent. Bien qu'il fût à bout de résistance, le père Brichet tenait à ne pas perdre la face devant les Indiens. « Eux, je les comprends, se disait-il, des siècles de vie dans la forêt leur donnent une endurance que nous ne posséderons jamais. Mais comment fait Mary ? Où puise-t-elle cette force ? »

Soudain, il vint butter sur la traîne derrière laquelle il marchait. Les chiens s'étaient arrêtés, puis couchés, haletants ; ils broutaient la neige pour calmer leur soif, se léchaient les pattes où commençaient d'apparaître les terribles gerçures provoquées par le gel.

— Qu'y a-t-il, Phil ?

— Regarde, *father*, dit Mattews, des traces...

Ils venaient de croiser d'anciennes traces. On distinguait notamment le ruban régulier de la neige tassée par un traîneau. Un peu plus loin, sur une congère, il y avait des empreintes de chien...

— C'est récent, dit Phil, quelques jours à peine...

— Alors ?

— Alors, sans le savoir, j'ai dépassé la cabane...

Ils avaient progressé dans la brume, en aveugles, se guidant sur le lit de la rivière, très large dans cette vallée, et qui les obligeait à longer tantôt un bord tantôt l'autre pour ne pas s'égarer.

Phil Edda vérifia son assertion. Enlevant un gant malgré le froid terrible, il leva la main et, à la morsure du vent, il conclut que celui-ci ne soufflait plus régulièrement de l'Est, mais tourbillonnait comme s'il se heurtait à un obstacle.

— On est tout près du premier canyon, dit-il. Nous allons suivre les traces... revenir sur nos pas. Mary, conduis la traîne, je vais devant.

Les traces les conduisirent sur la rive droite, elles escaladaient un talus à pic. Phil s'étonna : la cabane était parfaitement accessible et voici qu'au bout d'un moment ils tombaient à pic sur un ruisseau gelé, enserré dans une étroite et haute crevasse d'argile. On distinguait des traces sur le talus opposé, mais jamais les chiens ne pourraient franchir un tel obstacle.

— Regagnez le lit de la rivière ! conseilla Phil Edda. Suivez-en la rive au plus près. Venez avec moi, *father*, j'ai comme idée que la cabane est toute proche.

Ils franchirent avec difficulté le ravin, continuèrent.

Une masse informe se dessinait dans la brume, une maison irréelle qui paraissait immense, une cabane de géants. Et voici qu'elle s'amenuisait au fur et à mesure de leur avance jusqu'à n'être plus qu'une pauvre cabane de rondins.

Comme ils s'apprêtaient à ouvrir la porte, ils aperçurent, tournant en cercle autour de l'habitation, des traces fraîches de loups qu'ils avaient sans doute dérangés dans leur embuscade.

— Mauvais ! dit Phil. Mauvais ça !

Il savait ce que les loups attendaient : la mort de celui ou de ceux qu'ils surveillaient.

Tout à coup éclatèrent de joyeux aboiements, qui provenaient de l'intérieur de la hutte.

— Ils sont là, ils sont là !... cria le père Brichet, pétrifié par l'émotion...

De la rivière, en contrebas, les deux attelages mêlaient leurs cris de joie, répondaient.

Dans la cabane, le feu était éteint, tout était sombre, et ils avaient laissé leurs lampes-torches dans les traînes. Tâtonnant dans l'obscurité, ils furent surpris par les bonds de deux chiens qui se précipitaient sur eux, leur faisaient fête. Brichet craqua une allumette :

— Nancy ! Blacky ! reconnut Phil Edda.

Puis ils cherchèrent.

Dans un coin de la cabane, une forme était étendue, recouverte de fourrures, inanimée.

— Bruno ! Mon Dieu, que s'est-il passé ? Où est Max ? Allume du feu, Mattews, fais fondre de la neige...

Il se penchait sur le jeune homme, passait sa main sous les couvertures. Le cœur battait faiblement, la respiration était brève... Il se releva :

— Il vit, nous arrivons à temps !

Plus tard, Mary s'occupa du malade, diagnostiqua son mal :

— Il est quasiment mort de faim, et d'épuisement...

Mais la piqûre que je fais va le ranimer. Ensuite, on le fortifiera... Je crois qu'on peut le sauver.

Elle avait dit cela avec toute sa réserve indienne, une sorte de pudeur. Elle dissimulait ses véritables sentiments sous un masque d'indifférence...

— Si quelqu'un peut le sauver, c'est toi, Mary, dit le père Brichet.

Ranimé par la piqûre, Bruno s'agitait, délirait, répétait sans cesse les mêmes noms : « Max ! Mary ! Max ! Mary ! »... puis, sous l'effet des calmants, il s'assoupit à nouveau.

— Laissons-le dormir, dit Mary. Il est trop tôt pour l'interroger.

Dehors, la tempête continuait de plus belle, mais ils étaient à l'abri, ils avaient rejoint Bruno et ils auraient été très heureux si l'angoisse de savoir ne les avait torturés. Qu'était devenu Max ? Pourquoi Bruno était-il seul ? Avec deux chiens de son attelage, sans traîne ?...

— Regarde, dit Mattews, qui avait fait le tour de la cabane, vois ce qui en reste.

C'était la luge de fortune confectionnée avec les débris du traîneau. Elle racontait le drame. Bruno dirait le reste.

Il eut encore une forte fièvre, puis peu à peu il se calma. Enfin il ouvrit les yeux. C'était au tour du père Brichet de le veiller, mais le missionnaire s'écarta, fit signe à Mary :

— A toi maintenant...

Elle prit sa place, saisit la main de Bruno.

Lui la fixait comme dans un rêve : ce visage, ce sourire !...

— Mary, c'est toi, c'est bien toi ? Je ne rêve pas... Oh ! parle, je ne pourrai plus supporter l'attente... parle.

— C'est moi, Bruno, et avec moi le père Brichet et aussi Phil et Mattews ! Maintenant repose-toi, je t'ai préparé de la nourriture, il faut que tu reprennes des forces...

— Oh ! Si vous saviez. Max, mon pauvre Max...

— Mort ? fit le père Brichet.

Bruno inclina la tête, incapable de parler, laissant couler ses larmes.

Ils respectèrent sa douleur. Dans le silence qui suivit, parvint jusqu'à eux la grande voix du blizzard s'engouffrant dans les canyons de la Nahanni, rugissant et clamant la force irréversible de la nature en furie.

— La Vallée des Morts en a pris un autre ! hurla Phil Edda en s'agitant dans la pièce.

Il ne pouvait plus se contenir, proférait des anathèmes contre les montagnes, contre la rivière.

— Calme-toi, Phil, dit le père. Il doit y avoir une explication. Attends ! Bruno nous la donnera.

Quelques heures plus tard, Bruno, lucide cette fois, put leur faire le récit du drame qu'il avait vécu. Quand il eut terminé, chacun négligea de commenter l'événement. Le père Brichet priait à voix basse, les Indiens fumaient leur pipe, assis sur des billots de bois, Mary attisait le feu, préparait un repas... Blacky et Nancy, enfin réconciliés, s'étaient endormis devant les braises. Tout semblait refléter le bonheur.

Bruno, le premier, rompit le silence.

— Il faut retourner là-haut, *father*, on ne peut pas laisser le corps de Max exposé à tous les vents, à la merci des fauves... Vous voudrez bien, n'est-ce pas ?...

— Inutile de remonter là-haut avant la fin de la tourmente, mais surtout ne t'inquiète pas... Tom ira en avion là-bas dès que ce sera possible, il ramènera le corps de Max. Il ne faut plus laisser de morts dans la Vallée des Hommes sans tête. Max reposera auprès de nous, à Nahanni-Butte. Ne t'inquiète pas, je veillerai sur sa tombe. Quant à toi, dès que la débâcle sera faite, tu retourneras là-haut avec Tom ; il remettra ton hydravion en état et tu le ramèneras. N'oublie pas ! Tu as une vocation à remplir.

Bruno se tourna vers Mary.

— Max, avant de mourir, m'a conseillé de t'épouser, Mary. Il était persuadé que tu accepterais.

— Pourras-tu devenir un Indien ? dit la jeune fille.

— Je crois que ceux qui reviennent vivants de la Vallée sans Hommes ont suffisamment fait leurs preuves, décida le père Brichet.

— Alors, j'accepte ! dit Mary.

Bruno, fou de joie, voulait se lever. Elle l'en empêcha doucement :

— Pas encore, tu es trop faible, profite de notre claustration obligatoire pour reprendre des forces ; la descente de la rivière sera sans doute plus pénible que la montée, car nous aurons le vent debout.

Elle s'était assise sur le rebord du sommier de branchages qui servait de bat-flanc.

— Parlons de notre avenir, Mary, j'ai tant de projets pour nous deux.

Le père Brichet s'était levé, se dirigeait vers la porte.

— Tu viens, Phil, et toi aussi, Mattews ? Si nous suivions un instant la trace de ces loups ?

Les deux Indiens sourirent ; on ne suivait pas les loups à la trace par un temps pareil. Pourtant, ils sortirent sans faire d'objection.

Dehors, une puissante rafale de vent les coucha presque sur la neige.

Ils firent quelques pas, puis revinrent.

— Crois-tu qu'on leur a laissé le temps de s'embrasser ? demanda le père Brichet. Tu sais, moi je n'y connais pas grand-chose !

Mattews rougit jusqu'aux oreilles.

Oui ! Le père était bien devenu fou pour parler de choses qui ne s'expriment jamais dans la langue des coureurs des bois.

HALEY Alex

Racines (2 t. 968**** et 969****)
Ce triomphe mondial de la littérature et de la TV fait revivre le drame des esclaves noirs en Amérique.

LARTÉGUY Jean

Les naufragés du soleil (1050****)
Trois hommes, rejetés d'Asie, se souviendront de leurs amours exotiques.
Le cheval de feu (1095****)
Yves Lortais, sorcier de la guerre, est pris entre Nane, son épouse, et la princesse Tiane.
Le baron céleste (1370****)
Florent va tout faire pour arracher aux autorités d'Hanoï le fils qu'il a eu avec Kien, la femme qu'il aimait et haïssait.

PARETTI Sandra

Les tambours de l'hiver (1338****)
En 1775, une femme abandonne tout, son pays, sa fortune, pour retrouver l'homme qu'elle n'a jamais cessé d'aimer.

RACHET Guy

Les vergers d'Osiris (2 t. 1423*** et 1424***)
A l'époque de la guerre de Troie, l'histoire d'un amour fou.

URIS Leon

Trinité
(3 t. 863****, 864**** et 865****)
Dans une Irlande en flammes, le jeu de l'amour et de la mort.

VEZINET Gérard

Le général Leclerc (1391****)
Toute l'épopée Leclerc retracée par un de ses compagnons d'armes. Illustré.

WALDO Anna Lee

Sacajawa (2 t. 1270*** et 1271***)
L'épopée d'une Indienne qui guida les premiers pionniers américains jusqu'à l'océan Pacifique.
La dernière piste de Sacajawa (1413****)
Devenue un symbole, Sacajawa vit sa vie de femme.

J'ai Lu Policier

Chaque mois J'ai Lu réédite deux grands classiques de la littérature policière

BOILEAU-NARCEJAC
Les victimes (1429**)
Une inconnue avait pris la place de sa maîtresse.

Usurpation d'identité (1513****)
Des pastiches étincelants de tous les grands auteurs policiers.

DEMOUZON
Section rouge de l'espoir (1472**)
L'explosion révèle l'existence d'un nouveau groupe terroriste.

CASPARY Vera
Laura (1561***)
Il est dangereux de s'éprendre d'une morte.

GARDNER Erle Stanley
La jeune fille boudeuse (1459***)
On l'a vue commettre un crime dont elle est innocente.

Sur la corde raide (1502***)
Perry Mason menacé d'être rayé du barreau.

La nièce du somnambule (1546***)
Tuer en état de somnambulisme est-il un crime ?

GRUBB Davis
La nuit du chasseur (1431***)
Il poursuit ses victimes en chantant des psaumes à la gloire du Seigneur.

LEBRUN Michel
L'Auvergnat (1460***)
Dans son bistrot, tous les paumés de la nuit viennent se réfugier.

Mac CLOY Helen
Le miroir obscur (1430***)
A-t-elle réellement le pouvoir de se dédoubler ?

Mac DONALD Ross
Un regard d'adieu (1545***)
La peur se tapit derrière les façades des riches villas californiennes.

Mac GERR Pat
Un faubourg d'Elseneur (1446***)
Une pièce de théâtre peut-elle servir à dénoncer un meurtre ?

MASTERSON Whit
La soif du mal (1528***)
Que peut un homme seul contre la conspiration du mensonge.

MEYER Nicholas
La solution à sept pour cent (1473***)
Une nouvelle et stupéfiante aventure de Sherlock Holmes.

QUEEN Ellery
La ville maudite (1445***)
Ellery tombe amoureux et est le témoin d'un crime impossible.

Il était une vieille femme (1489***)
Une comptine rythme des meurtres insensés.

Le mystère égyptien (1514***)
...ou la crucifixion d'un maître d'école.

Et le huitième jour (1560***)
Ellery est pris pour Dieu par des fanatiques religieux.

SADOUL Jacques
L'héritage Greenwood (1529***)
Amanda était jeune, riche, belle et dénuée de tout scrupule.

SYMONS Julian
La splendeur des Wainwright (1432***)
Est-ce son fils ou un imposteur ?

Les dessous de l'affaire (1488***)
On n'empoisonne vraiment bien que dans la bonne société anglaise.

Achevé d'imprimer sur les presses de l'imprimerie Brodard et Taupin
7, Bd Romain-Rolland, Montrouge. Usine de La Flèche,
le 16 novembre 1983
1597-5 Dépôt Légal novembre 1983. ISBN : 2 - 277 - 12775 - 2
Imprimé en France

775
★★★

Editions J'ai Lu
31, rue de Tournon, 75006 Paris
diffusion France et étranger : Flammarion